스물다섯, 서른,
세계여행

스물다섯, 서른, 세계여행

현실 자매 리얼 여행기 ───────

한다솜 지음

비채

나에게로 떠나는 세계여행

산토리니에서 머물던 어느 날 아침의 일이다.

아침을 다 먹고 빈 그릇을 가지고 로비로 내려온 나에게 호텔 직원이
물었다.

"세계를 여행하고 있다고 했죠? 여행 오기 전 한국에서는 무슨 일을 했
어요?"

"C.S(Customer Satisfaction) 강사가 되려고 공부했어요."

"그게 뭐 하는 직업이죠?"

그는 '고객 만족'이나 '고객 서비스'라는 단어를 처음 들어봤다고 했다.
유럽에서는 잘 쓰지 않는다고 말이다. 지금껏 그 일을 공부하고 매진해온
나는 적지 않은 충격을 받았다. 그는 타인의 만족을 위해서 일하기보다

자기 자신의 만족을 위해서 일한다고 했다. '자신만'을 위한다는 의미는 아니었다. 단지 일의 우선순위가 '자신의 만족'이라는 이야기였다. 그 이야기를 듣고 머릿속에 나의 지난 시간들이 스쳐 지나갔다. 나의 만족이 아닌 누군가의 만족, 혹은 회사의 만족을 위해 일하고 때로는 나를 희생했던 시간이었다. 어쩌면 여행을 떠나기 전까지의 나는 '타인에게 잘 보이는 것으로 만족을 채워가는 삶'을 살고 있었던 건 아닐까? 그런데 여행을 하면서 온전하게 나를 위해 가고 싶은 여행지를 정하고, 나의 행복을 향해 나 자신의 기분과 상태에 집중하는 내 모습이 보이기 시작했다. 낯설지만 굉장히 중요한 변화였다. 지금껏 내가 살아온 세상에서는 나만을 위해 하는 행동이나 결정이 사회적으로는 이기적인 것이거나 친구에게는 배려심 없는 행동일 때가 있었다. 그러나 여행에서는 아무도 내게 이기적이라고 하지 않았다. 물론, 잘못된 결정에 대한 책임이나 고통은 모두 나 스스로 감수해야 한다. 이것 또한 다음 선택을 위한 소중한 경험이자 나를 더 단단하게 만드는 밑거름이 됐다. 나에게 이런 변화를 선사하고 나 자신에게 더 집중하게 만들어준 것은 대학에서 얻은 학점이나 타인에게 받는 좋은 평가 혹은 상사에게 잘 보이려고 야근하며 만들어낸 보고서가 아니었다. '여행'이었다. 그래서 나는, 나의 여행을 '나에게로 떠나는 세계여행'이었다고 부르고 싶다.

현실이 갑갑하거나 힘이 들 때, 사람들은 여행을 떠나고 싶다고 생각한다. 타인과 부대끼지 않고 감정노동에서 벗어나 오롯이 나에게만 집중하는 시간. 여행이 주는 잠깐의 쉼표가 필요해서는 아닐까? 여행은 모든 것에서 한발 물러나 차분한 마음으로 자신을 돌아보게 하는, 꼭 필요한 시간이다. 다른 사람을 알아가는 데 시간이 필요하듯 나를 알아가는 데도 시간이 필요하다. 나 자신을 집중해 바라본 끝에 내가 무엇을 좋아하는지, 무엇에 약한지를 알게 될 것이다. 그렇다면 어떤 문제에 부닥쳤을 때 해결 방법이나 보완책을 찾는 것도 더 쉬워진다. 하루는 친구가 이렇게 물었다. "여행을 많이 하면 시야가 넓어진다는데, 그게 어떤 거야?" 나는 주저하지 않고 이렇게 대답했다. "내가 나를 다른 방식으로 바라볼 수 있는 눈이 생기는 것." 어쩌면 나는 더 많은 걸 할 수 있는 가능성을 지니고 있는데, 타인이나 사회라는 틀 안에 갇힌 채 살아가고 있는지도 모른다. 여행이 만들어준 넓은 시야로 나만의 가능성을 열어보는 것도 의미 있는 일이라고 생각한다.

문득 취업을 준비하며 자기소개서를 쓰던 일이 생각난다.
'자신의 성격의 장단점에 대해 서술하시오.'
자기소개서의 단골 항목인 이 질문의 대답을 누구나 한 번쯤 보았거나 써보았을 것이다. 이 질문에 답하려면 무엇보다도 나 자신의 성격을 알아야한다. 아마도 '긍정적인 마음, 성실함, 적극성, 활발함, 배려심 깊음' 등등으로 자기소개서를 채워갈 것이다. 나 역시 그랬다. 그런데 정말로 내가 나를 잘 알아서 그렇게 썼던 것일까? 누군가 나에 대해 이야기할 때 '너의 성격은 참 활발한 것 같아' '너는 긍정적인 것 같아' 이런 말을 듣고 내가 그런 사람이라고 무의식중에 생각 혹은 강요하게 된 것은 아닐까. 나는 아무도 내게 이렇다 저렇다 말해주지 않는 여행이라는 세상으로 나온 후에야 철저하게 나 자신을 들여다보고 평가하고 이해하게 되었다. 내가 생각보다 추진력이 있는 사람임을, 적응력이 꽤 빠른 사람임을, 도시를 좋아하는 사람임을, 건축물에 관심이 많은 사람임을 알게 되었다. 심지어는 어떤 구조의 욕실을 좋아하는지조차 여행을 통하여 알게 되었다. 215일간의 세계여행은 나를 낱낱이 알려주는 '안내자'였다. 어떤 외부적인 요인이나 누군가의 평가도 아닌, 내가 나를 직접 겪고 느끼고 나서야 알 수 있는 가장 느리고도 빠른 길이었다. 언젠가 다시 나 자신을 소개할 일이 생긴다면 나는 여행길에서 만난 나를 생각하며 보다 넓은 시야로 확신을 갖고 이야기할 것이다. 새벽 5시에 일어나 배낭을 챙겨 인천국제공항으로 떠나던 그날의 나를 떠올리며 '저는 굉장히 추진력 있는 사람입니다'라고 말이다.

젊지만 늘 조급한 나이 스물다섯 그리고 서른 살. 멀쩡히 다니던 직장을 그만두고 저축한 돈을 탈탈 털어 세계여행을 떠나는 일은 우리 자매에게도 쉽지 않았다. 지금은 이렇게 그 당시를 회상하며 세계여행에 대한 책을 쓰고 있지만, 돌이켜보면 좋았던 시간이 10이라면 힘든 시간은 90이었다. 그럼에도 여행을 떠나 스스로 만든 나의 길이 그 어떤 때보다 더 값지고 빛났다고 생각한다. 나는 분명 하고 싶은 일을 할 때 빛나는 사람이다. 화장하지 않은 얼굴에 트레이닝쇼츠를 입고, 내 몸의 반만 한 배낭을 멘 동생과 나의 모습은 화려한 옷을 입고 슈트케이스를 끌던 모습보다 훨씬 더 멋졌다. 친구들에게 "20대로 돌아간다면 하루라도 더 일찍 세계여행을 떠났을 거야" 하고 말할 정도로 여행은 내 많은 부분을 바꾸어놓았으며 '인생 2막'을 열어주었다.

마냥 어리기만 한 20대 초반을 지나 사회로 진출하고 성숙해지는 나이 스물다섯. 그리고 앞자리가 바뀌면서 생각이 많아지는 한편, 사회 속에 자리 잡으면서 경력을 포기하기 어려워지는 나이 서른. 이렇게 서로 다른 두 시기를 지나는 자매가 함께 세계여행을 떠나게 되었다. 《스물다섯, 서른, 세계여행》이라는 제목은 이렇게 탄생했다.

이 책을 읽으며 설렘을 느끼고, 어쩐지 엉덩이가 들썩거리고, 종이와 펜을 꺼내어 여행을 위한 체크리스트를 만들어보는 누군가의 모습을 상상해본다. 그런 당신을 위해 내가 큰 세계로 나아가 느끼고 경험한 점들을 한 권의 책에 꾹꾹 눌러담아보았다. 대개는 행복해서 웃었고 때로는 포기하고 싶어 눈물 흘리던 '현실 자매'의 리얼한 215일간의 기록이 지금 당신을 기다린다.

새벽 5시에 일어나
배낭을 챙겨 인천국제공항으로 떠나던
그날의 나를 떠올리며
'저는 굉장히 추진력 있는 사람입니다'라고 말이다.

러시아

체코

헝가리

터키

오스트리아

독일

영국

크로아티아

스위스

그리스

네덜란드

미국

멕시코

페루

스페인

태국

미얀마

라오스

말레이시아

필리핀

타이완

중국

떠나기로 하다

Part1

결심하기 – 설레기 – 부모님 설득하기 – 사직서 내기 – 쉽지 않은 준비들 –
첫 여행지와 출발 날짜 정하기 – 여행지 정하기 – 예약하기 –
세계여행을 담을 배낭 – 배낭과 씨름하기 – 떠나기 하루 전

결심하기

우리는 누구나 꿈을 가지고 살아간다. 하지만 누군가는 꿈을 행동으로 옮기고, 다른 누군가는 꿈으로만 안고 살아간다. 이 두 갈래 길은 나이가 들수록 점점 멀어지는 것 같다. 나는 20대 초반부터 다양한 아르바이트를 경험하고, 일찌감치 회사에 들어가 사회생활을 했다. 하루 안에 다녀올 수 있는 국내여행을 가거나, 짧은 해외여행도 종종 즐겼지만, 세계여행은 특별한 사람들이나 하는 큰 꿈이라고 생각하며 평범하게 살아왔다.

그러던 어느 날, 스마트폰 메모장을 정리하다가 그동안 적어놓은 '버킷리스트'를 보게 되었다. 리스트에는 언제 이룰지 모르는 꿈들이 가득했다. 세계여행 가기, 마라톤 하프코스 완주하기, 스킨스쿠버 자격증 따기, 해외로 카페투어 떠나기…. 목록을 쭉 읽다가 이유 모를 복잡한 마음이 들었다. 이제 딱 서른 살, 나는 무엇을 이뤘을까? 나는 지금에 만족하고 있을까? 나는 앞으로 어떻게 살고 싶은가? 나 자신에게 물었지만, 무엇 하나 분명하게 대답할 수 있는 게 없었다. 나만의 삶이 아닌 그저 남들과 같은 인생을 사는 것 같아 회의감도 생겼다. 그래서 내가 만들어가는 나만의 삶을 한번 살아보자고 생각했다. 세계여행을 떠나자고. 카페투어도 하고 마라톤도 완주해보자고. 메모장 한구석에 잠들어 있는 나의 버킷리스트를 깨워 세상으로 꺼내보자고 말이다.

이 결정을 누군가와는 상의하고 싶었다. 제일 먼저 떠오른 사람은 동생이었다. 동생 새미나는 평소에도 고민을 나누고 비밀을 공유하는, 가장 가까운 가족이자 둘도 없는 친구였다. 동생에게 오랜만에 같이 밥을 먹자고 제안하고 바깥에서 이야기하는 시간을 가졌다. 동생은 평소와 다른 내 표정을 보고 뭔가 심상치 않음을 눈치챈 듯했다. 동생만큼은 내 결정을 응원해줄 거란 확신이 들어서 장황한 설명은 생략하고 본론부터 꺼냈다.

"나… 사실 세계여행 가려고 해. 내 오랜 꿈이었는데 더 늦기 전에 이루고 싶어. 어떻게 생각해?"

설명을 더 이어가려 하는데, 동생이 이렇게 말했다.
"언니 나랑 같이 가자."

예상했던 대답이 아니어서 나는 놀란 토끼 눈으로 동생을 쳐다보았다. 그냥 홧김에 하는 말은 아닐까. 동생의 이야기를 들어보았다. 나처럼 이른 나이부터 사회생활을 해온 동생도 비슷한 회의감을 느껴왔고, 세계여행을 떠나고 싶었지만 용기가 나지 않았다고 했다. 그렇지만 언니와 함께라면 세계여행을 떠날 결심을 할 수 있을 것 같다고 말이다.

오늘 한자매는 세계여행이라는 꿈에 한발 다가섰다.

설레기

그렇게 한자매는 영원히 꿈일 것만 같던 세계여행을 가기로 했다.

회사 일도 재미있게 하고 있었고 만난 지 2년 된 남자친구도 있었지만, 결심했다. 떠나기로 했다. 떠난다고 생각하니 하루도 설레지 않은 날이 없었다. 이 설렘만으로도 큰 활력이 생겼다. 회사 일이 힘들 때도 세계여행을 생각하며 버틸 수 있었고, 배낭을 메고 떠나는 생각을 하면 입가에 미소가 절로 번졌다. 가고 싶던 나라들을 검색하느라 시간 가는 줄 모르고 집중하는 나 자신을 발견하기를 여러 번. 다른 사람들이 인터넷에 올린 여행 사진을 보고 '나는 여기서 이런 포즈로 찍어봐야지' 하고 꽤 구체적인 상상을 하기도 했다. 떠나는 일 그 자체보다도 떠나기로 한 결정이 나를 제일 먼저 변하게 한 원동력이 아니었을까. 원래 떠날 날짜를 정해놓으면 준비하고 기다리는 이 시간이 너무 좋지 않은가.

부모님 설득하기

세계여행은 우리의 결정만으로 떠날 수 있는 게 아니었다. 낳아주시고 길러주신 부모님의 뜻도 너무나 중요했다. 동생과 나는 '어떻게 하면 부모님께 우리의 뜻을 더 잘 전달할 수 있을까?' 수없이 고민했다. 아무리 생각해보아도 부모님께서 흔쾌히 마음을 열어주실 만한 획기적인 단어나 문장은 떠오르지 않았다. 나는 결국 정면승부를 택했다. 진솔한 대화만이 방법이라고 생각했다. 평일에 하루 연차를 내고 엄마에게 데이트를 제안했다. 맛있는 밥을 먹고 커피까지 한잔하는 모녀의 즐거운 시간이었지만, 나는 그 시간을 온전히 즐길 수가 없었다. 머릿속은 어떻게 이야기를 꺼내야 하나… 걱정으로 가득했다. 더는 지체할 수 없어 조심스럽게 이야기를 꺼냈다.

"엄마, 드릴 말씀이 있어요. 동생과 저, 세계여행 떠나고 싶어요." 엄마는 몇 초간 아무 말씀도 하지 않으셨다. 침묵이 길어지면 반대하실 것만 같은 불안한 마음이 들어 세계여행을 결심하게 된 이유와 계획을 차근차근 말씀드렸다. 가만히 여행 계획을 다 들은 엄마가 처음 하신 말씀은 "다녀와서의 계획은?"이었다. 예상했던 바이다. 두 딸이 잘 다니던 회사를 그만두고 여행을 떠난다는데, 그 후의 계획이 궁금하지 않은 부모가 어디 있겠는가.

"사실 뚜렷한 계획을 말씀드릴 수는 없어요. 일어나지 않은 미래를 벌써부터 걱정하며 여행하고 싶지 않아요. 그렇지만 다녀와서는 더 멋진 사람이 되어 멋진 인생을 살게요. 그것만은 꼭 약속할게요."

그러자 엄마는 이렇게 말씀하셨다.

"우리 딸들, 인생 참 멋있게 산다. 내가 지금 네 나이로 돌아갈 수 있다면 나도 그렇게 살고 싶다. 내가 못 갔으니 우리 딸들이라도 가서 멋진 경험 쌓고 돌아오면 좋겠어."

그렇게 엄마는 우리의 세계여행에 마음을 열어주셨다. 아빠께는 온 가족이 다 함께 외식하는 자리에서 말씀드렸다. 엄마의 응원 덕택인지 아빠도 흔쾌히 좋다고 하셨다. 그렇게 한자매는 부모님께서 믿고 지지해주는 여행을 떠나게 되었다.

사직서 내기

본격적인 세계여행 준비에 집중하기 위해 예정보다 한 달 일찍 회사를 그만두기로 했다.

사직서 내는 날! 한자매가 얼마나 기다리던 날이던가. 나는 사직서의 사직 사유에 '세계여행'이라고 대문짝만 하게 쓰고 싶었다. 그렇지만 얼마나 많은 구구절절한 이유를 더해야 할까 싶어 '개인사유'라고만, 간단하게 적었다. '사직서를 내기까지가 정말 어렵구나…' 다들 공감하리라 믿는다. 사직서를 내기까지 별의별 생각이 들었는데, 내고 나니 내 꿈을 이루러 가야겠다는 확고한 마음이 들었다. 내 인생을 회사가 살아주는 게 아니니까 이제 나 스스로 멋지게 살아야 한다는 마음 말이다.

오늘 나는 멋있는 사람에 좀 더 가까워졌다.

쉽지 않은 준비들

세계여행에 필요한 준비물과 서류를 대략적으로나마 정리하는 작업을 시작하였다. 그건 한마디로… 어마어마했다. 내 생각보다 훨씬 많고 복잡한 절차들이 기다리고 있었다. 건강이 최우선이기에 가고 싶은 나라들을 고려하여 예방주사를 맞고, 그동안 내고 있던 자동 이체도 해지했다. 짐을 최소화하기 위하여 중요도를 파악하여 빼고 넣을 물품도 정리해야 했다. 정말이지, 하고 싶은 일을 실행으로 옮긴다는 것은 이토록 힘든 일이었다. 그렇지만 그 힘듦도 점차 뿌듯함으로 바뀌어갔고, 하고 싶은 일을 하겠다는 확신이 더더욱 굳게 들었다.

서류 체크리스트
예방접종 및 기록지
비자발급지
여권
유스호스텔증
공항 라운지카드
국제 면허증
여행자보험 가입증(캡처)
여권사진 여분
여권, 신분증 사본
여행자 명함
신용카드 1장
체크카드 2장
예약한 티켓 출력본

첫 여행지와 출발 날짜 정하기

첫 여행지를 어디로 할지, 굉장히 오래 고민했다. 한자매가 제일 가보고 싶던 유럽을 먼저 갈까. 아니면 가까운 동남아시아부터 여행할까…. 한자매는 유럽을 조금 더 오래 보기로 했다. 그리고 유럽에서의 이동경로를 고민하던 중, 시베리아 횡단열차가 생각났다. 러시아를 가로질러 모스크바에서 체코로 들어간다면 여비를 최소화할 수 있었다. 마침 한자매는 평소 시베리아 횡단열차에 대한 '로망'을 품고 있었다. 언제 돈 주고 이 열차를 타보겠는가 말이다. 그렇게 우리의 첫 여행지는 시베리아 횡단열차의 출발역인 러시아 '블라디보스톡'으로 정해졌다. 서울발 블라디보스톡행 비행기 최저가를 열심히 검색하다 보니 이듬해 3월이 가장 저렴했다. 동생의 생일이 3월 31일이라 가족끼리 생일이라도 보내고 가고 싶은 마음에 4월 첫째 주 항공권을 알아봤지만 합리적인 가격으로 구할 수 없었다. 고민하는 나를 보던 동생이 이렇게 말했다.

"생일을 해외에서 보내고, 좋네!"

동생이 쿨하게 말해준 덕에 3월 23일에 출발하는 항공권을 저렴한 가격에 구했다. 그렇게 한자매의 세계여행 출발일은 2018년 3월 23일로 정해졌다.

여행지 정하기

　가장 어려운 작업이었다. 동생과 내가 각자 가고 싶은 곳을 적절하게 조율하면서도 너무 힘들지 않은 루트를 잡아야 했기 때문이다. 한자매는 짐을 최소화하기 위하여 주로 따뜻한 나라로 이동하기로 했다. 4월 중순 정도가 되면 유럽은 기온이 올라 따뜻해진다. 그래서 '러시아-유럽-북아메리카-중부아메리카-남아메리카-아시아'라는 큰 줄기를 잡았다.

○ Tip

루트 정하기

첫째, 가보고 싶은 나라들을 먼저 체크하기. 그래야 어느 방향으로 이동할지 정할 수 있다.

둘째, 목적지의 날씨와 기후를 체크하기. 되도록 따뜻한 나라로의 이동으로 정한다.

셋째, 가까이 붙어 있는 나라들의 이동 항공권이 얼마인지 검색하기. 싼 구간을 미리 체크해둔다.

나의 여행지와 교통비

날짜	국가 및 도시	기간	이동 수단	이동 경비 (2인 기준)
2018/3/23	인천공항 (출발)			
3/23 − 3/26	러시아_블라디보스톡	3박 4일	비행기	₩294,800
3/26 − 3/29	시베리아 횡단열차	3박 4일	기차	₩427,200
3/29 − 4/1	러시아_이루크츠크	3박 4일	기차	
4/1 − 4/5	러시아_모스크바	4박 5일	비행기	₩621,925
4/5 − 4/10	체코_프라하	5박 6일	비행기	₩225,713
4/10 − 4/14	헝가리_부다페스트	4박 5일	버스	₩43,669
4/14 − 4/15	터키_카이세리	1박 2일	비행기	₩268,632
4/15 − 4/17	터키_카파도키아	2박 3일	버스	₩13,000
4/17 − 4/19	터키_이스탄불	2박 3일	비행기	₩200,000
4/19 − 4/21	오스트리아_잘츠부르크	2박 3일	비행기	₩325,046
4/20	오스트리아_할슈타트	당일	기차	₩79,097
4/21 − 4/24	독일_뮌헨	3박 4일	버스	₩21,884
4/24 − 4/29	영국_런던	5박 6일	비행기	₩181,003
4/29 - 5/10	크로아티아_챠브타트	11박 12일	비행기	₩148,860
5/1, 5/2	크로아티아_두브로브니크	당일	버스	₩34,272
5/10 - 5/16	크로아티아_자그레브	6박 7일	버스	₩2,800
5/16 - 5/17	스위스_취리히	1박 2일	비행기	₩345,467
5/17 - 5/20	스위스_인터라켄	3박 4일	기차	
5/20 - 5/26	스위스_그린델발트	6박 7일	기차	
5/26 - 5/29	스위스_취리히	3박 4일	기차	₩1,484,493
5/27	스위스_루체른	당일	기차	
5/28	스위스_베른	당일	기차	
5/29 - 6/6	독일_프랑크푸르트	8박 9일	버스	₩55,000
6/6 − 6/9	그리스_산토리니	3박 4일	비행기	₩101,661
6/9 − 6/11	이탈리아_로마	2박 3일	비행기	₩365,843
6/11 − 6/14	스페인_이비사	3박 4일	비행기	₩253,181
6/14 − 6/16	벨기에_브뤼셀	2박 3일	비행기	₩188,070

기간	지역	일정	교통	비용
6/16 – 6/19	네덜란드_암스테르담	3박 4일	버스	₩33,376
6/19 – 6/26	미국_뉴욕	7박 8일	비행기	₩962,212
6/26 – 6/29	멕시코_칸쿤	3박 4일	비행기	₩566,276
6/29 – 7/5	멕시코_플라야델카르멘	6박 7일	버스	₩8,000
7/6 – 7/7	페루_리마	1박 2일	비행기	₩695,550
7/7 – 8/2	페루_쿠스코	26박 27일	비행기	₩138,678
8/3 – 8/12	스페인_바로셀로나	9박 10일	비행기	₩1,700,000
8/5	스페인_시체스	당일	기차	₩21,700
8/13 – 8/15	태국_방콕	2박 3일	비행기	₩1,400,000
8/16 – 8/21	태국_치앙마이	5박 6일	기차	₩46,000
8/21 – 8/23	미얀마_양곤	2박 3일	비행기	아세안패스* ₩805,300 (수화물포함)
8/23 – 8/26	미얀마_바간	3박 4일	버스	₩45,638
8/26 – 8/29	미얀마_만달레이	3박 4일	버스	₩13,151
8/27	미얀마_밍군	당일	배	₩7,400
8/29 – 8/30	태국_돈미엉	1박 2일	비행기	아세안패스
8/30 – 9/4	라오스_루앙프라방	5박 6일	비행기	
9/4 – 9/8	라오스_방비엥	4박 5일	버스	₩27,000
9/8 – 9/13	라오스_비엔티안	5박 6일	버스	₩34,000
9/13 – 9/19	말레이시아_쿠알라룸푸르	6박 7일	비행기	아세안패스
9/17	말레이시아_말라카	당일	버스	₩60,000
9/19 – 9/23	말레이시아_코타키나발루	4박 5일	비행기	아세안패스
9/23 – 9/24	필리핀_마닐라	1박 2일	비행기	₩80,424
9/24 – 9/28	필리핀_세부	4박 5일	비행기	아세안패스
9/28 – 10/4	필리핀_팔라완	6박 7일	비행기	아세안패스
10/5 – 10/18	타이완_타이페이	13박 14일	비행기	₩148,902
10/6	타이완_예류, 스펀, 지우펀	당일	택시	₩40,000
10/18 – 10/23	중국_홍콩	5박 6일	비행기	₩265,000
10/23	대한민국	귀국	비행기	₩203,000

*아세안패스 : 일정 금액을 지불하고 금액 안에서 동남아시아 루트를 자유롭게 이동할 수 있는 에어아시아 특별 티켓

교통비 총액: 12,177,923원

예약하기

    가고 싶은 나라에 대해 알아보던 중, 스위스는 전망이 좋거나 깨끗하고 합리적인 가격의 숙소는 6개월 전부터 예약이 찬다는 이야기를 들었다. 우리는 유럽에서도 스위스에 가장 가고 싶었다. 그래서 스위스에 2주 정도 머물기로 계획하고 숙소를 미리 예약했는데, 스위스의 물가는 정말이지 어마어마했다! 가장 인기 있는 인터라켄과 그린델발트 2곳을 각각 3박, 6박 예약하는 데만 100만원 정도가 들었다.

◯ Tip

숙소를 선택할 때에는, 우선순위를 정해놓으면 수월하다.
한자매는 아래의 순서로 숙소를 선택했다.

1 청결
2 도심까지의 거리
3 비용
4 후기

세계여행을 담을 배낭

아침부터 초인종이 울렸다. 지난번에 주문한 화장품이겠거니 생각하고 한참 뒤에 나가서 확인해봤더니, 한자매의 세계여행을 함께할 배낭이 도착한 것이다. 예전부터 사고 싶은 배낭이 있었는데 품절되는 바람에 고민하고 있던 찰나, 우연히 배낭이 특별판으로 한정 제작된다는 기사를 보았다. 세계여행을 떠나라는 신의 계시인가 싶어 바로 구매창을 열어 장기여행에 최적화되어 있는 40리터 배낭을 선택하고, 비 오는 날 배낭을 보호해줄 레인 커버도 추가로 샀다. 2개월이라는 길고 긴 제작과 배송 기간 끝에 한자매와 동고동락할 배낭이 드디어 도착했다. 첫눈에 까만색에 깔끔한 디자인이 마음에 쏙 들었다. 그런데 배낭이 이렇게 크고 무거울 줄은 몰랐다. 수납공간이 여기저기 있는 것에도 놀랐다. 그 말인즉슨 세계여행에는 엄청난 짐이 필요하다는 것. 동생이 직접 가방을 메보았는데 등을 다 가릴 정도로 컸다. 심지어 등판 쪽의 커다란 지퍼를 열었더니 공간이 더 늘어나면서 10리터의 추가 수납이 가능해지는 것이 아닌가! 오 마이 갓! 가방을 이리저리 둘러보며 지퍼도 열어보고 탐구하는데 동생이 천진난만하게 말했다.

"언니! 나 잘 접으면 배낭에 들어갈 수 있을 것 같아."

나는 가방을 보자마자 고생깨나 하겠구나 싶었는데, 동생은 마냥 신기한 모양이었다.

가방을 보고 있으니 얼마나 많은 짐을 챙겨야 할지 벌써부터 막막해졌다. 하지만 막막함도 잠시, 곧 설렘이 마음 가득 차올랐다. 배낭이 왔다. 우리의 여행은 이미 시작되었다. '이 배낭에 얼마나 많은 추억을 담을까?' 수천 번, 수만 번, 배낭을 여닫으며 짐을 풀고 싸고 또 다른 내일의 여행을 기대할 우리의 모습이 머릿속에 지나갔다. 고생과 추억, 땀과 눈물, 무엇과도 바꿀 수 없는 소중한 것들을 고스란히 이 배낭에 담고 싶다, 아니 꼭 담겠다고 다짐했다. 그래서 배낭이 더 예뻐 보였는지도 모르겠다.

"배낭아, 우리 세계를 가득 담아보자! 잘 부탁해!"

배낭과 씨름하기

짐을 줄이고 줄이는데도, 배낭에 모두 넣기가 쉽지 않았다. 안 가져가면 나중에 필요할 것 같은 물건들이 수도 없었다. 결과적으로는 내 기분 탓이었지만.

캐리어와 다르게 배낭은 메고 다녀야 하므로 짐을 싸는 방법이 조금 다르다. 배낭은 가벼운 짐을 아래에, 무거운 짐을 위에 넣어야 한다. 그래야 가방이 무게로 인해 처지는 것을 막을 수 있다. 그렇게 짐을 넣었다 빼고 다시 싸기를 족히 열 번은 반복했다. 해외에서도 화장품은 구할 수 있지만, 피부가 예민하여 트러블이 나면 큰 고생을 할 수도 있다. 동생과 나는 개인이 쓰는 화장품을 추가로 구입하고, 기내에 가지고 탈 수 있는 용량에 맞게 작은 통에 따로 준비했다. 그뿐인가. 랩톱, 카메라, 외장하드,

고프로까지⋯ 전자기기만 해도 부피가 엄청난데, 옷 부피도 만만치 않았다. 부피를 최대한 줄이기 위한 연구를 하고, 압축팩 등을 사용해 차곡차곡 짐을 꾸렸다. 옷은 최대한 적게 가져가고 현지에서 사는 방법을 택하기로 했다. 주로 따뜻한 나라로 여행을 가므로 미리 여름옷을 많이 챙길 필요는 없기 때문이다.

물품 체크리스트

카메라
랩톱 컴퓨터
액션캠
세계여행용 멀티탭
개인 화장품
각종 충전기
보조배터리
카메라
속옷 및 양말
여벌 옷
비상약(감기, 멀미, 소화제, 지사제)
모자
수영복
비상식량(라면, 누룽지 등)
세면용품(칫솔, 치약, 비누 등)
압축팩
선블록
외장하드
보조가방
슬리퍼
침낭
스포츠 타월

떠나기 하루 전

잠이 올까.

정말 내일 가는 걸까.

생각하고 또 생각하며 마지막 짐을 점검했다. 몇 개월간 여기서 잘 수
없다고 생각하니 괜히 내 침대도 더 포근하게 느껴졌다. 모든 짐을 담은
큰 배낭과 필수품을 넣어 앞으로 멘 가방까지 배낭 두 개의 무게가 족히
20킬로그램은 되었다. 짐을 모두 챙기고 멍하니 바라보는데 동생이 물어
왔다.

"언니, 기분이 어때?"

"모르겠어. 설렘 반 긴장 반, 이런 느낌이야."

언니로서 동생을 잘 챙기고 긴 여정 내내 잘해낼 수 있을까. 생각이 꼬리를 물 때쯤 속으로 되뇌었다.

'걱정하기 시작하면 끝도 없다. 멋지게 즐기자!'

그렇게 한국에서의 마지막 밤이 저물어갔다.

오늘이 지나면
한자매의 사진 폴더에는
어떤 사진들이 담길까?

떠나다

Part2

Russia

러시아

23rd Mar ———————————————————————— 5th Apr

Vladivostok -Trans siberian railway
-Irkutsk -Moskva

블라디보스톡 · 2018년 3월 23일, D-day!

새벽 5시. 아직은 어스름한 하늘. 오늘은 한자매가 세계여행을 떠나는 날이다. 출근 시간에 공항버스를 타야 하는지라 시간이 오래 걸릴 것 같아서 아침 일찍 준비를 서둘렀다. 어젯밤 미리 챙겨놓은 배낭을 마지막으로 점검하고 빠진 물건은 없는지 꼼꼼히 살폈다. 엄마도 우리와 같이 일어나 채비를 도와주셨다. 모든 짐을 챙기고 인천공항행 버스 정류장까지는 엄마가 데려다주셨다.

"엄마. 우리 잘 다녀올게!"

버스에 올라타기 전 엄마를 꼭 안았다. 일찍 출근하신 아빠와 마지막 인사를 충분히 나누지 못한 것이 너무 아쉬웠다. 여기서 내가 울면 엄마도 걱정하실 것 같아서 입술을 깨물며 눈물을 참았다. 그렇게 한자매는 눈이 빨개져서 인천국제공항에 도착했다. 공항에서 일하는 동생의 친구 다은이가 인사를 나누겠다며 우리를 찾아왔다. 다은이가 건네준 쇼핑백 안에는 컵라면이 한가득 담겨 있었다. 꼭 필요할 거라면서, 이렇게나 많이 챙겨온 것이다. 다은이는 우리의 탑승 게이트까지 와서 배웅해주었다. 힘차게 손을 흔들며 진짜진짜 마지막 인사를 나누고, 다은이의 예쁜 마음이 담긴 라면 쇼핑백과 함께 한자매는 오후 12시 30분 제주항공 러시아 블라디보스톡(Vladivostok)행 비행기에 올랐다.

"언니, 우리 진짜 간다 그치? 항상 꿈만 꿨는데 꿈을 이루러 정말 간다."

동생의 말에 세계여행이 시작되었다는 게 실감이 났다. 비행기 안에서는 어째 잠도 안 왔다. 비행시간 내내 창밖을 보며 이런저런 생각을 했다. 블라디보스톡 국제공항(Vladivostok International Airport)에 도착한 것은 오후 3시. 한국을 떠난 지 2시간 20분 만이었다.

그런데 짐을 찾고 나오자마자 난관에 봉착했다. 공항에서 와이파이가 잡힐 거라 생각하고 숙소 가는 방법을 미리 찾지 않았던 게 화근이었다. 영어가 전혀 통하지 않아서 길을 물어볼 수도 없었다. 공항을 나와 버스 정류장처럼 보이는 곳으로 가보니, 블로그 서치할 때 얼핏 본 버스 번호가 있는 것 같았다. 버스 기사님께 예약한 숙소의 이름을 보여드렸다. 다행히 어느 동네인지 아시는 눈치다. 우리는 두 사람분의 교통비로 550루블(한화로 약 9,300원)을 내고 일단 버스에 올라탔다. 40분을 달렸을까? 기사님이 여기서 내리면 된다고 신호를 줬다. 우리가 내린 곳은 '아르바트 거리'였다. 내리긴 내렸는데 우리 앞에는 더 큰 문제가 있었다. 미리 유심을 준비하지 않아서 지도로 길을 찾을 수 없었던 것이다. 러시아에서는 유심이 없으면 인터넷을 사용할 수 없었다! 버거킹이며 맥도날드며 매장에 들어가 와이파이를 잡아봐도 유심이 있어야만 무료 와이파이를 사용할 수 있었다. 무슨 이런 경우가! 결국 길에서 한 시간을 떨며 헤매는 동안 해가 저물기 시작했다. 다급한 마음에 유심부터 사야겠다고 생각하고는 무작정 걷고 걸어 기차역 근처에서 통신사 대리점 하나를 발견했다. 다행히 점원이 영어로 안내를 도와주었다. 러시아에 열흘 정도 있을 예정이라고 하자 넉넉한 4기가 요금제를 추천해주었다. 가격은 300루블(한화로 약 5,000원)로 저렴했다. 진작 살걸…. 한국처럼 어디서나 와이파이를 쓰면 될 거라는 우리의 안일한 생각이 고생을 부른 것이다. 밖은 이미 해가 지고 어둑해져 더 걷거나 버스를 타는 건 무리였다. 점원은 친절하게 스마트폰 어플로 택시 부르는 법을 알려주었고, 5분 정도 지나자 매장 앞으로 택시가 왔다.

택시를 타고 우여곡절 끝에 첫 숙소에 도착하였다. 시간은 오후 8시. 비행기에서 내린 지 5시간 만에 숙소에 도착한 것이다. 동생과 나는 이동할 때 숙소 찾아가는 법을 미리 알아두자고 다짐하고 또 했다. 그렇게 한자매의 여행 규칙 1번이 생겨났다. 밥을 사 먹으러 나갈 힘도 없어서 다은이가 공항에서 챙겨준 컵라면에 뜨거운 물을 부었다.

"언니, 라면 진짜 맛있다 꿀맛!"

5분 만에 라면을 해치우고 잠자리에 누워 생각했다.

'처음에는 누구나 고생하는 거겠지? 이렇게 성장하는 거겠지?'
어둠이 짙게 내려앉은 블라디보스톡에서의 첫밤이 저물고 있었다.

처음에는 누구나 고생하는 거겠지?
이렇게 성장하는 거겠지?

시베리아 횡단열차 · 너구나, 그 유명한 열차

오전 11시, 숙소에서 체크아웃을 하려고 정신없이 배낭을 챙기고 있었다. 우리는 오늘 오후 7시 10분에 출발하는 시베리아 횡단열차에 오를 예정이다. 배낭여행자들이 한 번쯤 꼭 타보고 싶은 열차로 꼽는다는 시베리아 횡단열차는 우리 한자매에게도 일종의 로망이었다. 숙소를 나와 버스에 올라 시내로 향했다. 기차 안에 맛있는 음식이 있을 리 없겠거니 생각하고 미리 만찬을 즐기기로 했다. 햄버거가 먹고 싶다는 동생을 위해 버거킹으로 들어갔다. 햄버거를 먹으며 동생과 이야기를 나눴다.

"4인실에 우리만 있으면 좋겠지만, 누군가 온다면 근육 뿜뿜 멋진 오빠들이면 좋겠다."

기대에 잔뜩 부푼 표정으로 이야기하는 동생. 어쩌다 저런 허황된 꿈을 품게 된 걸까, 의문이었다. 우리가 점심을 먹은 버거킹 매장과 블라디보스톡 기차역은 그리 멀지 않았다. 물론 배낭을 메고 걸으면 이야기가 좀 다르지만. 20분쯤 걸어 도착한 블라디보스톡 기차역. 예약 내역을 출력한 서류를 티켓으로 교환하기 위해 창구로 향했다. 그런데 창구 직원이 계속 이 종이가 아니라며 갸우뚱하는 것이다. '설마 잘못 예약한 건 아니겠지?' 불안함이 엄습했다. 직원은 우리에게 여권을 달라고 했다. 우리의 여권을 받아 들고 어디론가 향한 직원은 한참 동안 오지 않았다. 10분 정도 흘렀을까, 직원이 티켓을 들고 돌아와 우리에게 건네주었다. 예약 과정의 어떤 부분이 잘못되었는지는 아직도 풀리지 않는 의문으로 남아 있다.

티켓을 받아들고 우리는 짐 보관소로 향했다. 기차 탑승까지는 아직 5시간이 남아 있었기에 짐을 맡기고 블라디보스톡 기차역 주변을 조금 더 돌아보기로 했다. 짐 보관소에서 여자 직원이 반갑게 인사를 건네며 우리를 맞아주고 한참 뚫어져라 보더니 웃으며 말한다.

"나 한국 좋아해요. 한국말도 알아요."

어찌나 반갑던지! 러시아 사람들에게는 영어로 말해도 잘 통하지 않고 한국어가 통할 리는 더더욱 없었기 때문이다. 한국말 잘하는 친절한 직원의 도움을 받아 짐을 맡기고 열쇠를 받아 보관소를 나왔다. 찬바람이 마구 불어오는 날씨에 따뜻한 커피 한 잔이 간절했다. 동생에게 근처 구경도 할 겸 카페에 가자고 했다. 러시아에 온 지도 벌써 나흘. 이제 이곳의 분위기가 낯설지 않다. 마음 가는 곳으로 구경하며 걷다 발견한 곳은 어느 호텔 1층 로비에 있는 베이커리 겸 카페였다. 공간은 작지만 맛있는 빵들이 마음을 사로잡았다. 동생과 나는 따뜻한 아메리카노와 블루베리가 잔뜩 얹어진 파이를 골랐다. 파이를 한 입 베어 물자 입안에서 바로 느껴지는 달콤함. 고소한 아메리카노도 너무 맛있었다. 시베리아 횡단열차를 타면 데이터가 잘 터지지 않는다는 이야기를 들은 터라 부모님과 미리 영상통화로 안부도 나눴다.

"우리 딸들 오늘도 예쁘네!"
"엄마 우리 완전 생얼인데. 엄마 눈에만 예쁜 거야."

짧지만 애정 가득했던 영상통화를 마치고 이제 기차를 타러 갈 시간. 맡겨놓았던 배낭을 찾아 두근거리는 마음을 안고 기차로 향했다.

오후 6시 30분쯤 우리는 001번 시베리아 횡단열차에 올랐다. 메고 있는 배낭도 무거운데, 열차에서 마실 물 1.5리터까지 각자 한 병씩 들고 낑낑거리며 우리의 자리를 찾아갔다. 3박 4일간 열차에서 먹고 자고 지내야 한다. 2등석 4인실에 1층 자리 2개를 예약한 우리는 객실 문을 열고는 실망을 감추지 못했다. 4인실이지만 둘이서만 쓸 수 있지 않을까 했던 덧없는 기대는 저 멀리 사라지고, 나이가 좀 있어 보이는 여행자 두 명이 2층 침대를 차지하고 있었다. 실망해서 어두워진 동생의 얼굴이 왠지 귀엽다. 우리는 객실 안으로 들어가사마자 필요한 짐만 꺼내고 배낭을 단단하게 잠가 침대 밑에 넣어놓았다. 여기서 물건을 잃어버린들 누구도 책임져주지 않는다. 시계가 정확히 7시 10분을 가리키자 서서히 기차가 움직였다. 드디어 한자매의 시베리아 횡단 여정이 시작된 것이다. 침실뿐인 열차 안에서 뭘 할까 하는 걱정도 잠시, 창밖으로 보이는 주황빛 일몰이 장관이었다. 그 분위기를 만끽하며 동생이랑 도란도란 이야기하는 것도 너무 좋았다. 내가 지금 세계여행을 하고 있다는 게 믿기지 않았다. 너무 꿈꿔오던 일이라 그랬던 걸까? 마냥 좋았다. 앞으로 매일 기차에서 어떤 예쁜 풍경을 보게 될까.

"내가 기대했던 근육 뿜뿜 오빠들이 있었다면, 지금쯤 수다꽃을 피웠겠지?"
"창밖을 보면서 그 생각만 하고 있었냐? 징하다 너도."

순간, 동생의 세계여행 목적이 전세계의 근육질 남자들이랑 친해지려고 하는 건 아닐까 의심스러웠다. 물어보면 맞다고 할까 봐 묻지는 않았지만.

내가 지금
세계여행을 하고 있다는 게
믿기지 않았다.
너무 꿈꿔오던 일이라 그랬던 걸까?

시베리아 횡단열차 · 식량이 부족해!

횡단열차를 타기 전(3박 4일 동안 먹을 물과 식량을 사려고) 역 근처의 마트
에 들렀다. 그런데 돌고 돌아도 딱히 살 만한 게 없었다. 밥도 없고, 반찬
이 될 만한 것도 없어서 우리는 어쩔 수 없이 물만 사서 가게를 나왔다.
기차역으로 가는 길에 본 과일 가게에서 바나나를 송이로 팔았는데도 그
냥 지나쳤다. 그것은 우리의 엄청난 실수였다! 기차에서는 뜨거운 물만
제공되고 매점이 없었다.

우리가 가져온 식량이라곤 라면밖에 없고, 하루에 한 번씩 나오는 줄
알았던 밥은 열차에 처음 탈 때 한 번만 제공되는 것이었다. 어제 버거킹
에서 남긴 감자튀김이 눈앞에 어른거리고, 카페에서 빵을 더 사지 않은
것이 후회되고, 그냥 지나쳐버린 바나나 송이들이 못내 아쉬웠다. 길게

정차하는 기차역에 내려서 간이매점에 가봐도 빵과 과자, 라면뿐 먹을 만한 게 없었다. 이번 기회를 포기하고 기다렸다가 다음 정차하는 역에서 내려 간이매점에 갔다. 여기서는 햄버거를 팔고 있었다. 이건 꼭 사야겠다는 마음에 2개를 집어들고 계산을 하려는데, 매점 점원이 손사래를 친다. 우리가 내민 돈은 5천 루블(한화로 약 10만 원). 직원은 잔돈이 없다며 돈을 받을 수 없다고 했다. 우리가 가진 건 정말로 이 돈뿐인데…. 주위를 둘러보아도 우리 돈을 바꾸어줄 만한 가게는 보이지 않았다. 결국 햄버거도 사지 못하고 기차에 다시 올랐다. 어쩔 수 없이 오늘도 다은이가 챙겨준 라면을 먹으려고 쇼핑백에서 하나를 집었다. 나도 모르게 한숨이 나왔다. 사실 나는 라면을 그다지 좋아하지 않는다. 정말 숙취에 시달려서 죽을 것 같고, 마땅히 해장할 음식이 없을 때 먹는 게 라면이었다. 그런 라면을 이렇게 삼시 세 끼 주식으로 먹고 있다니. 엄마가 해주는 따뜻한 밥과 김치찌개가 그립고, 엄마가 벌써 보고 싶었다. 배가 더 고파지자 '배낭여행자라고 이렇게까지 해야 하나'라는 생각도 들었다. 저녁을 굶고 일찍자려고 누웠는데 동생이 가방 속에서 으스러진 누룽지를 꺼냈다.

"언니, 나 한국에서 가져온 누룽지 있다, 참!"
"아니 왜 이걸 지금 말해! 이 기특한 동생아!"

비닐봉지에 담긴, 잘게 부숴진 누룽지를 그릇에 담고 따뜻한 물에 녹여 떠 먹는다. 이게 뭐라고, 그렇게 행복할 수가 없었다.

시베리아 횡단열차 · 냄새나는 한자매

오전 10시, 열차가 아마자르(Amazar) 역에 18분 정도 정차한다고 했다. 너무 배가 고픈 우리는 당장 매점으로 달려갔다. 어제보다 훨씬 큰 매점이었다. 문을 열고 들어가자마자 동생과 나는 동시에 이렇게 외쳤다.

"와아, 대박! 초코파이!"

고민할 것 없이 초코파이 한 박스를 집어들었다. 다른 먹을거리나 빵 종류도 많이 보였다. 간식으로 쿠키와 요거트까지 집어들고는 신이 난 한자매. 세상을 다 가진 듯 행복하며 매점을 나서려는데 간판이 사과 모양인 가게가 눈에 띄었다. 혹시나 하는 마음에 들어가보니, 올레! 과일을 파는 가게였다. 먹고 싶던 바나나는 없었지만 사과와 오렌지가 있고 가격

마저 저렴했다. 식량을 잔뜩 안고 출발 시각에 맞춰 다시 열차에 올랐다. 침대에 앉자마자 우리는 사온 과일을 허겁지겁 입 속으로 넣었다. 이 얼마 만에 먹어보는 신선하고 맛있는 음식인가! 후식으로 초코파이까지 먹으니 완벽했다.

시베리아 횡단열차 안에는 화장실이 있지만, 따로 샤워할 수 있는 공간은 마련되어 있지 않다. 화장실 세면대도 무척 작아서 세수 말고 다른 것을 하기가 거의 불가능했다. 세계여행을 떠나기 전, 시베리아 횡단열차에 대해 조사하며 열차 안에서 샤워가 가능하다는 사실을 알게 되었다. 물론 유료다. 150루블(한화로 2,500원 정도)을 지불하고 승무원들이 사용하는 샤워실을 쓰는 것이다. 사흘째 샤워를 하지 못해 슬슬 머리가 가려웠고, 냄새도 나는 것 같았다. 그래서 오늘, 동생과 나는 샤워를 하기로 했다. 대부분의 러시아 사람들이 영어를 잘 못하기 때문에, 샤워를 하고 싶다는 문구를 번역기에 돌려서 승무원에게 보여주었다. 승무원은 손으로 오케이를 그려 보이며 기다려달라고 했다. 10시 50분쯤 승무원이 우리를 데리러 왔다. 우리는 승무원을 따라나섰다. 몇 개의 열차 칸을 지났다. 2등석 칸을 벗어나, 3등석 칸까지 모두 지나 한참을 더 걸어서 승무원들만 머무는 칸에 도착하자 머리가 하얗고 뽀얀 피부를 가진 할머니 승무원이 기다리고 있었다. 딱 보기에도 강렬한 포스가 느껴져서 직급이 높은 승무원임을 직감했다. 우리를 데리고 온 승무원이 할머니 승무원에게 러시아어로 뭐라뭐라 말해주었다. 할머니 승무원은 나를 가리키며 종이에 5를 쓰고, 동생을 가리키며 6을 썼다. 나는 어리둥절했다.

"5분 동안 사용하라는 건가? 그런데 왜 너는 6분이야?"
"내가 더 예쁜가 봐."

때리고 싶었다. 영문을 알지 못하고 둘이서 5분과 6분 안에 어떻게 씻냐며 투덕거리고 있었더니 승무원이 우리를 보며 말했다.

"Moscow 5 and 6 O'clock."

그렇다. 여기는 예약을 하고 정해진 시간에만 씻을 수 있는 시스템이었던 것이다. 내가 배정받은 5는 5분도 아니고, 기차 안 시각도 아닌, 모스크바 시각으로 곧 다가오는 오전 5시(기차 안 시각으로는 오후 12시)를 말하는 것이었다. 러시아는 도시 간에도 시차가 있어서 열차 안에 있는 모든 역 정차 시간표는 모스크바 시각으로 표기되어 있었다. 예약까지 하고 다시 오는 게 번거로웠지만, 그래도 씻을 수 있는 게 어디인가. 우리는 다시 걷고 걸어 우리의 열차 칸으로 돌아와 기다렸다. 침대에 누워 메모장에 그동안 있었던 일을 정리하며 시간을 보내고 있는데, 승무원이 객실 문을 노크했다. 모스크바 시각으로 5시가 다 돼서 이제 샤워를 하러 가면 된다고 알려주러 온 것이다. 하마터면 잊고 지나칠 뻔했는데 친절한 승무원 덕분에 시간을 맞출 수 있었다. 샤워 용품과 수건을 챙겨 샤워실로 향했다. 승무원에게 돈을 지불하니, 15분 동안 사용하면 된다고 알려주었다. 그리고 잠겨 있던 샤워실을 열어준다. 샤워실은 내 생각보다 훨씬 크고 깨끗했다. 온수도 잘 나오고 수압도 좋았다. 머리도 감고 샤워를 하는 데 15분이면 충분했다. 동생 역시 승무원의 안내로 샤워장을 이용했다. 깨끗하게 샤워를 하고 온 동생이 들떠서 나에게 말했다.

"언니, 나 '감사합니다'를 러시아어로 배워왔어."

"뭔데?"

"스파시바!"

욕설같이 들리는데 욕설은 아니고, 분명 감사하다는 말인데 이상하게
기분이 나쁘다. 기분 탓이겠지?

이르쿠츠크 · 널 위해 준비했어

2018년 3월 31일, 동생의 생일이다. 우리는 시베리아 횡단열차에서 내려 '시베리아의 파리'라고 불리는 이르쿠츠크를 여행 중이었다. 예쁜 건물과 볼거리가 가득한 130지구와 구역 가장 안쪽에 위치한 모드느이 크바르탈(Modnyy Kvartal) 쇼핑몰에 가려고 길을 나섰다. 버스로 30분 정도 달려 도착한 130지구. 오늘도 새로운 거리를 걷는다는 생각에 마음이 설렌다. 한국인 여행자들이 이 130지구를 '이르쿠츠크의 가로수길'이라고 부른다던데, 거리에 들어서자마자 이유를 알 것 같았다. 양쪽으로 늘어선 건물들이 저마다 예쁘다고 뽐내는 듯했다. 간판도 각양각색, 구경하는 눈이 즐겁다. 나는 처음 와본 티를 팍팍 내며 두리번거리면서 앞서 걸어가는 동생에게 말했다.

"이 거리, 우리나라 가로수길의 유럽 버전 같아. 예뻐!"

"그래? 난 아무리 봐도 영어마을 같은데."

영어마을이라니, 생각하는 게 어쩜 이리 다를 수 있는지. 그런데 동생이 그렇게 말한 후로는 왠지 모르게 내 눈에도 그렇게 보이는 듯했다. 그래도 깔끔하고 세련된 건물이 즐비한 이 거리가 나는 마음에 들었다. 날씨가 흐린 게 못내 아쉬웠다. 한참을 걷다 보니 배가 고팠다. 우리는 크바르탈 쇼핑몰에 들어가 점심을 먹기로 했다. 밖에서 볼 때는 작아 보이던 쇼핑몰은 보기와 다르게 넓고 깔끔했다. 자연스럽게 코를 쿵쿵거리며 푸드코트로 향했다. 점심시간에 딱 맞춰 온 걸까. 어느 매장이나 사람들이 줄을 길게 서 있었다. 동생 생일이라 오늘만큼은 맛있는 걸 먹이고 싶었는데, 어디든 오래 기다려야 할 것 같았다. 동생은 괜찮다며 간단히 샌드위치를 먹자고 했다. 내가 그동안 동생의 성격을 잘 몰랐던 걸까, 아니면 여행을 하면서 달라진 걸까. 동생은 안 되는 일에 대한 포기가 빨라졌다. 그리고 그 포기한 것에 대해 마음 쓰거나 연연해하지 않았다. 언니인 내가 보기에는 너무나 좋은 변화였다. 저녁에 더 맛있는 것을 먹자고 약속하고 우리는 샌드위치를 하나씩 시켜 남김없이 먹어치웠다. 2시간 정도 더 쇼핑몰을 구경하고, 다시 버스를 타고 숙소가 있는 동네로 향했다. 동생은 미역국이 그리웠는지 한식이 먹고 싶다고 했다. 버스에서 내리자마자 열심히 돌아다니며 한식당을 찾아봤지만 보이지 않았다. 결국 찾지 못하고 숙소 근처 펍으로 향했다. 햄버그 스테이크와 감자튀김, 그리고 맥주를 한 잔씩 시키고 우리만의 소소한 생일 파티를 시작했다. 해외에서 생일을 맞을 동생을 위해 몰래 동생의 친구들과 부모님께 생일 축하 영상 메시지를 받아뒀다. 나는 여행하는 동안 자기 전에 틈틈이 그 영상들을 이어붙이고 깜짝 영상편지를 만들었다. 마지막에 부모님 영상을 넣어 감동을 극대화하고, 눈물 콧물 쏟게 만드려는 것은 나의 큰 그림이었고. 그렇게 준비한 동영상, 드디어 개봉박두!

"생일 축하해 동생, 널 위해 준비했어."
"흐윽…."

마지막에 울 줄 알았는데, 영상을 틀자마자 울고 있는 너란 녀석.
이럴 때 보면 아직 애기다. 돈으로 사는 비싼 선물은 줄 수 없지만, 의미 있는 선물이 되길 바라는 마음으로 준비했다(사실, 부모님 영상편지를 보면서는 나도 눈물이 그렁그렁해졌다).

"나밖에 없지?"
"언니 따랑해."

돈으로 사는 비싼 선물은
줄 수 없지만,
의미 있는 선물이 되길
바라는 마음으로.

모스크바 · 오늘도 다사다난

새벽 4시 30분, 노크와 함께 내 이름을 부르는 익숙한 목소리가 들려온다. 나는 서둘러 문을 열었다. 우리가 머물고 있는 게스트 하우스 '호스텔 룸(Hostel ROOM)'의 호스트 스베틀라나였다. 우리가 숙소에 체크인하던 날, 스베틀라나는 나에게 떠나는 날짜와 비행기 시간을 물었다. 나의 대답을 기억했다가 우리를 공항까지 데려다주려고 이 새벽에 온 것이었다.

"너무 이른 시각이라 택시를 잡기 어려울 거야. 밖에 눈이 굉장히 많이 왔어. 내가 데려다줄게."

세상에! 스베틀라나는 천사가 분명했다. 고마운 마음에 연신 "생큐 소 머치"를 외쳤다. 우리의 배낭과 짐을 차 트렁크에 넣고 출발! 숙소에서

13킬로미터 떨어져 있는 이르쿠츠크 국제공항(Irkutsk International Airport) 까지 스베틀라나는 해가 뜨지 않아 잘 보이지 않고 미끄러운 눈길을 능숙한 솜씨로 운전했다. 덕분에 우리는 30분 만에 편하게 이르쿠츠크 국제공항에 도착했다. 스베틀라나는 우리가 배낭 메는 것을 도와주며 친절하게 공항 입구까지 알려주었다. 스베틀라나 같은 호스트를 만난 건 정말이지 행운이라고 생각했다. 헤어지기 아쉬운 마음에 스베틀라나와 진한 포옹을 나눴다. 무사히 체크인을 마치고 동생과 나는 우랄항공(Ural Airlines) 오전 7시 45분 비행기를 타고 6시간을 날아 오후 2시가 다 되어 모스크바에 도착했다. 그런데 이르쿠츠크와 모스크바의 5시간 시차 때문에 시계는 여전히 오전 9시를 가리키고 있었다. 도시만 이동했을 뿐인데 시차가 이렇게 크게 나다니. 타임머신을 타고 시간여행을 하는 기분이었다. 우리는 공항에서 나와 택시를 타고 예약해둔 호스텔로 찾아갔다. 우리가 예약해둔 곳은 모스크바 다닐로프스키 지구에 있는 '호스텔 데레보(Hostel Derevo)'였다.

그런데 체크인하던 직원이 여권과 입국 신고서 말고 '거주지 등록증'이라는 것을 달라고 했다. 러시아에서는 7일 이상 머물게 되면 거주지 등록을 해야 하는데, 나를 포함한 한국 여행자 대부분은 한 도시에 7일 이상 머물 때 등록하는 걸로 잘못 알고 있었다. 직원은 우리가 러시아에 머문 지 이미 7일이 지났고, 거주지 등록증이 없기 때문에 이 호스텔에서는 묵을 수 없다고 했다. 또한 이 호스텔은 등록증을 발급해줄 권한이 없다고도 덧붙였다. 이 무슨 청천벽력 같은 소리인지.

급하게 인터넷을 뒤져 한인 민박을 찾아냈다. 나의 연락을 받은 숙소 사장님은 감사하게도 거주지 등록증 문제를 해결해주겠다고 하셨다. 이런 일을 꽤 많이 겪으신 듯했다. 거주지 등록증 문제를 해결하지 못하면 벌금을 많이 내야 하기에 우리에겐 선택의 여지가 없었다. 호스텔 직원도 미안했는지, 택시를 불러주고 친절하게 기사 아저씨에게 민박집 위치까지 러시아어로 알려주었다. 우리는 해가 뉘엿뉘엿 지는 저녁 무렵이 되어서야 민박에 도착해서 짐을 풀 수 있었다. 정말이지 이동하는 데에만 꼬박 하루가 걸렸다.

"언니, 이렇게 첫 여행지부터 다사다난하면, 앞으로는 얼마나 더 많은 일들이 생길까?"
"무엇을 상상하든 그 이상을 겪게 될 거야."

그렇게 한자매는 고생길로 가고 있음이 틀림없었다.

○ Tip

러시아에 7일 이상 머물 예정이라면 첫 숙소에 거주지 등록을 해야 한다. 약간의 수수료를 낼 수도 있지만, 경찰이 불시에 검사했을 때 등록되어 있지 않으면 더 큰 벌금을 내야 한다. 또 발급받은 거주지 등록증은 여권과 함께 꼭 지니고 다녀야 한다.

Czech

체코

5th Apr ─────────────────────────────────── 10th Apr

Prague

프라하 · 꿈같은 유럽

그렇게 꿈꾸던 유럽을 드디어 서른 살에 오게 되다니! 우리의 첫 유럽 여행지는 체코의 프라하였다. 모스크바의 셰레메티예보 국제공항 (Sheremetyevo International Airport)에서 오후 3시 20분 스마트윙스 (Smartwings) 비행기를 타고 오늘 아침 프라하 바츨라프하벨 국제공항 (Václav Havel Airport Prague)에 내렸다.

아침에는 안개가 자욱했지만 낮이 되자 언제 그랬냐는 듯 안개가 걷히고 해가 반짝 떠올랐다. 모스크바와는 다른, 따뜻한 기온이 우리를 반긴다. 숙소 근처 마트에서 구입한 식재료로 간단하게 점심을 만들어 먹기로 했다. 메뉴는 감자, 당근, 양파를 가득 넣고 만든 한자매표 카레. 흰 쌀밥에 카레를 가득 부어 숟가락이 꽉 차게 담아 입속으로 넣는다. 대단한 음식은 아니지만 직접 만들어서 그런지 더 특별하고 맛있었다. 밥그릇도 아닌 큰 수프 볼에 가득 담았던 밥을 카레에 싹싹 비벼 먹고 어느새 깨끗해진 그릇. 빨리 프라하의 곳곳을 다녀보고 싶은 마음에 동생과 나는 서둘러 밖으로 나갔다. 우리의 숙소는 프라하 8지구에 위치한 '비지트인 아파트먼트 앤드 호스텔(VisitInn Apartments & Hostel)'이었다. 숙소 근처의 팔모브카(Palmovka) 역에서 지하철을 타고 프라하 구시가 광장(Prague Old Town Square)으로 향했다. 지하철역 계단을 올라가자마자 거리 곳곳에 스민 유럽의 향기가 물씬 느껴졌다. 예쁜 건물 옆에 예쁜 건물. 도시를 가로지르는 트램 소리. 모든 게 그야말로 유럽스럽다. 테라스에 앉아 맥주를 한잔하는 사람들. 그저 일상이고 행복인 듯한 풍경. 거리 곳곳에 놓인 표지판, 가로등마저 유럽의 감성을 품고 있는 듯했다. 분위기만으로 힐링된다는 게 바로 이런 걸까? 그저 좋았다.

구시가 광장은 여행객들로 몹시 붐볐다. 광장 시계탑 앞에서 부활절 마켓이 열리고 있었기 때문이다. 나무마다 달걀 모형이 주렁주렁 달려 있었다. 맛있는 냄새가 가득한 마켓을 둘러보니 간단하게 먹을 수 있는 길거리 음식들을 팔고 있다. 사람들은 저마다 원하는 음식을 하나씩 들고 길거리에서 이야기를 나누며 시간을 보내고 있었다.

우리는 프라하에 오면 꼭 먹어야 한다는 '굴뚝빵' 트르들로(Trdlo)를 먹어보기로 했다. 가격은 1개에 120코루나(한화로 약 6,000원)로 유럽의 높은

물가를 바로 실감하게 했지만. 생크림과 딸기가 들어가는 트르들로를 주문했다. 가게 앞에서 만드는 과정을 직접 볼 수 있어서 재미가 쏠쏠했다. 5분 정도 지나자 점원이 우리에게 트르들로를 건넸다. 곁에는 설탕 가루가 뿌려져 있고 빵 한가운데에 딸기와 생크림이 가득 들어 있었다. 빵은 바삭하면서 부드러운 식감을 자랑했다. 딸기와 달달한 생크림이 빵과 어

우러져 그야말로 감동적인 디저트였다. 동생과 나는 달콤함에 홀려 길 한 가운데에 서 있는 줄도 모르고 감탄하며 트르들로를 먹었다. 그리고 다음 목적지 카를 교로 향했다.

프라하를 검색하면서 가장 많이 본 사진이 바로 카를 교 사진이었다. 그래서일까. 프라하를 생각하면 카를 교가 가장 먼저 떠올랐는데, 드디어 내 눈으로 직접 보게 되었다. 카를 교는 이미 관광객으로 가득 차 있었고, 카를 교를 그려 엽서로 만들거나 캔버스 그림으로 만들어 파는 거리 예술가도 굉장히 많이 보였다. 카를 교 위에 서면 또 다른 시야로 프라하 시내를 바라볼 수 있다. 그곳에서 바라본 프라하 성은 마치 동화 속의 성 같고, 손을 꼭 잡고 프라하 성을 바라보는 커플들은 사랑이 가득해 보인다. 이래서 프라하가 연인의 도시인 걸까. 카를 교 바로 앞, 블타바 강 근처에 삼삼오오 모여앉아 맥주캔 또는 음료를 마시며 이런저런 담소를 나누는 사람늘도 시야에 들어온다. 동생과 나도 그 분위기에 점점 빠져들었다. 유럽에서는 어떤 일이 우리를 기다리고 있을까?

"언니, 우리도 사랑 가득하게 팔짱 끼고 다니자."
"그런 일은 생각도 하지 말고, 일어나서는 더 안 돼."

유럽에서는 어떤 일이
한자매를 기다리고 있을까?

프라하 · 분위기를 마시는 카페

커피를 사랑하는 나이기에 유럽의 카페에서 꼭 맛있는 커피를 마시고 싶었다. 다른 나라들의 카페를 가보는 것도 나에게는 여행이다. 숙소에서 점심을 먹고 미리 찾아둔 카페로 나섰다. 내가 프라하에 오게 된다면 꼭 들르고 싶던 카페다. 위치를 찾아보니 어제 갔던 구시가 광장과 그리 멀지 않았다. 어제의 루트와 똑같이 간 다음에 카페까지 걸어가기로 했다. 어제와는 또 다른 골목이 펼쳐져 다른 도시를 여행하는 느낌이었다. 파스텔톤으로 칠한 벽에 예쁜 창문을 가진 집들이 줄지어 있는 모습이 꼭 장난감 나라 같았다. 구글 지도를 따라가면서 집들을 구경하다 보니 어느새 카페 앞. 문에 붙은 'TRICAFE' 스티커를 보니 맞게 잘 찾아왔구나 싶었다. 카페의 문만 봐도 유럽 카페라고 외치는 것 같았다. 한껏 부푼 마음으로 문을 열고 들어가자 맨 먼저 하얀 톤의 깔끔한 분위기에 널찍하게 배

치된 원목 탁자들이 눈에 들어왔다. 카페 안이 마음에 쏙 들어 커피를 시켜야 하는 것도 잊고 한참 동안 카페 안 곳곳을 구경했다. 그러고 나서 너무 먹고 싶었던 플랫화이트와 동생이 좋아하는 카페라테를 주문했다. 나는 돈을 내면서 카페 직원에게 내 여행자 명함도 같이 내밀었다.

"나는 세계여행자예요. 이 카페, 정말 예뻐요. 한국 카페에도 관심이 있다면 내 SNS에 놀러오세요!"

내 명함을 받아든 직원은 신기하다는 듯 한참 동안 명함을 이리저리 보았다.

"세계여행자라고요? 정말 멋지네요. SNS에 꼭 놀러갈게요. 그리고 항상 응원할게요."

고맙다는 인사를 건네고 동생과 나는 카페에 앉아 이곳의 분위기를 한번 더 천천히 살폈다. 카페 안에 있는 사람들은 대부분 책을 읽거나, 담소를 나누고 있었다. 우리가 주문한 커피가 테이블 위에 놓였다. 큰 창으로 따스하게 스며든 햇빛이 커피가 가득 채워진 잔에 사뿐히 내려앉았다. 모든 게 완벽했다. 커피를 한 모금 마실 때마다 분위기를 마시는 듯했다. 플랫화이트도 내가 원한 바로 그 맛이었다. 커피를 마시던 동생이 갑자기 창문이 너무 예쁘다며 창문 밖에 서 있는 모습을 찍어달라고 밖으로 뛰어나갔다. 역광이라 얼굴이 잘 나오지도 않는데 창밖에서 세상 예쁜 표정을 짓고 있는 동생. '바보….' 그래도 부탁이니 열심히 찍어주고 있는데 어디선가 시선이 느껴져서 뒤를 돌아봤다. 그러자 어느 남자 손님이 덤앤더머처럼 행동하고 있는 우리를 구경하고 있는 것이 아닌가. 나와 눈이 마주치고, 3초간 정적이 흐른 후 동시에 웃음이 터져버렸다. 그 손님이 내 동생을 가리키며 말했다.

"너무 귀엽고, 재미난 친구네요."

실은 재미난 애가 아니라 또라이예요.

(우리가 카페에 들른 날 밤, 카페 직원은 내 SNS에 방문했고, 고맙다는 댓글도 남겨주었다.)

Info
TRICAFE
@tricafepraha

프라하 • 내 인생 두 번째 버킷리스트

내 인생의 버킷리스트 1번이 세계여행이었다면, 두 번째는 스카이다이빙이었다. 오늘은 그 두 번째를 실현하는 날이다. 미리 예약해둔 시간에 맞춰 가이드를 만나러 중앙역으로 갔다. 이미 많은 사람들이 장소에 와 있었다. 가이드는 한국인으로, 내 또래로 보이는 남자분이었다. 그는 우리와 같은 날짜에 예약한 사람들이 이곳에 모여 기차를 타고 콜린 지역으로 출발한다고 미리 귀띔해주었다.

인원 점검을 마치고 드디어 기차를 타러 간다. 2시간을 달려 도착한 장소에는 우리를 하늘로 데려다줄 경비행기가 대기하고 있었다. 그제야 서서히 실감이 나기 시작했다. 간단한 동영상 교육을 받고 옷을 갈아입었다. 나와 함께할 다이버는 하얀 콧수염을 가진 매력적인 할아버지 월터

(WALTR) 씨였다. 아주 오래된 경력을 가진 베테랑 다이버라고 했다. 동생과 함께할 다이버는 훤칠한 키의 마틴(MARTIN) 씨였다. 동생은 긴장이 됐는지 나에게 와서 말했다.

"언니 나 못 뛰면 어떡하지?"
"괜찮아. 못 뛰어도 마틴 씨가 뛰면 넌 그냥 자동낙하야."

동생의 긴장을 풀어줄 겸 농담을 주고받는 사이에 조가 나뉘었고, 나는 1조에 배정되었다. 4인 1조로 동생과 나 그리고 다른 여행객 커플이 같이 경비행기에 올랐다. 경비행기를 타고 하늘로 올라가자 내 마음도 들뜨기 시작했다. 이쯤 올라갔으니 뛰려나? 싶은데도 비행기는 더 높은 곳으로 올라갔다. 월터 씨가 그런 나의 모습을 동영상에 계속 담아주었다. 또 긴장하지 않도록 계속해서 농담도 건네주었다. 높이 뜬 비행기의 작은 창 너머로 보이는 콜린 지역은 레고 마을처럼 작게 보였다. 10분 정도 더 올라 드디어 낙하지점에 도착했다는 사이렌이 울리고 경비행기의 문이 열렸다. 다이버들이 뛸 준비를 시작하고 덩달아 우리도 긴장했다. 함께 간 커플의 남자가 가장 먼저 뛰었고, 그다음은 여자, 세 번째가 동생, 내가 맨 마지막이었다. 내가 월터 씨와 함께 장비를 체크하는 사이 커플이 뛰어내렸다. 이제 내 동생 차례다. 긴장하지 말라고 격려를 건네기도 전에 동생을 리드하던 마틴 씨가 망설임 없이 뛰었다. 드디어 마지막 순서, 내 차례다. 하나, 둘, 셋, 낙하! 엄청난 속도로 바람을 타고 내려갔다. 처음에 뛸 때는 몸과 심장이 따로 움직이는 것 같았다. 바람을 맞아 얼굴이 마구 일그러지는 것도 느껴졌다. 20초 동안 낙하산 없이 하강을 맛본 후 다시 자세를 잡고 월터 씨가 낙하산을 폈다. 그 시간이 30초에서 1분 정도 걸렸던 것 같다. 낙하산을 펴고 나니 프라하 콜린의 드넓게 펼쳐진 풍경이 보이기 시작했다. 예뻤다, 아니, 황홀했다. 하늘을 날며 보는 풍경이라니. 푸른 들판, 들판 위에서 풀을 뜯는 소, 끝이 보이지 않는 길, 그 길을 달리는 자동차까지 한눈에 들어왔다. 여행을 오래 하진 않았지만, 그동안 힘들었던 일들과 스트레스가 바람을 타고 시원하게 날아가는 것 같았다. 이제부터는 패러글라이딩이 시작된다. 바람이 너무 세서 콧물이 났는데 홀쩍여도 들어가지 않았다. 월터 씨가 동영상을 찍고 있는데! 스카이다이빙하는 영상에 코 찔찔이 모습이 그대로 남아버렸다. 월터 씨는 바람이 조금 강하게 불 때면 묘기를 보여주었다. 마치 롤러코스터를 타는 것 같았다. 그렇게 바람을 타고 그렇게 날고 날아 땅을 밟기까지 10분 정도 걸렸다. 도착해서도 너무 신난 내 모습을 월터 씨가 영상에 잘 담아주었다. 수료증도 주고 같이 사진도 찍어주었다. 먼저 도착하여 생각보다 무섭지 않고 재미있었다며, 또 하고 싶다고 말하는 동생의 얼굴에 행복이 가득했다. 역시, 하고 싶던 일을 한다는 건 너무너무 행복한 일이다. 여행을 할수록 버킷리스트를 하나씩 체크해가고, 그만큼 새로운 리스트가 생겨난다. 세계로 한발씩 나아갈수록 더 큰 세계로 나아가고 싶은 내가 보였다. 우리는 그렇게 계속 여행을 해야 하는 이유들을 만들고 있었다.

역시, 하고 싶던 일을 한다는 건
너무너무 행복한 일이다.

○ Tip

스카이다이빙은 날씨와 바람의 영향을 많이 받는 스포츠이다. 그래서 경비행기를 타고 올라가도 바람이
심하게 불거나 날씨가 안 좋으면 낙하를 포기하고 그대로 내려오는 경우도 종종 있다. 그러므로 여행
일정 초반에 신청하여 만일 연기되어도 다른 날 할 수 있도록 하는 것이 좋다.

Hungary

헝가리

Budapest

부다페스트 · 로맨틱 부다페스트

   정든 프라하를 떠나 장거리 버스인 플릭스버스(FLiX BUS)를 타고 헝가리로 왔다. 여행 21일째에 도착한 새로운 여행지였다. 저녁을 두둑하게 먹고 부다페스트의 야경을 보러 나온 장소는 '어부의 요새(Halaszbastya)'였다. 성의 꼭대기에 올라 야경을 볼 수도 있고, 요새 앞에 스타벅스가 있어 전망을 보며 커피도 마실 수 있다고 했다. 우리는 숙소 근처에서 드램을 타고, 세체니 다리 앞에서 하차했다. 다뉴브 강에 놓인 부다페스트의 명소 세체니 다리를 건너보고, 세체니 다리에서 보이는 풍경을 동영상과 사진에 열심히 담았다. 발걸음을 멈추고 눈에도 풍경을 담아본다. '매일 이렇게 예쁜 다리에서 산책하고, 기분 좋아지는 풍경을 보면 얼마나 좋을까' 하는 생각이 머릿속을 꽉 채웠다. 세체니 다리를 다 건너고 나면 어부의 요새까지 계단으로 올라가야 한다. 버스를 탈 수도 있다고 했지만 걸어 올라가면서 좋아하는 골목을 구경하고 싶었다. 길을 잃으면 어쩌나 걱정했지만, 우리 말고도 어부의 요새를 걸어서 올라가는 여행자들이 꽤 있었다. 여행자들이 가는 길을 따라가다 보니 어렵지 않게 목적지에 도착했다. 일몰까지는 1시간 정도 남았다. 우리는 어부의 요새 앞에 있는 스타벅스에서 시간을 보내기로 했다. 인기가 많은 만큼 스타벅스 안은 여행자들로 북적거렸다. 음료와 디저트를 시키고 날씨가 별로 춥지 않아서 야외 자리에 앉았다. 예쁜 풍경을 더 가까이에서 느끼고 자리에 앉아 풍경을 만끽한다. 하늘에는 뭉게뭉게 하얀 구름이 가득하다. 하늘 아래로는 동화 속 공주가 살 법한 예쁜 성이 보인다. 성 앞에는 그려놓은 듯한 크리스마스트리 모양의 나무가 우뚝 서 있다. 동생과 나는 "무슨 이런 말도 안 되는 뷰가 다 있냐"라고 외치며 연신 셔터를 눌러댔다. 이제 서서히 해가 지기 시작한다. 카페에 있던 사람들도 하나둘 일몰과 야경을 보려고 짐을 챙겨 나가기 시작했다. 우리도 얼른 자리를 정리하고 밖으로 나왔다.

저물녘의 성 윤곽 사이로 부다페스트의 국회의사당이 보였다. 핑크색으로 물든 하늘에 웅장한 국회의사당이 한 폭의 그림 같았다. 해가 떨어지기 시작하자 부다페스트에는 순식간에 어둠이 내려앉았다. 그때부터 국회의사당의 야경이 빛을 발하기 시작했다. 주변은 어둡고 국회의사당에만 밝게 조명이 들어와 더욱 웅장하고 멋져 보였다. 그곳에 있던 사람들 모두 카메라를 들고 서서 열심히 야경을 담기 시작했다. 나도 사진을 열심히 찍었지만 보이는 만큼 담기는 쉽지 않았다. 아쉬운 마음에 나와

동생은 야경을 더 가까이 보려고 내려갔다. 가까이서 보는 국회의사당은 더욱 그림 같았다. 사실 나는 '부다페스트의 야경이라고 프라하의 야경과 별반 다른 게 있겠어?'라고 생각했는데 큰 오산이었다. 부다페스트 국회 의사당이 내는 특유의 느낌은 프라하와 전혀 달랐다. 아니, 같고 다름은 중요하지 않았다. 이 순간에 복잡한 생각이나 걱정 따위는 내려놓고, 동 생과 함께 도란도란 이야기 나누며 야경을 만끽할 수 있는 이 시간이 중 요하고 소중했다. 국회의사당이 보이는 곳은 어디든 사람들의 쉼터가 되 었다. 연인들은 이곳을 배경 삼아 달콤한 사랑을 속삭이고, 친구들이 옹 기종기 모여 맥주 한잔하며 좋은 시간을 보내고 있었다.

"언니, 이런 곳에서 남자와 있으면 그냥 바로 사랑에 빠질 것 같아."
"그 남자는 아닐 수도 있어⋯."

한자매까지 로맨틱하게 만드는 부다페스트의 밤이다.

○ Tip

유럽에서는 기차뿐만 아니라 버스로도 이동이 가능하다. 기차보다 시간이 조금 더 걸리지만 저렴하게 움직일 수 있다는 장점이 있다. 또 버스 안에는 화장실도 있고, 간단한 음료도 제공하며 와이파이도 무료로 사용할 수 있다. 단 홈페이지나 스마트폰 어플을 이용하여 미리 예약해야 한다.

버스 회사 스튜던트에이전시, 플릭스버스, 일사버스

Hungary

2019년 5월 29일 밤, 부다페스트 다뉴브 강에서 한국인 관광객들이 탑승한 유람선이 침몰하는 사고가 발생했습니다. 저 역시 바로 그곳에서 야경을 감상하였기에 기사를 접하고 큰 충격을 받고 오랫동안 마음이 아팠습니다. 아름다운 풍경을 보러 간 곳에서 사고를 당한 분들이 얼마나 무서웠을까, 가히 상상조차 되지 않았습니다. 다시는 이런 일이 일어나지 않기를 간절히 기도하고, 희생되신 분들의 명복을 빕니다.

Turkey

터키

Cappadocia

카파도키아 · 가끔은 믿기지 않는 광경이 펼쳐진다

여행 24일째. 터키로 온 우리는 카이세리에서 하루를 묵고 오늘 아침 일찍 카파도키아로 향하는 버스에 올랐다. 카파도키아는 모든 사람들이 한 번쯤 꿈꾸는 여행지라고 한다. 크고 작은 벌룬을 가장 가까이에서, 그리고 크게 볼 수 있기 때문이다. 늘 사진으로만 봐온 곳이라 실제로 보면 어떤 느낌일지, 상상이 되지 않았다.

우리가 처음 짠 일정에는 터키가 들어 있지 않았다. 그런데 부다페스트에서 이스탄불을 경유하여 카파도키아까지 오는 항공권이 매우 싸게 나와 있는 것이 아닌가. 꿈꾸던 곳을 가는 것이니 망설일 필요가 없었고, 그렇게 운명적으로 카파도키아에 오게 되었다. 벌룬을 보려면 새벽 6시에는 일어나야 한단다. 그래서 어젯밤, 새벽 5시 50분부터 1분 간격으로 알람을 맞춰놓고 잠자리에 들었다.

이른 새벽, 알람이 울리기 시작한다. 시끄럽게 울려대는 알람을 끄고 일어나 창문을 열어보았다. 저 멀리 벌룬들이 보이기 시작한다. 동생을 깨워 급하게 옷을 껴입고 설레는 마음을 안고 호텔 옥상으로 올라갔다. 세상에! 셀 수 없을 정도로 많은 벌룬이 보이는 게 아닌가. 벌룬은 날씨가 좋아야 뜬다고 했는데, 오늘이 바로 그날인 모양이다. 구름 한 점 없는 맑은 하늘에 벌룬이 떠 있다니, 꿈만 같았다. 처음 보는 광경에 심장이 마구 두근거렸다. 멀리서 색색의 크고 작은 벌룬들이 점점 더 높게 떠오르고, 그 뒤로 태양도 빼꼼 고개를 내밀었다. 시간이 흐를수록 더 멋진 광경이 눈앞에 펼쳐졌다. 이루 말할 수 없이 행복했다. 꿈꾸던 곳에 찾아가 마침내 꿈꾸던 것을 이루는 데에서 오는 행복. 이것이야말로 내가 원한 진정한 행복이다 싶었다. 벌룬을 만끽한 동생과 나는 아침을 먹으며 찍은 사진을 보고, 보고, 또 본다.

"언니, 일찍 일어난 보람이 있다. 최고다. 그치?"
"눈으로 보고도 믿기지 않았어. 꼭 꿈을 꾼 것 같아."

우리의 행복은 오후에도 계속되었다. 오후 5시부터 2시간 동안 걷는 로즈밸리투어 트래킹을 예약했다. 트래킹 후에 일몰을 보는 루트다. 가이드가 시간에 맞춰 호텔 앞으로 우리를 픽업하러 왔다. 차로 10분 정도 달

려 도착한 트래킹 지점. 우리는 6명의 다른 여행자들과 같이 트래킹하게
되었다. 산을 올라가는 코스였지만 길을 잘 터놔서 힘들이지 않고 오를
수 있었다. 가이드는 우리가 뒤처지지 않도록 속도를 잘 맞춰주었다. 이
곳의 산은 내가 지금까지 올라본 산과는 조금 달랐다. 울창한 나무보다
큰 바위들이 많았고, 풀밭이 넓게 펼쳐졌다. 산을 오른 지 얼마 지나지 않

아 신기한 광경들이 보였다. 커다란 암석으로 된, 18세기의 사람들이 살았다는 거주지와 절벽이 속속들이 나타난 것이다. 처음 보는 대자연의 광경에 눈을 뗄 수가 없었다. 암석들은 저마다 다른 모양으로 광활한 자연에 끝없이 펼쳐져 있었다. 일몰을 보러 정상으로 가는 길에 과일 주스를 파는 카페들이 보였다. 가이드가 이곳에서 해가 질 때까지 조금 기다리자고 제안했다. '가이드와 제휴가 된 카페인가?' 인생샷을 남기자며 동생과 열심히 사진을 찍다 보니 금세 30분이 지나갔다. 이윽고 가이드의 신호에 따라 우리는 정상으로 향했다. 옆으로 말을 타고 올라가는 여행객도 보인다. 뭐, 우리에게는 튼튼한 두 다리가 있으니 부럽지 않았다. 정상에 선 순간, 붉은 태양이 사방을 물들이고 있었다. 온종일 꿈을 꾸는 것만 같다. 동생과 나란히 쪼그려 앉아 넋 놓고 일몰을 감상한다.

"언니, 우리 여행 오길 참 잘했다. 이런 광경을 못 봤다면 너무 억울했을 것 같아."
"못 봤다는 상상은 하기도 싫을 정도였어."

처음 만나는 대자연에서
눈을 뗄 수가 없다.

Turkey

카파도키아 · 슬픈 예감은 틀리지 않는다

　카파도키아에 오려면 이스탄불을 경유하여 카이세리로 온 다음, 그곳에서 카파도키아까지 버스를 타고 들어와야 한다. 나갈 때도 마찬가지다. 부다페스트에서 비행기를 예약하면서 카이세리에서 이스탄불로 가는 비행기를 4월 17일로 예약했다. 그런데 어쩐 일인지 예약 확정 메일이 오지 않았다. 신용카드 승인은 떨어졌는데 말이다. 항공사에 문의 메일을 보내봐도 예약자 메일로 보냈다는 답이 올 뿐, 어디에서도 확인할 길이 없었다. 불길했다. 당장 내일 떠나야 하는데…. 호텔 리셉션으로 가서 도움을 요청했다. 벌룬에 대해 자세하게 설명해준 직원인 투나한 씨와는 어느새 동갑내기 친구로 친해졌다. 투나한은 내 이야기를 듣더니 항공사에 기꺼이 전화해줬다.

지금 시각은 오후 1시 30분. 항공사와 통화하던 투나한은 내가 오늘 오후 2시 비행기를 예약했다고 알려주었다. 오 마이 갓! 그렇게 10분 정도 통화했을까? 전화를 끊은 투나한은, 지금은 탑승 중이라 변경이 불가하고 비행기가 뜨고 나면 수수료 없이 다음 날인 17일 비행기로 옮겨주겠다는 답변을 받았다고 했다. 1시간 뒤에 투나한은 다시 항공사와 통화를 시도했다. 그런데 투나한의 표정이 좋지 않다. 항공사 측에서 17일 비행기로 바꿔주려고 했으나, 17일과 18일 모두 만석이라 바꿔줄 수 없다고 했기 때문이다. 19일이나 되어야 자리가 있다면서. 나는 이미 19일에 이스탄불에서 오스트리아로 나가는 비행편을 예약해둔 상태이기 때문에 무조건 17일에 떠나야만 했다.

다른 방법이 떠오르지 않아 어떻게 해야 하나 고민하고 있는데 투나한이 버스 편을 제안했다. 아침 8시 15분에 출발하여 이스탄불에 오후 6시에 도착하는 버스가 있다고 했다. 버스를 타고 10시간의 강행군을 해야 하는 상황. 다른 선택지가 없었다. 우리는 인당 100유로라는(한화로 12만 원 정도) 거금을 내고 버스를 타기로 했다.

동생에게 너무 미안했다. 여러 항공권을 한 번에 결제하느라 예약 확인을 하지 못한 내 실수로 동생도 고생하는 것 같았다. 내일 탈 버스 티켓을 끊으러 가며 동생에게 말했다.

"미안해. 나 때문에 고생하게 생겼네."

"괜찮아, 그러려고 그런 것도 아닌데. 그런데 내가 실수했으면 언니는 날 가만 안 뒀겠지?"

어떻게 알았지. 분명 사달이 났을 듯싶다.

Austria

오스트리아

19th Apr —— 21st Apr

Hallstatt

할슈타트 · **또 다른 세상**

어렵사리 버스를 타고 달려 다시 터키항공(TURKISH AIRLINES)을 타고
드디어 오스트리아. 오늘은 동생이 오랫동안 원하던 할슈타트에 당일치
기로 놀러가기로 했다. 잘츠부르크 중앙역에서 OBB기차를 타고 한 번
환승하여 2시간 30분 정도 가면 할슈타트 역에 내릴 수 있다. 기차역에서
군것질거리를 사서 오전 9시 15분 기차에 올랐다. 동생은 배가 고팠는지
기차에 타자마자 과자를 까먹기 시작한다. 기차는 빠르게 시내를 벗어나
외곽으로 내달렸다. 기차 창밖으로 따스하고 빛이 가득한 풍경이 보인다.
한국에 있을 때는 기차를 타도 핸드폰을 보거나 잠자기 바빴는데, 여행을
시작하고 나서는 핸드폰은 내려놓고 보이는 풍경들에 빠져 그 시간을 즐
기게 되었다. 동생 또한 그랬다. 40분 정도 지났을 때, 기차 환승을 위해
에트낭푸하임(Attnang-Puchheim) 역에서 하차했다. 기차에서 내려 다른

플랫폼에서 10분쯤 기다리자 우리가 탈 할슈타트행 기차가 도착했다. 기차 안에는 여행자들이 가득했다. 다들 할슈타트를 가려는 걸까? 기차를 타고 다시 달린 지 1시간. 곧 할슈타트에 도착한다는 안내 방송이 흘러나왔다. 빠트리는 짐이 없는지 다시 한 번 둘러보고 기차에서 내렸다. 그런데 여기 유럽 맞나? 한국인이 엄청 많다. 할슈타트의 인기가 이 정도일 줄이야. 기차역 앞 선착장에서 페리를 타고 10분을 더 들어가면 할슈타트 마을이다. 우리는 왕복 티켓을 끊고 페리에 탑승했다.

페리를 타고 들어가자마자 엄청난 풍경이 펼쳐졌다. 눈이 채 녹지 않은 어마어마한 산 아래, 동화 속 마을에 온 것 같았다. 내가 보아온 할슈타트의 사진은 겨울이었는데, 또 다른 푸릇한 할슈타트를 경험하다니. 페리에서 내려 돌아가는 배편의 시간을 확인하고 동생과 나는 본격적으로 할슈타트 여행에 나섰다. 우리처럼 당일로 온 사람도 있고, 며칠 묵으며 천천히 여행하는 여행자들도 있는 듯했다. 문득 예쁜 숙소가 가득한 이 마을에 머무는 것도 좋겠다는 생각이 들었다. 할슈타트는 사진 찍고 싶은 곳이 가득했다. 어느 곳에 서도 '인생샷'을 찍을 수 있는 포토존이다. 한참 동안 동생과 서로 사진을 찍어주며 시간을 보내다 날씨가 너무 더워서 아이스크림을 하나씩 들고 앉아 더위를 식혔다. 날이 얼마나 더운지 아이스크림이 받자마자 녹아내려 맛을 음미하기도 전에 빠르게 먹어치워야 했다. 할슈타트는 시끌벅적한 도시와 멀찍하게 떨어져 있는, 참 조용하고 여유로운 마을 같았다. 잔잔히 흐르는 호수 위로 떠다니는 배들을 보며 평화로운 마음으로 생각에 잠겼다. 세계여행을 떠나온 지 어언 한 달. 그 동안 겪은 일들이 떠오르고, 함께 앞으로 얼마나 내가 변하게 될지, 어떤 여행을 하게 될지 두려움보다 설렘이 앞서고 있었다. 많은 생각이 스쳐갈 때쯤 동생의 목소리가 들려온다.

"언니, 조금 배고픈데 뭐 먹자."
"너, 이미 먹고 싶은 거 봐둬서 먹자고 하는 거지?"

고개를 끄덕이는 동생. 선착장 옆에 케밥 가게가 있다고 했다. 사람들이 먹고 있는 걸 봤는데 맛있어 보였다며, 나의 팔을 잡고 가게로 이끌었다. 우리는 케밥 하나와 감자튀김을 시켰다. 점심시간이 지난 뒤라 사람이 많지 않아서 우리가 시킨 음식이 금방 나왔다. 감자튀김부터 하나 집어 케첩에 찍어 먹는 동생. 내 동생은 감자튀김 마니아다. 반면에 나는 감자튀김을 별로 좋아하지 않는다. 믿기지 않겠지만 햄버거를 먹으러 가도 감자튀김은 잘 먹지 않는다. 그런데 여기 감자튀김은 내가 지금까지 먹어본 감자튀김과는 차원이 달랐다. 그야말로 '인생 감자튀김'이었다. 통감자로 만든 감자튀김은 짭짤하면서도 고소했다. 동생은 감자튀김을 먹는 내가 신기한지 빙긋 웃어 보였다. 동생이 찾은 이곳, 맛집으로 인정!

배를 채운 우리는 아까는 보지 못했던 반대편 마을을 가보기로 했다. 할슈타트는 골목이 많고 계단도 많아서 갈림길이 나올 때면 어느 방향으

로 가야 할지 고민이 됐지만, 그냥 마음 가는 대로 따라가보기로 했다. 이 마을의 집들은 어렸을 때 보던 '빨간 머리 앤'에 나오는 동네를 떠올리게 했다. 아니, 이곳을 모티프 삼아 그린 게 아닐까 싶을 정도로 똑 닮았다. 한참을 돌아다니다 보니 이제 선착장으로 돌아갈 시간이다. 시간이 촉박하면 내려가는 길을 헤매게 될 수도 있기 때문에 미리 내려가 있기로 했다. 선착장 앞 의자에 앉아서 돌아가는 페리를 기다리려니 아쉬움이 마구 밀려왔다. 동생은 아쉬운 게 할슈타트를 떠나는 것만은 아닌 듯했지만.

"언니, 우리 감자튀김 한 번 더 먹을래?"
"나 방금 감자튀김 생각하고 있었는데, 소름!"

난 이날 이후로 동생을 따라 감자튀김 마니아가 되었다.

Deutschland

독일

21st Apr ———————————————————————————— 24th Apr

Munich

뮌헨 · **기대하지 않았을 때, 더 크게 다가온다**

동생과 나는 오스트리아에서 영국 런던으로 가려는 계획을 세웠다. 런던행 비행 편을 알아보던 중, 독일 뮌헨에서 런던으로 가는 편이 저렴하다는 것을 알게 되었다. 오스트리아에서 뮌헨으로 가는 버스비도 만만했다. 그리하여 우리는 예정에 없던 뮌헨을 여행하게 되었다.

잘츠부르크에서 플릭스버스를 탄 지 2시간 만에 뮌헨에 도착했다. 유럽은 국가 간 이동이 자유로워서 이렇게 마음대로 오갈 수 있다는 게 참 좋다. 버스를 타고 몇 시간 만에 다른 나라로 갈 수 있다니! 뮌헨도 다른 유럽과 비슷하겠거니 생각했는데, 도착하자마자 강한 인상을 받았다. 그 대상은 바로 자동차! 나와 동생은 평소 차에 관심이 많았는데, 한국에서 고급 승용차로 불리는 3대 외제차를 만들어내는 곳이 바로 독일이라는 사실을 잠시 잊고 있었다. 우리나라에서는 볼 수 없는 차종들도 굉장히 많이 보였다. 숙소로 걸어가는 내내 자동차를 구경하는 재미가 쏠쏠했는데, 이내 또 하나의 재미가 우리를 사로잡았다. 바로 놀이동산! 알고 보니 이곳은 유명한 맥주 축제 '옥토버페스트(Oktoberfest)'가 열리는 장소였다. 우리가 온 4월에는 '스프링페스트(Springfest)'라는 미니 옥토버페스트가 열려서 임시로 놀이동산이 지어진 거고. 한 박자 쉬어가자는 의미로 들른, 기대도 안 했던 뮌헨에서 재미있는 일이 가득 생길 것 같은 예감이 들었다.

우리는 뮌헨의 마트 물가가 저렴하다는 정보에 직접 밥을 해 먹으면 좋을 것 같아서 아파트를 빌렸다. 도착한 아파트는 깔끔하고 주방에는 기본적인 식기와 소스들이 갖추어져 있었다. 동생과 나는 미니 옥토버페스트에 가보고 싶은 마음에, 숙소에 배낭만 내려놓고 밖으로 나왔다. 오랜만에 둘이 맥주의 본고장 독일에서 한잔할 생각에 마구 들떴다. 미니 옥토버페스트 입구부터 남성이 입는 독일의 전통 의상인 레더호젠(Lederhosen)과 여성이 입는 디른들(Dirndl)을 입은 사람들이 보이기 시작했다. 남자들은 무릎까지 오는 가죽바지에 멜빵을 차고 모자를 쓰며, 여자들은 소매가 봉우리처럼 생긴 블라우스에 무릎까지 내려오는 원피스를 입고 앞치마를 둘렀다. 의상이 너무 귀엽고 아기자기했다. 미니 옥토버페스트로 들어가자 수많은 사람들이 보였다. 미니 페스트도 이정도인데, 10월의 옥토버페스트에는 얼마나 많은 사람들이 올까. 검색해보니 전

세계에서 600만 명이 넘는 방문객이 뮌헨 옥토버페스트를 찾는다고 했다. 그야말로 세계 최대의 맥주 축제인 셈이다. 맥주와 핫도그를 손에 든 사람들이 행복한 얼굴로 미니 옥토버페스트를 즐기고 있었다. 서서히 하늘을 물들이는 노을과 놀이기구의 불빛들, 사람들의 대화가 어우러져 마치 오래된 아날로그 영화 속에 들어와 있는 듯했다. 분위기를 만끽하고 있던 그때였다. 번뜩 내가 한국에서 즐겨 마시던 맥주가 독일 맥주라는 것이 생각났다. 바로 '파울라너'. 그리고 이어서 파울라너 맥주만 맛볼 수 있는 펍이 보이는 게 아닌가. 세상에나, 나는 무언가에 이끌리듯 동생을 끌고 펍으로 들어갔다. 펍에는 다양한 국적의 사람들이 한데 모여 축제를 즐기고 있었다. 우리도 자리를 잡고 파울라너를 두 잔 주문했다. 곧 우리 앞에 놓인 파울라너는 내가 한국에서 먹던 크기가 아니었다. 족히 700시시는 되어 보였다. 이게 바로 독일의 클래스인가. 분위기에 취하고 맥주에 취하는 뮌헨에서의 첫날은 그렇게 저물어갔다.

"뮌헨 말야, 진짜 기대도 안 했는데 너무 좋다."
"맞아. 여기 잘생긴 오빠들도 많고, 너무 좋다."

아아, 아까부터 두리번거리며 구경하던 게 잘생긴 오빠들이었구나.

오래된 아날로그 영화 속에
들어와 있는 이 기분.

ESPRESSO (SINGLE, DOUBLE) £ 2,60/2,80
ESPRESSO MACCHIATO   £ 2,60/3,00
ESPRESSO WITH CHOCOLATE £ 3,90
AFFOGATO   £ 4,80
HOT
CHOCOLATE ⎫ SMALL   £ 3,00
↓   ⎬ REGULAR £ 5,00
MILK   ⎭ LARGE   £ 6,50
DARK
GIANDUIA

Lemon   Samana   Cinnamon   Mya   Waffle

England

영국

24th Apr ——————————————————————— 29th Apr

London

런던 · **완벽한 저녁**

　뮌헨에서 오후 2시 10분, 유로윙스(Eurowings)를 타고 2시간 10분 날아 오후 4시 20분에 런던 스탠스테드 공항(London Stansted Airport)에 도착했다. 맑은 날보다 비 오는 날이 많다는 런던. 역시나 빗줄기가 우리를 맞아주었다. 공항에서 시내까지 빠르게 가기 위해 우리는 공항철도를 타기로 했다. 이 공항철도부터 영국의 물가가 얼마나 비싼지 실감할 수 있었다. 2인 편도에 29파운드(한화로 약 4만 3천 원)! 배낭여행자인 우리에게는 큰 지출이지만, 런던 여행을 하려면 물가를 감당해야 한다. 공항철도인 스탠스테드 익스프레스를 타고 리버풀 스트리트(Liverpool Street) 역에 50분 만에 도착했다. 변화무쌍한 날씨와 살벌한 물가를 느끼며 영국 시내로 나왔다. 이곳에서 우리 숙소가 있는 벨사이즈 파크(Belsize Park) 역까지는 지하철로 환승하여 가야 했다. 큰 배낭을 메고 낑낑거리며 지하철을 탄 우리가 안쓰러웠는지 사람들이 자리를 내주었다. 덕분에 숙소까지 앉아서 편하게 갈 수 있었다.

숙소로 가는 길. 내 눈을 사로잡은 건 예쁜 건물들이었다. 그전에 여행한 동유럽과도 사뭇 달랐다. 더 화려하고 예술적이랄까. 건물들을 구경하는 것만으로도 런던을 느끼기에 충분했다. 그리고 공항에서 나온 지 2시간 반이 지나 우리는 숙소에 도착할 수 있었다.

우리의 런던 숙소는 벨사이즈 하우스(Belsize House). 영국의 비싼 물가 덕택에 오랜만에 게스트하우스 생활을 하게 되었다. 방을 배정받아 들어가자, 이미 방에 머물고 있는 다른 사람의 짐이 이곳저곳 가득했다. 이 숙소는 우리처럼 배낭여행자나 단기여행자들보다 런던에서 학교를 다니며 장기로 머무는 학생들이 많았다. 숙소에 짐을 풀고, 우리는 거한 저녁을 먹기로 했다. 고모가 운영하시는 한식당에 가서 말이다! 오랜만에 뵙는 고모에게 빈손으로 갈 수 없어 근처 베이커리에서 케이크를 샀다. 고모가 런던에 사셔서 자주 뵙지는 못했지만, 친척을 만난다는 생각에 벌써부터 마음이 편안했다. 가게에 도착하자마자 고모가 반가운 얼굴로 우리를 맞아주셨다. 우리가 사온 케이크를 받아 든 고모는 "먹고 싶은 거 다 먹어도 돼"라며 환하게 웃어 보이셨다. 고모의 말에 우리는 가슴이 두근거렸다. 골뱅이부침, 육회비빔밥, 파전, 치킨까지…. 정말 먹고 싶었던 음식들이 식탁에 거하게 올라왔다. "소주도 한잔해!" 고모는 반주로 소주도 내주셨다. 완벽했다. 고모와 우리는 시간 가는 줄 모르고 여행 이야기를 나누었다. 런던에 있는 동안에는 와서 편하게 밥 먹고 가라는 고모의 말씀에 그렇게 행복할 수 없었다. 얼마나 그리워했던 한식인지. 런던에서의 첫날 밤, 피곤함은 소주 한 잔에 날려버렸다.

"언니, 술이 진짜 달지 않아? 런던이라 더 그런가 봐."
"너 한국에서도 그 말 했어."

○ Tip
영국의 대중교통을 이용할 때에는 오이스터 충전식 카드를 사용하면 편리하다. 지하철역에 있는 기계에서 구입 및 충전할 수 있다. 다만, 카드 수량이 부족한 기계가 많다고 하니 구입을 원한다면 직원에게 먼저 물어보는 것이 좋다.

런던아이.
변덕스러운 날씨와
살벌한 물가의 영국이지만
그래도 좋다.

런던 · **자매의 취향**

오늘 한자매는 여행을 시작하고 처음으로 따로 일정을 보내게 되었다. 런던에서 보내는 마지막 날인데 하고 싶은 게 서로 달랐다. 그리하여 동생과 의견을 조율한 끝에 한 명이 포기하기보다는 둘 다 만족할 수 있는 '각자의 여행'을 하기로 한 것이다.

나는 카페투어를, 동생은 셜록 홈스 박물관을 가기로 했다. 동생은 드라마 〈셜록〉 시리즈를 재미있게 봤다며 꼭 박물관에 가고 싶다고 했고, 나는 런던의 유명한 '초코 커피'를 먹어보고 싶었다. 따로 다닌 적은 없어서 동생이 혼자서 잘 다닐 수 있을지 걱정이 됐다. 하지만 이것 또한 경험이라고 생각하며 이른 점심을 먹고 숙소를 나섰다. 동생이 각자 여행을 하기 전에, 숙소와 멀지 않은 곳에 영화 〈킹스맨〉에 나온 양복점이 있다며 같이 가보자고 했다. 나도 〈킹스맨〉을 재미있게 본 터라 한번 가보고 싶었다. 양복점으로 가는 길은 우리가 생각했던 길과는 조금 달랐다. 여기저기 공사 중이라 도로가 파이고, 들어가지 못하게 막아놓은 곳이 많았다. 혹시나 양복점도 없어졌거나 공사 중이면 어쩌나 초초한 마음이 들 때쯤, 동생이 우뚝 걸음을 멈췄다. 그리고 옆을 돌아본 순간, 영화에서 본 그 양복점이 내 눈앞에 있었다. 영화에서 봤던 외관과 로고! 너무 신기했다. 영화 세트장에라도 온 것처럼 들떠 양복점 앞을 기웃거렸다. 안에 들어갈 용기까지는 나지 않아 동생과 나는 소심하게 양복점 외관과 문에 쓰여진 킹스맨 로고만 사진에 담았다. 궁금했던 곳에 직접 와보니 미션이라도 완수한 듯 뿌듯했다.

각자의 여행을 위해 지하철 역으로 걸어가며 나는 동생에게 연락 끊지 말라고 신신당부를 건넸다. 그렇게 동생과 나는 오후 4시에 워털루 역에서 만나기로 약속하고 헤어졌다.

구름이 많아 날씨가 흐리고 바람이 많이 불어오지만, 카페로 향하는 길은 언제나 설렌다. 카페로 걸어가는 내내 머릿속에서 상상의 나래가 펼쳐졌다. 카페의 분위기는 어떨지, 커피 맛은 한국과 어떻게 다를지. 오늘 내가 택한 카페는 여러 가지 초콜릿을 녹여, 원하는 커피와 함께 마실 수 있는 'SAID dal 1923'이었다.

Info
Said dal 1923 london
@saiddal1923longdon

문을 열고 들어가자마자 달콤한 초콜릿 냄새가 코끝에 스민다. 초콜릿을 찬찬히 구경하는데 종류가 너무 많아 어떤 것을 먹어야 할지 고를 수가 없었다. '그렇다면 이왕 온 거 다 먹어봐야지!' 하고 다크초콜릿, 밀크초콜릿, 화이트초콜릿을 한 번에 맛볼 수 있는 메뉴를 선택했다. 가격은 5.6파운드(한화로 약 8,000원). 사실 배낭여행자에게 싼 가격은 아니다. 그렇지만 이 한 잔에 내가 느끼는 행복감을 생각하면 아깝지 않았다. 물론 동생은 비싼 거 먹었다며 잔소리할 수도 있지만. 5분 정도 기다리자, 작고 귀여운 하얀 컵 가득 초콜릿이 가득한 '초코 커피'가 나왔다. 얼른 수저로 커피를 조금 떠서 맛보았다. 다크초콜릿의 쌉쌀함으로 시작하여 화이트초콜릿의 달콤함으로 끝나는, 만족스러운 맛이었다. 나는 커피를 음미하며 창가에 앉아 지나가는 사람들을 구경하며 시간을 보냈다. 내가 제일 좋아하는 시간이다.

여행을 떠나기 전, 어떻게 하면 나의 세계여행이 더 풍성해질까 생각해보았다. 그때 떠오른 생각은 '멋진 사진 찍기, 나의 버킷리스트 실천하기, 세계 각국의 여행자들과 교류하기' 같은 것들이었다. 그런데 지금 와서 생각해보니 '내가 행복해하고 좋아하는 시간을 많이 갖기'가 나의 여정을 가장 풍성하게 만들어주는 것 같았다. 새로운 도시에 갈 때마다 꼭 카페에 가보는 것도 이 때문이다. 두 시간 남짓 혼자만의 소중한 한때를 보내고, 동생을 보러 가야겠다는 생각에 서둘러 카페를 나왔다. 지하철을 타고 워털루 역으로 가는 길, 빨리 동생을 만나서 오늘 하루가 어땠는지 들고 싶었다. 약속한 시간이 되고 드디어 동생을 만났다. 만나자마자 우리는 서로 질문을 쏟아냈다. 그 짧은 사이에 애틋함이라도 생긴 걸까?

"나 보고 싶었지?"
"사진 찍어줄 사람이 없어서 보고 싶었어."

아휴, 저것도 동생이라고….

내가 좋아하는 시간 갖기.
여행이 한층 풍성해지는 방법이다.

Croatia

크로아티아

29th Apr ——————————————————————————————— 16th May

Cavtat - Dubrovnik - Zagreb

차브타트 · 우리 지금 어디인 거지?

런던에서의 여정을 마치고 드디어 크로아티아. 우리는 이곳에서 12일 동안 머물며 조금은 느리게 크로아티아를 즐겨보기로 했다. 그래서 이번 에는 밥도 해 먹고, 빨래도 할 수 있는 아파트를 빌렸다.

크로아티아의 두브로브니크 국제공항(Dubrovnik Airport)에 도착하자 'DASOM'이라고, 내 이름이 쓰인 종이를 든 남자분이 보였다. 택시기사 님이다. 숙소 사장님께서 무료로 택시 픽업을 보내주셨다. 덕분에 지금까 지와는 달리 무척 편하게 숙소에 도착할 수 있었다. 숙소에 도착하자마자 키가 훤칠한 할아버지가 우리에게 다가왔다. 한눈에도 사장님 포스였다.

"안녕하세요! 리로빅(Relovic) 씨세요?"

"맞아요. 우리 집에 온 걸 환영해요."

사장님은 아파트 1층에 있는 방으로 우리를 안내했다. 아파트는 깨끗하고 편안했다. 거실에는 TV와 소파가 있고, 세탁기까지 갖춘 넓은 화장실, 침실에는 큰 문을 열고 나가면 바다가 보이는 테라스가 딸려 있었다. 주방에 들어가자 우리를 반기는 웰컴 와인이 준비되어 있었다. 12일간 이곳에서 어떤 생활을 하게 될지, 들뜬 마음으로 짐을 정리하는데 동생이 말했다.

"근데 여기, 두브로브니크가 아닌데?"
"그게 무슨 말이야?"

왜인지 모르겠지만, 나는 크로아티아의 휴양지로 유명한 두브로브니크가 공항과 가깝다고 생각하고 있었다. 그래서 공항과 바다에 가까운 숙소를 찾아 예약했는데, 다시 찾아보니 두브로브니크는 공항에서 차를 타고 30분 넘게 가야 하는 거리에 있었다. 하지만 운 좋게도 우리가 머물게 된 이곳은 두브로브니크보다 휴양지로 더 유명한 '차브타트'라는 동네다. 그래, 이건 운명이다. 푹 쉬라는 하늘의 뜻인 것이다! 동생과 나는 두브로브니크는 또 놀러가보면 되지 않겠냐며 긍정적인 마음으로 차브타트를 즐기기로 했다. 런던은 다소 추웠지만 이곳은 30도에 육박하는 더운 날씨였다. 동생과 나는 그간 한 번도 꺼내지 않았던 여름옷을 입고, 마을을 구경하러 나갔다. 우리가 가지고 있는 신발은 운동화뿐이라서 여름을 즐기기 위하여 슬리퍼를 하나 장만하기로 하고 상점으로 들어갔다. 마음에 쏙 드는 슬리퍼는 없었지만, 깔끔하고 편해 보이는 하얀 슬리퍼를 골랐다. 동생도 딱히 마음에 드는 게 없는지 나와 같은 신발로 하겠다고 했다. 120쿠나(한화로 약 2만 원)를 지불하고 슬리퍼 두 켤레를 구입했다. 한국에서도 똑같은 운동화를 신고 왔는데, 의도치 않게 슬리퍼까지 세트로 신게 되었다. 상점에서 조금 걸어가자 휴양지답게 바로 바다가 나왔다. 이곳은 해수욕장이 따로 있는 게 아니었다. 사람들은 바다와 가까운 곳 어디든 자리를 깔고 자유롭게 수영을 즐겼다.

"언니! 나 이 동네, 아주 맘에 들어. 저기 '핫가이'들 보여?"

웃통을 시원하게 벗은 남자 셋이 바다에서 공놀이를 즐기고 있었다. 동생은 당장에라도 물속으로 뛰어들 기세다. 아니, 차브타트에 눌러앉을 기세였다. 그렇게 11박 12일간의 휴가가 시작되었다.

바다와 가까운 곳에서
자유롭게 휴식하기.

두브로브니크 · 인기 있는 이유

오늘은 차브타트를 떠나 두브로브니크로 여행을 가는 날이다. 숙소에
서 간단하게 점심을 먹고 나가기로 했다. 베이컨을 지글지글 굽고 계란으
로 스크램블을 만들었다. 스크램블 위에 케첩까지 뿌려 밥과 같이 먹으면
간단한 메뉴지만 꿀맛이다. 오전 일찍 돌려놓은 빨래도 날이 좋아 테라스
에 널었다. 준비를 마친 우리는 차브타트 버스터미널로 걸어갔다. 마침
두브로크니크로 가는 버스가 사람들을 태우고 있었다. 우리도 2인 50쿠
나(한화로 8,600원)를 지불하고 버스에 올랐다. 두브로브니크는 버스를 타
고 30분이면 갈 수 있다. 버스를 타고 가면서 우리는 넓고 넓은 새파란 바
다가 끝도 없이 펼쳐지고, 배와 크루저들이 바다를 항해하는 예상도 못한
경치를 구경했다. 시내버스를 타고 가면서 이런 풍경을 보다니. 두브로브
니크로 향하는 30분이 조금도 지루하지 않았다. 아니, 그럴 틈이 없었다.

"와, 이거 완전 환상의 버스네!"

"아, 언니, 망했다. 우리 전 정류장에서 내렸어야 했는데."

동생과 나는 정신없이 버스 창밖을 구경하다가 버스 정류장을 지나쳐
버렸다. 결국 우리는 다음 정거장에서 내려 내리쬐는 볕 아래 2킬로미터
를 걸어서 되돌아왔다. 예전 같으면 짜증을 냈을 법도 한데 내리자마자
뒤돌아서 배낭을 안 메고 있는 게 어디냐며 쿨하게 걷기 시작했다. 걷는
동안에도 눈앞에 펼쳐진 황홀한 바다 풍경에 우리는 할 말을 잃었다. 그
곳은 버스나 차로는 갈 수 없는 길이었기에 어쩌면 이 뷰를 보기 위해 잘
못 내린 게 아닐까 싶을 정도였다. 40분쯤 걸었을까, 드디어 두브로브니
크의 중심가가 보이기 시작했다.

전 세계에서 두브로브니크를 찾아온 자유로운 옷차림의 여행자들이
하나둘 눈에 들어왔다. 여행을 시작하고 나서 처음으로 바다를 본 우리는
한껏 들떴다. 예쁜 바다를 더 가까이에서 보려고 '반예비치(Banje Beach)'
로 걸어갔다. 알록달록 색색의 파라솔과 해수욕을 즐기는 사람들이 보인
다. 물은 또 어찌나 맑은지, 물고기들이 떼 지어 다니는 모습까지 맨눈으
로 보일 정도였다. 유럽의 분위기를 한껏 느끼면서 휴양까지 할 수 있다
니, 이래서 다들 크로아티아가 좋다고 했나 보다. 사진을 어느 각도에서
담아도 다 포토제닉이었다.

노을이 질 무렵, 우리는 두브로브니크를 한눈에 담으려고 스르지(Srd) 산 전망대에 케이블카를 타고 올라갔다. 전망대에서 내려다보는 마을 풍경은 또 다른 장관이다. 크로아티아의 집들은 주황빛의 지붕을 가지고 있다. 참 예쁘다. 바다 위에 마을이 떠 있는 느낌이다. 해가 모습을 감추자 두브로브니크의 마을은 하나둘 환한 조명을 밝히기 시작했다. 바위 위에 앉아 야경을 보며 동생과 2시간 남짓 도란도란 수다를 떨었다. 적절한 휴식이 한자매에게 활기를 불어넣어 주는 것 같았다. 물론 기분 탓일지도 모른다. 평범하지만 평범하지 않은 이 여행이 일상이 되어가는 지금, 한자매는 행복하다.

Tip

차브타트에서 두브로브니크까지는 배를 타거나 버스를 타고 갈 수 있다. 비용은 배 편이 더 비싸다. 버스를 탈 경우에는 차브타트 버스터미널에서 10번 버스를 이용한다. 단, 버스는 출발 시각이 정해져 있으므로 터미널에 붙어 있는 시간표를 꼭 확인해야 한다.

평범하지만 평범하지 않은 여행이 일상이 되었다.
이 일상이 좋다.

차브타트 · 매일 봐도 그저 행복한

크로아티아에서의 닷새째 아침이 밝았다. 매일같이 맑은 날씨를 보여주던 차브타트에 오늘은 구름이 한가득이다.

궂은 날씨에도 포기할 수 없는 빨래를 잔뜩 돌려놓고, 동생과 아이스크림을 하나씩 사서 들고 산책에 나섰다. 바다를 보며 커피를 마실 수 있는 카페는 벌써 만석이다. 매일 보는 풍경인데도 날씨에 따라 새롭고, 시간대에 따라 새롭게 느껴진다. 나는 물을 참 좋아하나 보다. 특히나 이곳은 휴양지 중에서도 잘 알려지지 않은 곳이여서 관광객이 많지 않은 편이다. 그래서인지 이곳에서 시간을 보내는 사람들은 다들 느긋하게 걷고 구경하며 여유롭다. 그게 참 좋았다. 서울에서 매일 각박한 삶 속에 쫓기듯이 사는 사람들만 보다가(나 역시 그랬다) 여유를 즐기는 사람들을 보는 것만으로도 마음이 편해졌다.

산책을 나온 지 얼마 되지 않아 거짓말처럼 구름이 걷히고 해가 얼굴을 내밀었다. 맑게 갠 날씨 덕에 기분이 좋아진 우리는 바다와 가까운 산책로에 걸터앉아 시원한 물에 발을 담그기로 했다. 발만 살짝 담가도 더위가 싹 가시는 느낌이다. 동생은 성에 안 찼는지 물놀이를 하고 싶다며 바지를 걷고 바다로 들어갔다. 해맑게 웃는 동생의 얼굴에도 행복이 가득하다. 이 순간을 온전하게 즐길 수 있음에 그저 감사하다. 그러다 문득 이 감사함을 느끼고 싶어서 여행을 택했을지 모른다는 생각이 들었다. 여행을 떠나기 전에는 대단한 무언가를 이뤄야만 만족할 수 있을 거라고 생각했는데, 여행을 떠나온 지금은 이렇게 아이스크림을 먹으며 사람들의 웃는 모습을 보는 것만으로도 마음이 꽉 찬다. 이렇게 변해가는 내 모습이 좋다. 그로부터 한참 물놀이를 즐긴 동생과 나는 아직 가보지 못한 안쪽 산책로까지 걸어보기로 했다. 5분쯤 걸었을까. 바다 위에 떠 있는 작은 펍이 보였다. 마을을 산책하며 보았던 곳인데, 지나갈 때마다 문을 열지 않아 이곳이 펍인지 몰랐다. 자주 영업하는 가게가 아닌 것 같아 그냥 지나치기가 아쉬웠다. 동생도 나와 같은 마음인지 쉽게 지나가지 못하고 서성거렸다. 오랜만에 칵테일을 마시고 싶은 마음에 내가 먼저 제안했다.

"날도 좋은데 칵테일 한잔할까?"
"그럴까?"

펍에 들어서자 메뉴판을 들고 다가온 키 큰 남자 직원이 세상 친절한 미소로 자리를 안내해주었다. 그는 나와 내 동생에게 반갑게 악수를 청하더니 이름이 '칼로(Karlo)'라며 자신을 소개했다. 참 친절한 직원이다. 시원한 색감의 칵테일을 원했던 나는 '블루 하와이'를, 동생은 맥주 한 병을 주문했다. 따사로운 햇살이 내리쬐는 테라스에 앉은 사람들이 편한 복장 또는 수영복 차림으로 칵테일을 마시며 더위를 식혔다. 유럽 사람들은 타인에게 피해를 주는 행동을 하지 않는 선에서, 타인의 시선으로부터 참 자유롭다. '타인에게 어떻게 보이는가?'보다는 '나의 행복'을 더 중요시하는 것. 배우고 싶고, 배우고 있는 마인드다. 잠시 뒤, 우리가 주문한 칵테일과 맥주를 들고 온 칼로는 테이블 옆에 쪼그려 앉아 우리에게 궁금한 것들을 물어보기 시작했다. 그는 우리가 세계여행자라는 것을 듣고는 엄지를 들어 보이며 "Nice!"를 외쳤다. 그렇게 동생과 칼로는 한참을 깔깔 웃으며 수다를 떨었다. 칼로가 다른 주문을 받으러 간 사이 동생은 나에게 말했다.

"내가 칼로를 가게 앞에서부터 봤는데, 들어와서 보니까 더 잘생겼네. 하… 나는 이곳을 떠나고 싶지가 않다."
"그럼 그렇지. 네가 왜 이 앞에서 서성거리나 했다."

내 동생이 여행하는 이유 중 하나는 '더 큰 세계로 나아가 잘생긴 남자들을 보려고'가 확실하다.

이 순간을
온전하게 즐길 수 있음에
그저 감사하다.

차브타트 · 어린이날

　며칠 전 우리는 묵고 있는 숙소 사장님께 우리가 만든 파스타를 대접
했다. 오래 묵는 우리에게 많이 신경 써주시고, 불편한 건 없는지 늘 살펴
주셔서 항상 고마운 마음이었다. 그래서인지 사장님께서 같이 저녁을 먹
자고 하셨다. 근처에 자주 가는 피자집이 있는데 생선 요리도 있다면서.
동생과 나는 오늘이 한국에서는 '어린이날'이라고, 우연이지만 사장님께
서 우리에게 선물을 주는 것 같다고 말했다.

　약속 시간인 저녁 7시, 사장님의 승용차를 함께 타고 구불구불한 산길
을 15분 정도 달렸다. 도착한 곳에는 예쁜 빨간 지붕이 얹어진, 통나무로
지은 오두막 같은 가게가 있었다. 사장님은 이곳의 오랜 단골인 듯, 직원
이 먼저 알아보고 안부를 물으며 자리로 안내해주었다. 많은 메뉴와 알아

볼 수 없는 언어로 가득한 메뉴판을 뚫어져라 들여다보았지만 선뜻 음식을 고를 수 없었다. 우리가 머뭇거리는 것을 알아차린 사장님이 구운 참치를 추천해주셨다. 사장님은 피자를, 동생과 나는 구운 참치를 시켰다. 음식이 나오길 기다리는 동안 사장님과 우리는 이야기를 나눴다.

"다솜 양, 언제 차브타트를 떠나요?"
"사흘 후에 자그레브로 가요."
"오, 마침 나도 그래요. 내가 공항에 데려다줄게요. 괜찮죠?"

자그레브에 가시는 이유를 들어보니, 운영하시는 숙소가 차브타트 외에 자그레브에도 있어서 자주 가신다고 했다. 심지어 자그레브로 가는 비행기도 우리와 같았다. 사장님과 같은 비행기를 타다니, 이런 우연과 행운이 있나! 비행기 탑승 시각이 굉장히 이른 새벽이라 택시를 불러도 오지 않을 것 같아 내심 걱정하고 있었는데…. 사장님 덕분에 걱정을 한시름 내려놓았다. 그사이 주문한 음식도 모두 나왔다. 와인도 한 잔씩. 사장님은 맛있게 먹으라며 환하게 웃어 보이셨다. 우리는 엄청나게 두툼한 구운 참치를 크게 썰어 입에 한가득 넣고 맛을 음미했다. 이렇게 구운 참치를 먹어본 적이 없어서 비교할 수는 없지만, 씹을수록 굉장히 고소한 맛이 났다. 동생과 나는 눈빛을 교환하며 맛있다는 신호로 고개를 끄덕였다. 사장님은 피자 한 판을 통으로 맛있게 다 드셨다. 자주 드시고, 좋아하는 페퍼로니 피자인 듯했다. 그렇게 우리는, 한국도 아니고 어린이도

아니지만, 타지에서 보내는 어린이날을 기쁘게 보낼 수 있었다. 이렇게 여행 중 친해지는 사람들과의 인연이 참 귀하고, 함께 식사하는 것은 떨리고 좋은 경험이구나 싶었다. 2018년 5월 5일. 내 생에 가장 기억에 남을 어린이날이 지나고 있다.

자그레브 · 최악의 숙소

새벽 5시, 우리는 사장님 차에 배낭을 싣고 공항으로 출발했다. 이른 새벽에도 우리를 배려해주신 사장님 덕분에 두브로브니크 공항까지 무사히 올 수 있었다. 사장님과 우리는 오전 6시 15분에 출발하는 크로아티아항공(Croatia Airlines)을 타고 오전 7시에 자그레브 국제공항(Zagreb International Airport)에 도착했다. 두브로브니크가 여행지로 유명하다지만, 크로아티아의 중심지는 수도인 이곳 '자그레브'다. 공항에서 나와 시내로 가는 버스를 타러 가보았지만 버스 팻말만 있을 뿐, 기다릴 벤치도 기다리는 사람도 없었다. 버스 간격이 길어서 그런 걸까? 고민에 빠져 있을 때, 밴을 타고 가던 한 운전자가 창문을 열고는 반대편을 가리키며 말했다.

"시내로 가는 버스는 반대편에서 타야 해."

우리처럼 엉뚱한 곳에서 기다리는 여행자를 많이 보았다는 듯, 그는 여유로운 미소를 보이며 유유히 사라졌다. 그냥 지나칠 수도 있었을 텐데 도와준 사람에게 고마운 마음이 들었다. 내려놓았던 배낭을 다시 메고 반대편 버스 정류장에 도착하고 얼마 지나지 않아 버스 2대를 붙인 만큼 기다란 버스가 도착했다. 만약 계속 반대편에서 기다렸더라면 얼마나 고생했을지, 상상만 해도 아찔했다. 이번 숙소는 자그레브 중심가에서 조금 떨어진 곳에 있다. 주방이 있으면서 세탁기도 있는 숙소를 저렴한 가격에 구하느라 위치를 포기할 수밖에 없었다. 자그레브는 교통편이 잘되어 있기에 감수할 수 있는 선택이었다. 자그레브 시내 종점에서 내려 트램으로 갈아타고, 다시 버스를 타야 했다. 그렇게 우여곡절 3시간 만에 숙소에 도착했다. 하지만 난관은 거기서 끝나지 않았다. 숙소 앞에 여행자들이 죄다 서 있는 게 아닌가. 이 숙소의 주인이 열쇠를 넣어둔 보관함의 비밀번호를 발송해주지 않아서 다들 기다리고 있다고 했다. 한 여행자가 계속 어디론가 전화를 거는 모습이 보였다. 주인에게 통화를 시도하지만 받지 않는 듯했다. 숙소 앞에서 20분쯤 기다렸을까? 한 남자가 문 앞에서 기다리는 여행자들에게 다가와 연신 미안하다고 하고는 열쇠가 담긴 박스를 열어주었다. 그래도 여기까지는 참을 만했다. 숙소 문을 열고 들어간 순간, 동생과 나는 망연자실하고 말았다. 이 숙소는 지금까지 우리가 지낸 숙소 중 최악이었다. 침실에는 거미를 비롯한 작은 벌레들이 득실댔고,

방 안 청결 상태도 엉망이었다. 동생과 내가 숙소를 택할 때 가장 중요하게 생각하는 것이 청결인데, 예약 사이트의 사진만으로는 확인이 어려웠다. 이미 숙박료 지불이 완료된 터라 이제 와서 취소할 수 있는 상황도 아니었다. 억지로 배낭을 풀면서도 찝찝한 마음은 어쩔 수 없었다. 동생은 침대에서 도저히 못 자겠다며 거실 소파에서 자겠다고 했는데, 소파에서 두 명이 잘 수도 없는 노릇이다. 왜 내가 돈을 내고 예약한 숙소에서 벌레들과 함께 자야 하는지, 답답했다. 동생은 소파에 이불을 깔았고, 나는 어쩔 수 없이 침대에 누웠다. 몸은 고단한데 마음은 계속 불안했다.

"나 오늘 왠지 못 잘 것 같아…."
"여기서 며칠을 어떻게 버티지? 벌레에 물리진 않겠지? 언니… 언… 니?"

나는 침대에 누운 지 5분 만에 잠들었다고 한다. 그렇다. 벌레는 피곤함을 이기지 못했다.

Switzerland

스위스

16th May ——————————————————— 28th May

Interlaken -Grindelwald -Zurich

인터라켄 · **오랫동안 꿈꾸던 곳**

앞으로 2주를 보낼 스위스에 어젯밤 도착했다. 취리히 국제공항(Zurich Airport) 근처에서 하루를 묵고 아침 일찍 기차를 타고 인터라켄으로 넘어왔다. 듣던 대로 물가가 어마어마해서, 두 명 몫의 스위스패스 기차표 15일권을 샀더니 100만 원이라는 큰돈이 한 번에 지출됐다. 동생이 만 25세 미만이라 유스 가격이 적용되었는데도 금액이 상당했다.

스위스는 동생과 내가 제일 오고 싶었던 나라여서 다른 여행지와 달리 6개월 전에 미리 숙소를 예약해두었다. 그렇게 반년을 기다려 스위스에 드디어 입성했다. 부킹닷컴을 통해 예약한 우리의 숙소는 '다운타운 호스텔 인터라켄(Downtown Hostel Interlaken)'으로 기차역까지 걸어서 1분 거리에 있다. 즉, 기차역에 가까워서 선택한 숙소였다.

서둘러 스위스를 느껴보고 싶은 마음에 우리는 숙소에 배낭만 내려놓고 '라우터브루넨(Lauterbrunnen)'으로 향했다. 인터라켄에서 열차를 타고 20분이면 도착할 수 있는 마을이다. 기차에서 내리자마자 우리는 이리저리 고개를 돌려 구경하느라 바빴다. 흐린 날씨인데도 산과 마을이 어우러진 아름다운 풍경은 빛바래지 않았다. 웅장한 산이 펼쳐지고, 산줄기에서는 폭포가 흘러내렸다. 무엇보다 공기부터가 달랐다. 내가 여기에 서 있고, 이 모든 걸 눈에 담을 수 있다는 게 꿈만 같았다. 라우터브루넨은 작은 마을이라 걸어서 구경할 수 있다. 옹기종기 모여 있는 작은 집들 사이로 기차가 다니는 것이 동화에서나 볼 법한 장면이다. 마을로 조금 더 들어가자 꽃이 피어 있었다. 우리가 따뜻해지는 시기에 잘 맞춰 온 모양이다. 그나저나 이런 풍경을 매일 보고 지내면 어떤 느낌이 들까. 창문을 열면 산에서 폭포가 줄기차게 떨어지고, 그 옆으로는 기차가 다니는 풍경을 매일 보는 하루하루는 어떨까. 이곳에 계속 살 수는 없지만, 우리에게 주어진 2주라는 시간 동안 이곳에 사는 사람들처럼 푹 빠져 지내자고 다짐해본다.

"언니, 나 스위스가 너무 좋아! 역시 난 자연을 사랑하는 것 같아."
"근데 너 어느 나라든 갈 때마다 좋다고 하잖아. 금사빠야, 뭐야?"

○ Tip

스위스의 물가는 비싸지만 핸드폰 유심칩은 비교적 싼 편이다. 10일 동안 데이터를 무제한으로 쓸 수 있는 유심칩을 솔트(Salt) 통신사에서 10프랑(한화로 1만 2천원)에 구매 할 수 있다. (2018년 5월 기준)

인터라켄 · 융프라우 정상에 우뚝 서다

어젯밤, 잠자리에 들기 전, 내일 새벽에 일어나서 날이 맑으면 융프라우(Jungfrau)로 출발하자고 동생과 약속했다. 흐린 날에 올라가면 아무것도 볼 수 없다는 이야기를 들었기 때문이다. 새벽 5시, 알람이 대차게 울리기 시작했다. 자리에서 벌떡 일어나 창문을 열어보니 웬걸! 구름 한 점 없는 파란 하늘이 보였다.

"야! 해 떴어, 해! 대박!"

며칠 내내 우중충한 날씨만 보여준 스위스인데, 한자매는 '날씨 요정'이 분명하다. 동생과 나는 서둘러 나갈 채비를 했다. 산 정상은 기온이 상당히 낮기 때문에 옷을 겹겹이 껴입고 숙소를 나섰다. 숙소에서 융프라우까지는 '인터라켄 동역-라우터부르넨(환승)-클라이네샤이덱(Kleine Scheidegg)(환승)-융프라우' 이렇게 2번의 환승을 거쳐야 갈 수 있다. 기차를 타고 높게 올라갈수록 눈 덮인 산에 가까워졌다. 넋을 놓고 바라봤다. 스위스에 와서는 기차를 타는 순간이 참 좋아졌다. 매번 다른 풍경을 볼 수 있고, 쉽게 오르지 못하는 산도 기차를 타고 갈 수 있기 때문이다. 한 번의 환승을 거쳐 도착한 클라이네샤이덱에서 또 다른 환승을 위해 하차했다. 다음 기차까지 시간이 꽤 남아서 동생에게 그동안 호수를 보러 가자고 했다. 이곳에 오기 전, 블로그를 찾아보니 클라이네샤이덱 기차역에서 보이는 산을 올라 산꼭대기에 서면 그 너머로 호수를 볼 수 있다고 소개되어 있었다. 동생은 '정말 호수가 있다고?' 하는 얼굴로 반신반의하면서도 선뜻 나를 따라나섰다. 블로그에서는 분명 '산을 조금만 올라'라고 표현되어 있었는데, 사람마다 개인차가 있는 걸까? 산이 가파르지는 않았지만 눈으로 덮여 있어 발이 사정없이 푹푹 빠져서 가도 가도 끝이 보이지 않았다. 드디어 도달한 산 정상, 나는 내 눈을 의심하고 싶었다. 아무것도 보이지 않고 하얀 눈밭만 가득할 뿐이다. 아마도 눈으로 뒤덮인 저 아래 어딘가에 호수가 있는 모양이다. 헛걸음한 동생에게 미안한 마음이 들어 안절부절못했는데, 동생은 이미 사진을 찍느라 여념이 없다.

"이야, 여기 경치 죽이네!"
"그치…? 올라오니까 좋지?"

우리가 서 있는 곳에서 보이는 모든 면에는 하얀 눈이 가득 내려앉았다. 마치 우리가 헛걸음이 아닌, 이 풍경을 보기 위해 온 것처럼. 이제 풍경을 즐겼으니 기차 시간에 맞춰 역까지 다시 내려가야 하는 큰 난관이 우리를 기다리고 있었다. 산길에서 뛸 수도 없고, 그렇다고 천천히 내려가자니 다음 기차까지의 간격이 너무 컸다. 거친 숨을 몰아쉬며 경보 비슷한 빠른 걸음으로 걷기 시작한 동생과 나는 출발을 딱 2분 남기고 기차역에 도착했다. 그렇게 무사히 기차에 올랐다.

기차는 믿을 수 없을 만큼 높은 산을 계속 올라갔다. 여기까지 기찻길을 어떻게 만들었을까? 대단하다는 생각이 절로 들었다. 두 번의 환승과 기나긴 열차 여행 끝에 융프라우에 도착했다. 배가 고픈 우리는 쿠폰을 가져가면 한국인만 무료로 먹을 수 있다는 컵라면을 받아 들고 배를 먼저 채우기로 했다. 큰 창으로 보이는 설경은 라면 맛을 더 꿀맛으로 만들어주었다. 빨리 융프라우 정상에 서고 싶은 마음에 라면을 먹는 그 순간에도 눈은 여행자들을 따라가고 있었다. 따뜻한 라면 국물까지 깨끗하게 비우고 이제 융프라우 정상으로 출발! 융프라우 여기저기에 여행자들을 위한 설명이 친절하게 되어 있었다. 설명을 따라 올라간 지 15분쯤 되었을까. 융프라우의 상징인 스위스 국기가 정상에서 바람에 힘차게 휘날리는 광경이 보인다. 국기와 사진을 찍으려는 사람들이 벌써 포토존 앞으로 줄을 서 있었다. 우리도 이곳만큼은 사진으로 꼭 남기고 싶어서 긴 줄이지만 기다려서 사진을 찍기로 했다. 맑은 날씨의 융프라우를 보는 게 쉽지 않아서일까. 정상에 서 있는 순간이 얼마나 벅찼는지 모른다. 해발 3454미터의 높은 곳에 있으니 제트기가 머리 위로 지나가는 것 같은 신기함을 경험했다. 이렇게 많은 눈을 보는 것도 처음이었다. '하루하루 다른 경험들이 나를 더 멋진 사람으로 만들어주는 게 아닐까.' 문득 그런 생각이 들었다. 사람들은 저마다 자신만의 시선으로 융프라우를 즐겼고, 그런 사람들을 보는 재미도 쏠쏠하다. 사실 눈 위에 누워서 인생샷도 남겨보고 싶었지만, 옷이 젖어 내려갈 때 감기에 걸릴까 봐 참고 또 참았다.

"여기 올라오니까 생각보다 안 춥지 않아?"
"무슨 소리야, 언니? 발목 빨갛게 얼어서 사망 직전인데."

융프라우 감성에 빠져 내 발목 따위는 까맣게 잊고 있었나 보다.

○ Tip

스위스 기차 여행을 계획할 때, SBB 어플을 이용하면 편리하다. 특히 출발역과 도착역을 설정하면 기차 시간부터 환승역까지 상세하게 알려준다.

그린델발트 · 현실과 비현실 그 어디쯤

한자매가 스위스에 오면서 가장 기대했던 피르스트(First) 산. 하루를 투자해야 다 볼 수 있다고 해서 이른 점심을 먹고 여행에 나섰다. 피르스트 산 정상에 가려면 케이블카를 타고 30분 정도를 올라야 한다. 이렇게 높은 곳까지 어떻게 케이블카를 세웠을까? 케이블카를 타고 올라가며 내려다보이는 그린델발트의 마을은 참 동화 속 같다. 어떻게 이런 풍경이 실존할 수 있지? 산 아래쪽은 푸릇푸릇 꽃들이 피어 있는데, 위쪽은 아직 눈이 녹지 않았다. 스위스 물가가 비싼 이유는 이런 비현실적인 풍경을 보는 비용이 포함된 게 틀림없다는 농담을 동생과 주고받을 정도였다. 옹기종기 모여 있는 집들 옆으로 기차가 다니고, 집 앞에는 소들과 양들이 자유롭게 풀을 뜯고 있다. 영화에서나 보던 장면들이 눈앞에 생생하게 펼쳐진다.

케이블카를 타고 올라가는 30분 동안 동생과 나는 이야기를 나누지 않았다. 생각과 대화 대신 그린델발트 풍경을 고즈넉이 눈에 담았다. 짧다면 짧고 길다면 긴 30분이 나에게는 굉장히 뭉클하게 다가왔다. 정상에 도착한 우리는 곧장 카트와 트로이바이크를 타러 갔다. 카트로 내려가는 코스 반, 트로이바이크로 내려가는 코스 반을 이용하면 산으로 나 있는 길을 따라 달려 케이블카 시작점으로 갈 수 있다. 그야말로 그린델발트에서 즐기는 놀이기구인 셈이다. 동생과 나는 헬멧을 쓰고 카트를 빌리러 갔다. 이런 활동적인 걸 좋아하는 우리는 마냥 들떠 있었다. 이윽고 카트를 타고 구불구불한 내리막길을 내려갔다. 속도가 별로 안 날 거라고 생각했는데, 어마어마한 내리막 경사 덕분에 카트가 엄청난 속도로 달리기 시작했다. 바람을 가르며 신나게 달리니 속이 시원하게 뚫리는 느낌이었다. 15분 정도를 달려 카트 반납 지점에 도착했다. 이번엔 트로이바이크. 서서 타는 자전거이다. 트로이바이크를 타고 내려가는 길에 앞서가던 동생이 멈춰서서 나를 불렀다.

"언니! 대박! 여기로 와봐! 여기 진짜 인생 포토존이야!"

한자매 앞에는 눈으로 보고도 믿을 수 없는 광경이 펼쳐졌다. 그야말로 대자연이었다. 살면서 이런 풍경을 또 볼 수 있을까? 내 느낌을 부족한 글로 표현하자면, 초록색 도화지에 산을 그리고 그 아래에 세모난 지붕의 집들과 예쁜 꽃들을 그려 넣은 것 같았다. 바이크를 타고 내려오는 동안 족히 10번은 멈춰 선 것 같다. 내려오며 놓칠 수 없는 풍경을 수없이 카메라에 담느라. 하지만 그것보다도 계속 보고 싶은 풍경을 너무 빨리 지나치는 것이 아쉬웠다. 트로이바이크도 물론 재미있지만 천천히 걸으며 더 오래 대자연과 함께하고 싶었다. 내려오는 동안 만난 개나리색의 꽃, 청초한 보라색 꽃, 물을 마시는 소, 들판을 뛰노는 강아지… 하나하나 천천히 떠올리니《알프스 소녀 하이디》가 생각났다. 동화 속 하이디의 마을은 이랬겠구나! 그렇게 1시간을 달려 바이크 반납 지점에 도착했다. 아쉬운 마음이 아무래도 가시지 않았다.

"언니, 아까 트로이바이크 타고 멋있게 내려가는 거 동영상으로 찍어 줬지?"
"응, 마지막에 멋지게 넘어지는 것도."

동생은 트로이바이크를 타다가 넘어져서 얻은 멍이 꼬박 2주를 갔다. 꼭 조심해서 타시길.

꼭 동화 속 같다.
어떻게 이런 풍경이 실존할 수 있을까?

취리히 · **돌아보는 시간**

꿈같은 스위스 여행이 끝나고 공항으로 가는 기차에 올랐다. 2층 기차를 탔지만 주말이라 그런지 사람이 굉장히 많았다. 자리가 없어 다른 사람들과 같이 앉는 자리에 앉았다. 이제 다른 나라 사람들과 마주 앉는 일이 어색하지 않다. 낯선 이들과 함께하는 일상에 익숙해진 것이다.

달리는 기차 안에서 창밖을 보고 있으니 여러 가지 생각이 교차한다. 장시간 이동할 때면 나는 그 순간에 더 집중하려고 노력했다. 지난 여행을 돌아보기도 하고. 여행을 시작할 때 12킬로그램이었던 배낭은 어느새 17킬로그램을 훌쩍 넘었다. 이렇게나 무거워진 것을 보면 가방에 추억도 같이 담았나 보다. 그런데 더 신기한 것은 여행을 하는 동안 체력도 같이 늘어, 처음엔 12킬로그램 드는 것도 힘들어하던 내가 이제는 17킬로그램도 거뜬히 들고 다닌다. 앞에 멘 배낭 6킬로그램까지 합하면 23킬로그램의 짐을 지고 이동하는 셈이다. 이 무거운 배낭을 2개나 메고 낯선 숙소를 찾아갈 때면 덥고 짜증나고, 정말 힘이 든다. 하지만 짜증이 난다 한들 누구의 눈치도 보지 않아도 되고, 온전한 내 선택으로 말미암은 일이라서 충분히 감당할 수 있었다. 힘든 숙소 찾기가 끝난 후에는 달콤한 휴식과 나를 반겨줄 새로운 경험이 기다리고 있다. 이 정도면 이동의 힘듦을 여행의 일부로 받아들이며 버틸 만했다. 이러한 경험이 쌓이고 쌓여 위기를 극복하는 나만의 노하우가 생긴다. 예를 들면, 길을 헤매지 않기 위해 교통수단과 티켓 사는 방식을 정확하게 인지하고 다음 나라로 출발하는 것, 구글 지도를 이용하여 버스 시간을 체크하고 빠르게 이동하는 것. 이렇게 미리 준비하면 길에서 보내는 시간을 단축하고 체력 소모도 줄일 수 있다. 그럼에도 여행에는 언제나 변수가 따르기 마련이라 순조롭지만은 않았고, 앞으로도 그럴 것이다. 그렇지만 경험을 통해 나 자신이 더 단단해질 거라는 믿음이 생겼다. 오늘은 내가 조금 기특하다. 버거웠던 사회생활에서 벗어나 이렇게 나를 비워내고 순간을 즐길 줄 아는 지금의 내가 좋다. 동생도 창밖을 보며 생각에 잠긴 듯하다.

"무슨 생각해?"
"닭발 뜯고 싶다."

조금 진지해질 순 없는 거니, 동생아?

Greece

그리스

6th Jun ——————————————————————— 9th Jun

Santorini Island

산토리니 · 하얀 나라, 파란 세상

산토리니에서 맞는 첫 아침이다. 우리는 어젯밤 독일 프랑크푸르트에서 콘도르(Condor) 항공을 타고 미코노스를 경유하여 그리스 산토리니로 왔다. 커튼 사이로 강하게 들어오는 햇빛에 일찌감치 눈을 떴다. 노크 소리에 문을 열어보니, 숙소 직원이 아침식사가 담긴 트레이를 건네준다. 다양한 빵과 요거트, 과일까지! 덕분에 우리는 아침을 알차게 먹고 곧장 밖으로 나갔다.

포카리스웨트 광고 촬영지로도 유명한 이곳은 음료 캔 색처럼 하얀색과 파란색의 조화가 환상적이다. 숙소를 나오자마자 곳곳에 하얀색 계단이 보이고 계단 아래로는 파란색 지붕의 집들이 모여 있다. 이렇게 예쁜 산토리니 마을 앞으로 끝이 보이지 않는 바다가 펼쳐져 있다. 옆에서 마

을을 보면 층층으로 이루어져 있다. 동생과 나는 예쁜 바다를 배경으로
서로 사진을 찍어주기 바쁘다. 둘이 여행하니까 누구에게 부탁하지 않아
도 원하는 사진을 찍어줄 수 있어 너무 좋다고 항상 말하는 우리. 사진부
터 영상까지 추억을 남기며 한참 시간을 보내다 더 높은 곳으로 올라가
기로 했다. 가파른 계단을 오르고 작고 좁은 골목을 지나면 가장 높은 곳

에 도달할 수 있었다. 그곳에는 바다를 보며 식사할 수 있는 레스토랑이 즐비하게 늘어섰다. 바다가 잘 보이는 자리는 어느 레스토랑이나 만석이다. 하기야 바다를 바라보고, 시원한 바닷바람을 맞으며 식사할 수 있는 자체만으로 힐링이 될 테니까. 신혼여행지로 유명한 곳이어서일까. 빨간색 원피스, 초록색 바지, 핑크색 모자 등 색색의 옷으로 한껏 멋낸 사람들을 구경하는 재미도 쏠쏠하다. 매번 느끼지만, 휴양지에서 '쨍한 원색' 옷을 입으면 사진이 굉장히 잘 나온다! 얼굴까지 화사해지니 말이다. 그래서 나도 오늘은 샛노란 티셔츠를 꺼내 입었다.

   점심시간이 훌쩍 지난 줄도 모르고 구경하다 맛있는 음식 냄새를 맡고야 허기가 졌다. 동생과 나는 산토리니에서 유명한 길거리 음식인 '기로스'를 먹기로 하고, 포크(Pork)와 치킨 기로스를 하나씩 주문했다. 5분도 걸리지 않아 나온 기로스는 얼핏 케밥과 비슷하다. 두툼한 빵 안에 고기와 약간의 야채, 감자튀김이 들어 있다. 그 위로 뿌려진 하얀 소스는 사워크림과 닮았지만 차지키 소스라고 했다. 돌돌 말린 기로스를 한입 가득 먹은 동생과 나는 기로스에 홀딱 반해버렸다. 더운 날씨를 식혀줄 얼음콜라와 같이 먹으니 꿀맛이다. 간단하지만 맛있는 점심을 먹은 우리는 다양한 기념품을 파는 거리로 향했다. 거리에는 먹을거리부터 옷, 액세서리, 컵, 그림을 파는 가게까지, 정말 없는 게 없었다. 사고 싶은 기념품도 가득하다. 세계여행을 하면서 각 나라의 샷잔을 모으고 싶었는데 유리잔을 도저히 감당할 수 없어서 포기했다. 이번에도 마음에 드는 샷잔을 발견했지만 한참 눈으로만 보고 지나칠 수밖에 없었다. 매장 안에서는 사진 촬영 금지여서 쿨하게 산토리니에 온 것만으로 만족하기로 하고 가게를 나섰다.

시간 가는 줄 모르고 구경하다 보니 어느새 일몰. 동생과 나는 호텔 직원이 일몰을 보기 좋은 곳이라며 추천해준 가게로 향했다. 자기 사촌동생이 운영하는 펍이라고 했다. 해가 지기 시작하니 뜨거웠던 더위도 조금은 가시고 바람도 솔솔 분다. 바다가 바로 발아래 있는 듯 황홀한 느낌을 주는 펍에서 모히토를 마시며 보는 일몰이 너무나도 로맨틱하다. 해가 점점 수평선과 가까워지면서 바다 뒤로 숨는 것 같다. 다른 펍과 카페에도 사람들이 가득하고, 바다 위 크루저에서 일몰을 즐기는 사람들이 많다. 다들 무슨 생각을 하고 있을까? 세계여행을 계획하면서 꼭 가봐야겠다고 생각한 꿈의 여행지 산토리니. 오늘도 나는 꿈을 하나 더 이뤘다.

"이런 뷰는 남자랑 봐야 하는데, 언니랑 보다니….”
"난 신혼여행으로 오고 싶던 곳을 너랑 온 거거든?"

오늘도 나는 꿈을 하나 더 이뤘다.

산토리니 · **바베큐 파티**

산토리니 숙소에 체크인하던 날, 호텔 사장님이 금요일 저녁에 바베큐 파티가 있다고 했다.

"얼마예요?"
"Free!"

믿을 수 없어! 고기와 술을 주는데 공짜라고? 동생과 나는 일단 무료 제공이라는 말을 믿고 금요일 저녁, 숙소 앞마당으로 향했다. 다른 여행자들도 자리를 잡고 파티를 즐기고 있었다. 여행자들을 배려한 직원들의 따뜻한 마음이 느껴지는 파티였다. 테이블마다 샐러드, 해산물, 소시지, 술, 고기 등 정성이 가득 담긴 다양한 음식이 준비되어 있었다. 우리를 이

곳으로 초대해준 직원에게 감사 인사를 전하고는 자리를 잡아 들뜬 마음으로 접시와 식기, 술을 세팅했다. 김이 모락모락 나며 구워지는 기름진 고기를 보니 배가 더욱 고파졌다. 고기가 구워지기를 기다리는데, 한국인으로 보이는 여행자들이 들어왔다. 바베큐 파티가 무료라고 하여 같이 왔다는 것이다. 자연스럽게 한국 사람들끼리 한 테이블에 모여 앉게 되었다. 잘 구워진 두툼한 고기와 샐러드 그리고 술을 가져와 한마음으로 파티를 즐겼다. 누가 먼저라고 할 것도 없이 서로 맛있는 부위를 먼저 먹으라고 챙겨주고 배려해주었다. 고기와 샐러드를 같이 집어 맛본다. 입안에서 육즙이 가득 터졌다. 얼마 만에 먹는 맛있는 고기인지. 한국인 여행자들은 하나같이 고기가 너무 맛있다며 입을 모았다. 타지에서 만난 한국인이라 그런지 더 반가웠다. 항상 영어로만 소통해야 했는데, 한국어로 하고 싶었던 이야기를 쏟아내니 마음이 시원했다. 지금까지 여행했던 곳에서의 에피소드들을 털어놓고, 맛집이나 교통, 날씨 등 유익한 정보들도 공유하였다. 모든 수다가 즐겁고, 여행이라는 공감대로 이야기가 끊이질 않았다. 다들 여행을 사랑하고 즐기는 사람들이어서 더 그랬는지도 모른다. 우리의 수다는 바베큐 파티보다 길어져서 다른 투숙객들은 다 돌아간 후에도 밤 11시가 다 돼서야 끝이 났다. 어찌나 아쉽던지. SNS를 통해 자주 소식 전하기로 하고 각자 숙소로 돌아왔다. '아무리 생각해도 이상해. 어떻게 숙소에 오는 사람들에게 매주 고기와 술을 무료로 제공할까?' 나는 식사 시간 내내 궁금해하다가 방으로 들어와 잠옷으로 갈아입는 동생에게 말했다.

"애당초 우리 숙소 요금에 바베큐 요금이 포함되어 있던 건지도 몰라."
"난 그럴 것 같아서 3인분 뜯었어."

Netherlands

네덜란드

16th Jun ——————————————————————————————— 19th Jun

Amsterdam

암스테르담 · 축구에는 맥주지

네덜란드 하면 풍차가 가장 먼저 생각난다. 그래서 동생과 나는 풍차를 보러 갈 계획을 세웠다. 그리고 오늘이 바로 그 풍차 마을에 놀러가기로 한 날인데… 어째서인지 아침부터 날이 흐리고 비가 계속 내린다. 풍차 마을까지는 교통비를 꽤 들여 기차를 타고 이동해야 하는데, 가더라도 비가 와서 아무것도 볼 수 없을 것 같았다. 동생과 우유에 시리얼을 말아 먹으면서 핸드폰으로 한국 뉴스를 보았다. 마침 오늘 네덜란드 현지 시각으로 오후 1시에 대한민국 대 스웨덴 월드컵 첫 예선 경기가 있다는 걸 알게 되었다. 이 사실을 동생에게 말했더니, 당연히 응원해야 하는 것 아니겠냐며 쿨하게 근교 여행을 포기하고 축구를 보자고 했다. 현지 티비로 봐야 해서 해설을 알아들을 순 없겠지만, 타지에서도 월드컵 응원을 할 수 있다는 것에 마냥 신이 났다. 축구하면 또 맥주 아니겠는가. 아침을 먹은 지 얼마 안 됐지만 우리는 또 먹을 생각을 하고 있었다. 월드컵을 보며 점심을 먹기로 한 우리는 씻지도 않은 채 모자를 눌러쓰고 밖으로 나왔다. 우산이 작은 걸로 하나밖에 없어서 어쩔 수 없이 팔짱을 끼고 걸어가는 길. 돈독하지 않은 한자매를 우산이 돈독하게 만들어주는 듯했다. 그렇게 비를 뚫고 근처 마트에 도착했다. 동생과 나는 들뜬 마음으로 피자와 맥주 그리고 간식을 고르기 시작했다. 동생은 봉인이 해제된 것처럼 음식들을 바구니에 주워 담았다.

"야! 그만 담아. 마트 털러 왔어?"

동생이 담은, 먹지 않을 것 같은 음식을 도로 가져다놓는 건 내 몫이었다. 다섯 봉지나 담은 과자를 두 봉지만 남기고, 평소에는 거들떠보지도 않는 초콜릿도 뺀다. 그러고 보니 곰돌이 젤리도 있다. '곰돌이 젤리는 왜 담았어, 진짜 가지가지 하네.' 그 와중에 내가 먹고 싶은 과자 두 봉지는 남겼다. 언니의 특권이랄까? 몇 가지 사지도 않았는데 30분이 후딱 지났다. 봉지 가득 담은 음식을 가지고 다시 숙소로 돌아온 한자매. 먹고 싶은 음식만 샀을 뿐인데 왜 이렇게 행복한 걸까. 여행을 하며 모든 순간이 소소하고 행복했지만, 정말 이렇게까지 소소해질 줄이야. 숙소로 돌아와 먼저 TV를 켜고 채널을 맞췄다. 맥주는 시원하게 먹어야 제맛이니 냉동실에 피자와 같이 넣어두고, 과자는 식탁에 가지런히 차렸다. 재빠르게 씻고 나온 동생과 나는 전자레인지에 피자를 데우고, 시원한 캔 맥주를 들고서 TV 앞에 앉았다. 곧이어 반가운 우리나라 국가대표 축구 선수들의 얼굴이 보이고, 축구 경기가 시작되었다. 우리는 어느새 먹던 피자를 내려 두고 경기에 집중하고 있었다. 시간이 지날수록 경기의 흐름은 좋지 않았고, 경기 65분에 스웨덴 선수에게 패널티킥으로 골을 허용하였다. 역전을 위해 동생과 두 손 모아 응원하였지만 결국 스웨덴에게 1대 0으로 패배하고 말았다. 그래도 열심히 뛰어준 선수들을 위해 남은 맥주를 원샷하며 아쉬운 마음을 달랬다. 동생도 아쉬움 가득한 표정이다. TV 앞에서 자리를 뜨지 못하고 한참 쳐다보고 있는 동생에게 말했다.

"아쉽다. 그래도 우리한테는 색다른 경험이었네. 그치?"
"응~. 축구 보는데 해설을 하나도 알아듣지 못하는 색다른 경험."

USA

미국

19th Jun ——————————————————— 26th Jun

New York

뉴욕 · 나 뉴욕 온 거 실화냐?

암스테르담 스키폴 국제공항(Amsterdam Airport Schiphol)에서 미국 뉴욕 존 에프 케네디 국제공항(John F. Kennedy International Airport)까지는 비행기로 8시간이 걸린다. 우리는 스키폴 공항에서 오후 12시 25분에 떠나는 노르웨지안(Norwegian) 항공 비행기에 몸을 실었다. 나는 비행기에 탔으니 당연히 기내식이 나올 거라고 생각했지만 아무것도 받지 못했다. 아무래도 기내식은 포함되어 있지 않은 모양이다. 너무 배가 고파서 좌석에 붙어 있는 모니터로 '기내 매점'을 살펴보았다. 그런데 샌드위치는 비행기가 이륙한 지 얼마 안 되었는데도 모두 품절이다. 남은 건 과일 상자 메뉴뿐. 선택의 여지가 없었다. 과일 몇 조각 담긴 게 한화로 5천 원이 넘었다. 하나를 시켜 동생과 나눠 먹기로 하고 주문을 눌렀다. 승무원이 주문한 과일을 들고 오면 결제해야지 하고 있는데, 모니터에 결제를 완료하라는 문구가 떴다. 나는 당황해서 주변을 두리번거렸다. 마침 오른쪽 대각선 앞자리의 다른 승객도 뭔가를 먹으려고 하는 것 같았다. 우리는 가만히 그를 지켜보기로 했다. 드디어 결제창이 나왔다! 곧이어 그가 지갑에서 카드를 꺼내 모니터 아래에 갖다 대자 결제가 완료되었다는 안내 문구가 떴다. 동생과 나는 놀란 토끼 눈으로 서로를 쳐다보고서 모니터 아래를 살폈다. 과연, 우리 모니터에도 결제 시스템이 장착되어 있었다.

"언니, 봤어? 대박! 신세계야."
"조용히 해. 이런 시스템 있는 비행기에 처음 탄 거, 티 내고 싶지 않아."

그렇게 우리는 무려 20분 만에 문제의 과일을 받았다. 기내식 하나 시키는 데 이리도 오래 걸릴 줄이야! 둘이서 서너 조각씩 먹고 나니 과일 상자는 금세 바닥을 드러냈다. 허기진 배를 조금 채웠으니 잠이라도 청하고 싶었는데, 도무지 잠이 오질 않았다. 한창 활동할 시간인 낮 2시밖에 되지 않았기 때문이다. 동생 역시 잠이 오지 않는 듯했다. 무얼 할까 잠시 고민하다가 유럽에 있는 동안 찍은 사진들을 정리하기로 했다. 랩톱 컴퓨터를 펼쳐보니 유럽에서 찍은 사진만 3천 장이 넘었다. 흔들리거나 빛이 바랜 사진을 삭제하고, 똑같은 구도의 사진을 비교해 정리했다. 고개를 들어보니 어느새 3시간이 훌쩍 지나 있었다. 정말이지, 눈이 빠질 것 같았다. 그래도 뿌듯했다. '내 컴퓨터 폴더가 유럽에서 찍은 예쁜 사진들로 가득 차게 될 줄이야!' 어느덧 착륙한다는 기장의 방송이 흘러나오고, 승무원들도 착륙 준비를 서둘렀다. 구름 위에 있던 비행기가 서서히 내려가기 시작했다. 눈을 감고 뉴욕은 어떤 모습일까 상상하는데 여기저기서 '와우!' 하는 소리가 들려왔다. 서둘러 눈을 뜨고 바깥을 내다보니 뉴욕을 상징하는 엠파이어 스테이트 빌딩이 보이는 게 아닌가. 입이 다물어지지 않았다. 하늘에서 내려다보는 뉴욕은 정말 크고 높은 건물들로 가득 차 있었다. 할리우드 영화에서 보던 항공 신과 정말 똑같았다. 이윽고 비행기가 고도를 낮추면서 뉴욕에 착륙했다. 비행기 속 승객들은 환호성을 지르고 박수를 치기 시작했다. 난생처음 보는 광경이었는데 나중에 들어보니 무사히 착륙해서 기쁘다는 표현이라고 했다. 착륙 예정 시각인 오후 2시 25분(미국 현지 시각)보다 20분 일찍 뉴욕에 도착했다. 암스테르담을 출발하여 7시간 40분 만에 뉴욕 땅을 밟은 것이다. 유럽에서 출발할 때에도 낮이었는데, 뉴욕에 도착하니 다시 낮이었다.(암스테르담과 뉴욕의 시차는 6시간이다.) 시간을 얻은 기분이다. 미리 발급받은 E-비자로 어렵지 않게 입국 심사를 통과하고, 수화물을 찾아 유심을 구매하러 갔다. 뉴욕의 유심은 생각보다 훨씬 비쌌다. 유심을 두 개 사려고 하니 한화로 10만 원에 육박했다. 동생과 상의한 끝에 한 사람만 유심을 사고, 데이터를 공유하여 같이 쓰기로 했다.

뉴욕에서 보내는 7박 8일 중, 5일을 이곳에서 유학 중인 친구 하민이네 집에서 지낼 예정이다. 유심을 끼우고 하민이에게 뉴욕에 도착했다고 연

락했다. 낯선 곳에 발을 디딜 때마다 설레면서도 '잘 찾아갈 수 있을까'
하는 걱정도 들었는데, 친구가 기다리고 있다고 생각하니 한결 마음이 놓
였다. 공항을 나와 공항철도를 타러 가는 길, 날씨까지 우리를 반기는 듯
했다. 시내로 가려면 우선 공항철도를 타고 자메이카 역으로 이동해야 했
다. 이용료는 5달러. 공항철도에 탑승하고 15분이 지나 우리는 도시 지하

철로 환승하는 곳에 도착했다. 그곳에서 하민이에게 받아둔 주소를 구글 지도에 찍고 지하철 노선을 확인했다. 도시 지하철을 이용하려면 메트로 카드가 필요하다고 해서 넉넉하게 7일권을 구입했다. 지하철 역사는 예상했던 것보다 훨씬 낡고 허름했다. 지하철 시설은 한국이 최고라는 말이 실감이 났다. 심지어 지하철 역 안에서는 핸드폰도 터지지 않았다. 앞으로 1시간 정도 지하철을 타야 하는데! 핸드폰은 터지지 않았지만, 지하철 안에서 지루할 새는 없었다. 비보이들이 힙합 음악을 크게 틀어두고 지하철 안에서 비보잉을 하는가 하면, 할아버지가 노래를 부르기도 했다. 예상은 했지만 상상 이상으로 자유분방하고 생동감 넘치는 광경이다. 내게는 신기하기만 한 지하철 풍경을 구경하고 창밖을 내다보다 보니 어느새 월 스트리스 스테이션(Wall Street Staion)에 도착했다. 지하철에서 내려 계단을 올라오면서 동생과 나는 자신도 모르게 탄성을 질렀다. 높은 빌딩이 눈앞에 끝없이 펼쳐져 있고, 높게 솟은 꼭대기는 하늘과 맞닿을 것 같았다. 내가 정말 뉴욕에 왔구나! 동생과 나는 그 무거운 배낭을 앞뒤로 메고 있음에도 사진을 찍어야겠다며 핸드폰을 꺼내 뉴욕 풍경을 정신없이 담았다. 하민이네 집까지는 지하철역에서 걸어서 약 10분 정도 걸렸다. 고맙게도 뉴욕이라는 도시 한가운데에 있는 좋은 위치에 자리 잡고 있었다. 하민이는 내 연락을 받자마자 우리를 마중 나왔다. 우리가 온다고 아이스 라테까지 사들고 온 친구가 얼마나 반갑던지 나는 잇몸 만개하며 웃어 보였다. 하민이의 안내를 받아 집으로 들어간 우리는 가방을 푸는 것도 잊고 커피를 마시며 이야기꽃을 피웠다. 그 와중에 너무 맛있는 커피! 뉴욕 커피가 왜 유명한지 알 것 같았다. 나 미국 온 거 실화구나! 뉴욕에 도착한 지 2시간도 채 되지 않았지만, 나와 동생은 벌써 뉴욕에 푹 빠져버리고 말았다.

"언니, 나는 역시 도시녀인 것 같아."
"저번에는 자연을 사랑한다며…. 제발 마음 좀 정착해."

⊙ Tip

미국을 여행하려면 Esta 비자가 필요하다. 인터넷 홈페이지(https://esta.cbp.dhs.gov/esta/)를 통해 발급받을 수 있는데, 수수료 14달러가 든다. 발급된 비자는 2년 동안 유효하다.

오늘은 하민이가 학교 수업이 없어서 같이 여행을 하기로 했다. 셋이서 식탁에 앉아 아침으로 바나나를 먹으며 어디로 여행을 갈지 이야기를 나누기 시작했다. 하민이가 뉴욕은 여기저기 갈 데가 굉장히 많다고, 뉴욕만큼은 여행 루트를 걱정하지 말라고 했다. 또, 하민이는 '카페투어'라는 나랑 같은 취미를 가지고 있었다. 그래서 오늘은 간만에 취미 생활을 하며 여유를 부려보기로 했다. 동생도 뉴욕 카페에 가보고 싶다며 흔쾌히 따라나섰다.

하민이가 뉴욕에 진짜 맛있는 요거트 가게가 있다면서 그곳에 가자고 제안했다. 그리고 나자 여자 셋이서 나갈 준비를 하는데, 그야말로 전쟁이다. 한 사람이 샤워를 하면 한 사람은 빨래를 돌리고, 한 사람은 청소를 하는 식이다. 여자 셋이서 모두 씻고, 화장하고, 준비를 완료하는 데 걸린 시간은 총 2시간. 이제 요거트 맛집으로 출발! 하민이네 집에서 8분 정도 걸어 지하철 펄튼 스트리트(Fulton Street)역으로 가 파란색 라인을 타고 세 정거장을 지난 스프링 스트리트(Spring Street)역에서 내려 5분 정도 걸으니 요거트 가게가 나왔다. 뉴욕 소호 거리에 위치한 '초바니(Chobani)'라는 가게였다. 얼마나 인기가 많은지 가게 안은 벌써 사람들로 꽉 차 있었다. 하민이가 맛있는 메뉴로 골라 주문해주면서 평소에도 이곳에 자주 온다고 했다. 어쩐지, 가게에 들어오자마자 직원과 반갑게 인사를 나누는 게 심상치 않았다. 직원과 능숙하게 영어로 대화하는 하민이가 왜 이렇게 멋있어 보이던지. 괜히 더 든든했다. 주문하고 10분 정도 지나자 요거트가 나왔다. 하민이가 주문해준 메뉴는 블루베리 요거트와 그래놀라와 망고 위에 꿀이 듬뿍 뿌려진 그릭요거트였다. 비주얼 최고, 맛은 더 최고였다. 진짜 과장 없이 지금까지 내가 먹어본 요거트 중 최고였다. 왜 이렇게 인기가 많은지 한 스푼 떠먹는 순간 이해가 됐다. 뉴욕 여행을 간다는 사람이 있으면 꼭 추천해줘야겠다고 생각이 들 정도였다. 동생과 내가 둘이 왔다면 몰랐을 이곳을 데려와준 하민이가 너무 고마웠다. 좋아하는 사람들과 같이 맛있는 음식을 먹으며 이야기도 나누고 공유하니 여행이 더 풍성해지는 느낌이 들었다. 결코 가벼운 느낌이 아니다. 나에게 너무나도 소중하고도 중요한 순간이다. 나는 어쩌면 이런 사소함이 사소해지지 않기를 원해서 여행을 오는지도 모르겠다. 또 한국이 아닌 다른 나라에서 지인을 만난다는 것도 굉장히 의미있는 일이었다. 평소보다 더 큰 유대감이 생긴달까. 사실, 동생과 하민이는 뉴욕에서 처음 만나는 사이다. 나만 하민이와 친분이 있었기 때문이다. 그런데 동생도 금세 하민이와 친해졌고 잘 따랐다. 나는 동생에게도 너무나 고마웠다. 요거트를 먹으며 이런저런 생각을 하고 있는데, 하민이가 또 다른 카페에 가보자고 제안했다. 뉴욕에 온 김에 많이 가봐야 한다면서. 요거트 가게를 나와 얼마 걸어가지 않아서 도착한 가게는 '라뒤레(LADUREE)'라는 유명한 마카롱 가게였다. 지난밤에, 동생이 마카롱에 관심이 많아 한국에 돌아가면 마카롱 클래스를 들을 계획이란 이야기를 기억하고 있다가 인기 있는 마카롱 가게를 데려와준 것이다. 동생까지 생각해주는 하민이의 마음이 너무나 예쁘고 고마웠다. 동생이 마카롱을 고르는 사이, 나는 마카롱 가게를 구경했다. 가게 안쪽에 또 다른 가게가 이어져 있었다. 테라스 공간에서 브런치를 즐길 수 있는 카페였다. 정말 말 그대로 '뉴욕스러운' 곳이었다. 미드에서 주인공들이 브런치를 먹던 공간과 유사했다. 혼자 커피를 마시며 책을 읽는 사람, 마주 앉아 이야기를 나누는 연인들, 하하 호호 웃으며 친구와 수다를 떠는 사람. 다양한 사람들이 한 공간에 있었다. 카페에 관심이 많은 나는, 뉴욕의 카페 공간에 흠뻑 빠져들었다. 한국에서 카페에 갈 때와는 또 다른 느낌이었고, 새로운 경험이었다. 마카롱을 골라 포장을 마친 동생이 내 쪽으로 다가와 물었다.

"언니는 여기서 살 수 있다고 하면 서울이야? 뉴욕이야?"
"난 누구나 한 번쯤 꿈꾸는 뉴요커로도 살아보고 싶어. 넌?"

"나는… 그래도 서울이 낫다고 생각해."

하지만 동생은 이 말을 한 지 1시간 만에 뉴욕에서 살고 싶다고 마음을
바꿔 먹었다. 아, 종잇장 같은 너란 여자.

Info
Chobani
@chobani

뉴욕 · **세상에서 가장 화려한 도시**

벌써 어둑해진 뉴욕. 오늘은 동생과 함께 다음 여행지로 갈 '멕시코 칸 쿤(Cancun)'에 대해 고민했다. 칸쿤의 도시에만 머물 것인지, 아니면 다른 도시도 여행할 것인지 말이다. 이 부분을 정해야 숙소를 정하고 예약도 할 수 있다. 인터넷에서 정보도 찾아보고, 서로 머리를 맞대고 고민한 끝 에 우리는 칸쿤에서 3박 4일을 보내고 플라야 델 카르멘(Playa del Carmen) 에서 6박 7일을 여행하기로 결정했다. 이렇게 결정한 이유는, 칸쿤에 대 해 찾아보니 신혼여행지로 유명해서 좋은 호텔에 묵지 않으면 여행할 곳 이 많지 않았기 때문이다. 그러나 플라야 델 카르멘은 번화가가 발달되어 있어 놀거리, 먹을거리가 많고, 배낭여행자들이 많이 찾는 도시라고 한 다. 또 플라야 델 카르멘에는 자연으로 만든 워터파크가 있다는데, 물놀 이를 좋아하는 한자매가 망설일 이유가 없었다.

칸쿤과 플라야 델 카르멘 숙소 예약까지 마친 동생과 나는 그 유명한 '타임스퀘어' 야경을 보러 가기로 했다. 오늘 하민이는 저녁까지 수업이 있어서 우리와 함께하지 못했다.

하민이 집에서 나와 400미터 정도 걸어 렉터 스트리트(Rector Street) 역으로 향했다. 이 역에서 빨간색 라인을 타고 12개 정류장을 가야 한다. 뉴욕에 며칠 있었다고, 이제는 지하철도 곧잘 타게 되었다. 오늘도 지하철 안에서 예술가들을 만났다. 이번에는 기타를 연주하며 노래를 하는 청년이다. 이 광경에도 서서히 익숙해져간다. 지루할 틈이 없는 뉴욕의 지하철. 12개 역을 지나는 데 20분 정도가 걸렸다.

타임스퀘어 42번가(Time Sq-42 Street) 역에서 하차하여 계단을 올라갔다. 계단 끝에 올라선 순간, 화려한 간판들이 내 눈을 반짝이게 만들었다. 초록 간판 뒤에 빨간 간판, 그 뒤에 시시각각 변하는 간판…. 뭐 하나 같은 색의 간판이 없었다. 간판들이 저마다 멋짐을 뽐내는 것 같았다. 타임스퀘어의 야경을 내 눈으로 직접 보게 되다니, 믿기지 않았다. 타임스퀘어 거리에는 야경을 보러 온 관광객들과 밤을 즐기려는 사람들로 발 디딜 틈이 없었다. 사람이 많은 곳을 좋아하지 않는 나인데, 이곳은 왠지 사람이 많아 더 멋진 것 같았다. 건물 한가운데에 달린 전광판의 스케일도 남달랐다. 건물이 가려서 안 보일 만큼 커다란 크기를 자랑했다. 타임스퀘의 야경을 보고 있으니 귓가에 Jay-Z의 노래 'Empire State of Mind'

가 들리는 듯했다. '뉴~~~욕~~~' 하고 말이다. 여태 이렇게까지 화려한 도시를 본 적이 없어서 혼돈이 왔다. 사람들이 많아 어지러운 것 같으면서도 황홀한 감정이 함께 밀려왔다. 동생도 너무 좋은지 입을 벌리고 눈동자를 빠르게 굴리며 구경하기에 바빠 보였다. 어느 골목을 걸어도 화려함의 극치였다. 사실 유럽은 대부분의 상점들이 일찍 문을 닫을 뿐더러 이곳만큼 화려하지도 않았다. 그래서 해가 질 무렵 일정이 마무리되고는 했는데, 뉴욕은 달랐다. 아침부터 밤까지 원하는 만큼 여행을 즐길 수 있었다. 뉴욕이 잠들지 않는 도시라는 이유를 이제는 알 것 같았다. 나 역시 잠들고 싶지 않았으니까.

여담이지만 동생과 나는 '뉴욕에 살면서 매일 타임스퀘어 야경을 보면 나중엔 그저 익숙해지지 않을까?'라는 의문이 들었다. 그래서 시간이 날 때마다 갔는데, 갈 때마다 좋고 새로웠다.

"이런 곳에서는 예쁜 옷을 입고 사진 찍어야 하는데, 옷이 너무 안 예뻐서 사진이 잘 안 나오는 것 같아."
"동생아, 패션의 완성은 얼굴이야. 옷의 문제가 아니고…. 그러니까 너의 얼ㄱ… 아, 아니야."

인파에 휩쓸려 어지러우면서도
황홀함을 느낄 수 있었던 타임스퀘어.

뉴욕 · **이럴 거면 왜 나랑 여행해?**

아침부터 열이 받았다. 멕시코 칸쿤 국제공항(Cancun International Airport)에서 예약해둔 숙소까지 이동하는 방법을 알보는데, 정보가 부족했다. 인터넷으로 계속 찾아보는데도 잘 나오지 않았다. 그런데 동생은 천하태평으로 쉬더니, 낮잠을 자는 게 아닌가! 거기서 터져버렸다. '내가 지금 이 여행을 혼자 하는 건가?' '동생은 내가 가이드로 보이나?' 이런 생각이 스쳐 지나갔다. 이건 같이 하는 여행이 아니라는 생각이 들었다. 집에서 싸우기 시작하면 오늘 계획해놓은 일정을 그대로 망쳐버릴 것 같아서 일단 화를 누르고 나가자고 제안했다. 오늘은 윌리엄스버그 (WILLIAMSBURG) 지역에 갔다가 하민이 수업이 끝나면 같이 페리를 타고 자유의 여신상을 보는 일정이다. 집을 나와 지하철을 타고 윌리엄스버그 지역으로 가는 동안 동생과 나는 말 한 마디 나누지 않았다. 동생도 내가 화가 단단히 났음을 눈치채고 있었고, 나는 화를 누르고 있었기에 대화를 나누는 순간 폭발할 것 같았기 때문이다. 그래도 아무런 대화도 없이 의미 없는 시간을 보내는 것보다 일단 대화를 하는 게 먼저라고 판단했다. 윌리엄스버그 지역에 도착하여 걷다가 카페가 보이자마자 나는 동생에게 카페로 들어가자고 했다. 그리고 아이스라테 두 잔을 시켜놓고 내가 먼저 물었다.

"넌 이 여행에 만족해?"
"이동하는 건 힘들지만 난 만족해."
"그래? 난 안 그런데. 이제 너랑 여행 다니기 싫어. 그렇게 혼자 행동할 거면 왜 나랑 여행해?"

세계여행을 떠난 지 3개월. 그동안 다음 여행을 어느 나라로 갈지, 이동을 어떻게 해야 할지 고민하는 건 매번 내 몫이었다. 나도 꽤나 지쳐 있는 상태였다. 그런데 동생이 나의 심기를 건드린 것이다. 왜 같이 여행하는데 나만 고민하고, 스트레스 받아야 하는지 의문이 들었다. 결국 동생에게 내가 지쳐가고 있다고 토로했고, 이 문제점이 개선되지 않는 한 같이 여행할 수 없다고 말했다.

"언니가 나한테 찾아보라고 말하면 되잖아. 왜 말을 안 하고 혼자 스트레스를 받아?"

"아니, 같이 여행하는 건데 왜 내가 찾아보라고 시켜야 해? 스스로 해야 하는 거 아니야?"

도통 의견 차가 좁혀지지 않았다. 어디서부터, 어떻게 잘못된 걸까.
내가 언니라는 이유로 동생이 나에게 너무 많은 부분을 의지하는 게 문제라는 생각이 들었다. '언니가 필요하면 나한테 시키겠지. 말하겠지' 라고 안일하게 생각한 부분이 화근이 아닐까. 그렇다면 내가 지금 언성을 높이고 화를 크게 내더라도 달라질 건 없어 보였다. 일단은 동생에게 당면한 문제점을 인지시키고 해결 방안을 찾아야 했다.

"내가 스트레스 받는 이유를 너도 이제 알았으니까, 내가 시키지 않아도 먼저 좀 알아봐."
"알겠어."

동생이 알겠다고는 했지만 여전히 어딘가 꽉 막혀 있는 느낌이다. 이 문제를 풀어가는 건 여행하는 동안 한자매의 큰 숙제가 될 것 같았다. 그렇게 1시간 넘게 이야기를 나누고 나서 카페를 나왔다.

여행을 떠나기 전, 동생은 나에게 우리가 싸웠을 때에 본인에게 맛있는 것을 사주면 풀겠다고 말한 적이 있다. 길을 걷다가 그 말이 번뜩 생각나서 걸어가고 있는 동생을 불러 세웠다.

"야! 맛있는 거 사줄게. 가자!"
"뭐 사줄 건데?"

동생은 피식 웃어 보였다. 뭐 이리 단순한 녀석이 다 있나 싶다. 그래도 삐쳐서 내내 뚱해 있는 것보다는 백배 낫다는 생각이 들었다.

하민이와 우리가 만나기로 한 스태튼 아일랜드 페리(Staten Island Ferry) 선착장. 지하철을 타고 사우스페리(South Ferry) 역에서 내려 조금 걸어가니 선착장이 보였다. 우리가 도착하고 얼마 지나지 않아 하민이가 도착하였다. 무료 페리를 타려면 화이트홀(선착장)으로 가야 한다. 화이트홀로 올라가 페리 시간표를 확인해보니 10분 정도만 기다리면 페리를 탈 수 있었다. 이 페리는 출퇴근을 위해 운행하는 페리인데, 관광으로 타도 문제가 될 건 없었다. 우리의 계획은 페리를 타고 가면서 자유의 여신상을 보고, 선착장으로 되돌아오는 페리를 타서 반대쪽도 구경하자는 거였다. 페리를 기다리려고 줄을 서 있는데 동생이 나에게 다가와 말했다.

"맛있는 거 사준다며. 돈 줘."

지갑을 건네니 동생은 가까이에 있는 상점에 가서 프레즐을 사왔다. 그러고는 하민이와 나에게도 하나씩 나눠주고 행복한 표정으로 프레즐을 덥석 물었다. 동생의 기분은 이미 다 풀린 듯했다. 프레즐을 나누어 먹다 보니 어느새 페리에 사람들이 탑승하기 시작했다. 페리는 생각보다 컸다. 심지어 선실이 2층으로 되어 있었다. 승객을 다 태운 페리는 주저없이 선 착장을 출발했다. 배가 서서히 선창작에서 멀어지니 아름다운 맨해튼이 보였다. 물 위에서 보는 맨해튼은 또 다른 모습이었다. 미래 도시 같은 느 낌이랄까? 은빛의 높은 빌딩들이 노을이 반사되면서 반짝반짝 빛이 났 다. 맨해튼이 멀어지자 이번에는 자유의 여신상이 다가왔다. 멀리서만 보 일 것 같던 자유의 여신상이 생각보다 가까이서 보였다. 교과서에서나 보 던 자유의 여신상이 내 앞에 있다니, 마냥 신기했다. 동생도 신기한지 카 메라를 꺼내 연신 자유의 여신상을 담고 있었다. 그런 동생이 귀여운지 하민이가 사진 찍는 동생을 찍고 있었다. 하민이와 웃으며 대화를 나누는 동생을 보면서 이런 생각이 들었다.

'내가 언니라는 이유로 동생도 서운하지만 말 못하고 참는 부분이 있 었을 텐데, 내가 조금 더 이해해야지.'

어쩌면 이 낭만 가득한 페리를 타고 있는 지금이 행복해서, 조금 더 너 그러운 마음으로 동생을 이해하게 된 게 아닐까.

낭만 가득한 페리를 타고
자유의 여신상을 보고 있는
지금이 그저 행복해서.

뉴욕 · 신기하고 또 신기한

오전 8시. 눈을 떠보니 하민이는 오전 수업이 있다며 일찍 나설 채비를 하고 있었다. 신발을 신으면서 하민이는 오늘은 오전 수업만 있어서 오후 엔 시간이 난다며, 수업이 끝나는 3시쯤 카페에서 만나자고 했다. 나도 오전 일정이 끝나면 바로 카페로 가겠다고 했고, 하민이가 만날 카페를 문자로 알려주기로 했다. 동생과 나는 간단하게 과일로 아침을 먹고 나갈 준비를 마쳤다. 밖으로 나오니 해가 쨍쨍, 여행하기 너무 좋은 날씨였다.

우리는 오늘 뉴욕의 3대 전망대 중 하나인 원 월드 트레이드 센터(One World Trade Center) 전망대에 올라가보기로 했다. 하민이네 집에서 멀지 않은 곳에 있어서 10분 정도 걸으니 높은 원 월드 트레이드 타워가 보이기 시작했다. 사진에서 본 것보다 훨씬 높아 보였다. 이곳은 뉴욕에서 가장 높은 빌딩인 동시에 전 세계에서 6번째로 높은 빌딩이라고 했다. 타워 정문으로 들어서니 바로 매표소가 보였다. 우리는 인터넷에서 미리 얻은 정보(입장하려는 사람이 많고 줄이 길다)로 입장권을 스마트폰 어플을 통해 예약해두었다. 덕분에 매표소에서 기다리지 않고 바로 종이 티켓으로 바꿀 수 있었다. 매표소 바로 옆에 서 있는 직원이 에스컬레이터를 타고 내려가라고 안내해주었다. 에스컬레이터를 타고 지하로 내려가 조금 걸으니 원 월드 트레이드 센터 전망대 입구가 보였다. 티켓을 보여주면 직원이 티켓에 있는 바코드로 유효 티켓인지 확인하고 들여보내주고, 들어가면 바로 검문소가 있다. 건물 안으로 들어가려면 공항처럼 가지고 있는 소지품을 검색대에 올려놓고 입장객은 검문대를 통과해야 한다.

이제 엘리베이터를 타고 올라가기만 하면 전망대다. 안내 직원이 이 엘리베이터는 전망대까지 60초 만에 도달한다고 알려주었다. 드디어 엘리베이터에 탑승하고 위로 올라가는 순간, 타고 있는 여행객들이 일제히 "오, 마이 갓!(Oh, My God!)"을 외쳤다. 엘리베이터의 모든 면이 뉴욕 전역을 그대로 옮겨놓은 스크린으로 변했기 때문이다. 초기의 뉴욕부터 현재의 뉴욕까지 도시가 발전하는 과정을 스크린이 그대로 보여주었다. 너무나 생생해서 현실과 잘 구별되지 않을 정도였다. 전망대로 올라가는 60초의 짧은 순간마저도 이렇게 멋지고 신기한 경험을 할 수 있음에 놀라웠다. 전망대에 도착하자 엘리베이터 문이 열리고, 여행객들은 직원의 안내를 받아 다같이 이동하여 또 다른 스크린 앞에 일렬로 늘어섰다. 영상이 시작되고 또 다른 뉴욕을 상징하는 장면들이 나오기 시작했다. 1분 정도 되는 영상이 끝나자마자 스크린이 올라가면서 뉴욕의 전경이 나타났다. 소름이 돋았다. 동생과 나는 '와… 대박!'을 100번은 외친 것 같다. 이런 깜짝쇼가 기다리고 있을 거라고는 상상도 못했다. 엘리베이터를 같이 탄 모든 사람들과 같은 마음으로 구경하니 더 큰 감동으로 다가왔다. 스크린이 모두 올라가고 한 층 아래로 내려오니 드디어 전망대 통유리를 통해 뉴욕이 시원하게 멀리까지 보였다. 100층 높이의 원 월드 트레이드 센터 전망대에서는 브루클린, 뉴저지 등 맨해튼 주변 도시까지 한눈에 볼 수 있다. 동생과 카메라에 담아보려고 애썼지만 엄청난 이 느낌의 반의 반도 담지 못했다. 결국 인증 사진만 남기기로 하고, 이 순간을 즐기기로 했다. 속으로 이런 생각이 들었다. '내가 나중에 뉴욕을 다시 생각할 때도 이 멋진 전경이 생생하게 생각나면 참 좋겠다.' 구경하는 내내 신기함이 가시지 않았다. 동생과 나는 잠실에 위치한 '롯데월드몰' 타워 전망대에도 아직 가보지 못했다. 그래서 이렇게 높은 곳에 처음 올라와봐서 더욱더 신기하고 굉장하다고 느끼는 게 아닐까 싶었다. 전망대에서는 우리가 어제 보았던 '자유의 여신상'도 보였다.

전망대에 올라온 지 1시간 정도 지났을까, 이제 하민이와 만나기로 한 시간이 가까워져 우리는 내려가기로 했다. 하민이에게 카페로 출발하겠다고 연락을 주고, 하민이가 문자로 말해준 스텀프 커피(Stumptown Coffee Roasters) 카페를 구글 지도에 찍었다. 지하철 빨간색 1번 라인을 타고 28

번가 역(28 Street Station)에서 내려 7분 정도 걸어간 곳에 있는 카페에 도착했다. 하민이보다 우리가 조금 먼저 도착한 듯했다. 하민에에게 도착했다는 문자를 보내자 금방 도착하니 조금만 기다려달라는 답장이 왔다. 5분 정도 지나서 하민이에게서 도착했다고 연락이 왔다. 그런데 도통 하민이가 보이지 않았다. 카페 매장 밖에 서서 기다리는데도 하민이가 보이질 않았다. 곧 하민이가 카페 앞이라면서 매장 사진을 찍어 보냈는데, 내가 서 있는 매장과 달랐다. 어찌된 일일까. 구글로 다시 검색해보니, 스텀프 커피 다른 지점에 내가 와 있는 것이었다. 하민이가 주소를 보내줬는데, 나는 바보처럼 'Stumptown Coffee Reasters'를 검색해서 그 지도대로만 찾아온 것이다. 우리가 각자 다른 지점에 있다는 걸 알고 하민이가 우리 쪽으로 오겠다고 했다. 괜히 하민이를 고생시키는 것 같아 미안한 마음이 들었다. '바보 같은 이 언니를 용서해….' 동생에게도 우리가 하민이와 다른 지점에 있다고 말해주었다. 나는 동생에게 혼쭐이 났다. 어쩐지 이상했다면서…. 하민이가 이쪽으로 오는 데 20분 정도 걸린다고 했다. 미안하다며 하민이에게 문자를 보내고 있는데, 동생이 갑자기 다급하게 나를 불렀다.

"언니! 언니, 저기 저 사람… 가수 헤이즈야!"
"진짜? 저 모자 쓰신 분?"

커피를 받는 옆모습을 보니 헤이즈 님이 맞았다. 검은 모자를 눌러썼지만 크고 예쁜 이목구비는 가려지지 않았다. 우리는 조심스럽게 다가가 팬이라고 말씀드리고 사진 같이 찍어도 괜찮은지 여쭈었다. 헤이즈 님은 흔쾌히 괜찮다면서 동생과 한 장, 나와 한 장 사진을 찍어주셨다. 이렇게 외국에 나와서 연예인을 촬영장도 아닌 카페에서 만나다니! 좋으면서도 얼떨떨했다. 동생은 헤이즈 님의 SNS를 자주 봐서 뉴욕에 간다고 올린 사진을 봤는데, 실제로 만날 줄 몰랐다며 너무 신기해했다. 전망대도 신기했는데 더 신기한 경험을 하게 된 셈이다. 나는 하민이에게 한 내 실수도 잊고 헤벌쭉했다. 물론 하민이가 도착했을 땐 미안한 마음에 굽신굽신 사과를 했지만.

"카페를 잘못 찾아오긴 했지만, 나 덕분에 헤이즈 님도 보고 좋지?"
"근데 언니, 사진 봤어? 헤이즈 님 옆에 웬 오징어가…."

Mexico

멕시코

26th Jun ──────────────────────────────── 5th Jul

Cancún - Playa del Carmen

칸쿤 · 또 신혼여행지를 너와…

뉴욕 존 케네디 공항에는 오전 7시가 조금 안 된 시간에 도착하였다.
미리 체크인을 하지 못한 동생과 나는 공항에서 항공사 직원의 도움을
받으며 체크인 수속을 마쳤다. 다만, 나란히 붙은 자리가 없어 어쩔 수 없
이 따로 앉아야 했다. 티켓을 받자마자 우리는 게이트로 향했고, 아메리
칸 항공(American Airlines) 오전 9시 비행기에 올라탔다. 3시간 조금 넘는
비행을 거쳐 오후 12시 20분에 멕시코 칸쿤 공항에 도착하였다. 비행기
에서 내리자마자 숨이 턱 막혔다. 뉴욕은 제법 선선했는데 칸쿤은 찜통
더위였다. 심지어 동생과 나는 긴 트레이닝복을 입고 있었다. 비행기 안
의 에어컨이 너무 세서 이동할 때에는 항상 긴바지를 입는다. 수화물을
찾아 게이트로 나오니 공항에서 도시로 이동하는 버스를 탈 수 있는 정
류장들이 보였다. 대부분의 여행자들은 아데오(ADO) 버스터미널에서 각

자 숙소로 이동한다고 했다. 그래서 우리도 그렇게 하기로 결정하고 아데오 버스터미널로 가는 티켓을 2장 끊어 버스에 올랐다. 버스가 10분 뒤에 출발한다고 직원이 알려준다. 여행자들을 위해서 버스 간격이 길지 않은 듯했다. 구글 지도에 거리를 찍어보니 공항에서 18킬로미터 떨어진 그리 멀지 않은 곳에 터미널이 있었다. 차가 막히지 않는다면 대략 20분 정도면 도착할 수 있을 것 같았다. 버스에 앉으니 그제야 라틴아메리카에 온 게 실감났다. '내가 이렇게 한국과 13시간 시차가 나는 라틴아메리카까지 왔구나.'

버스가 출발하고 한숨 돌리고 나서야 칸쿤의 풍경들이 눈에 들어오기 시작했다. 뉴욕과는 사뭇 다른 풍경. 높은 건물은 거의 없고, 생각보다 거리가 한산하다. 이렇게 버스를 타고 이동하면서 바깥 풍경을 구경하는 것도 꽤 오랜만이다. 동생은 출출했는지 초콜릿을 주섬주섬 꺼내어 먹었다. 하긴 2시가 넘어가고 있는데 우리는 아직 제대로 된 밥은 한 끼도 먹지 못했다. 배가 고플 만도 하다. 동생은 초콜릿을 먹으며 멕시코로 오는 비행기 안에서 있었던 일을 말해주었다.

"어떤 멕시코인이 내 옆에 앉았는데, 나한테 사진을 보여주면서 칸쿤에서 제일 핫한 곳이라고 알려주더라? 클럽인데, 이름이 '코코봉고'래. 자기는 거기 자주 간다면서 '엄지척' 하더라고."
"그래서 가자고?"

"아니. 뭐 그냥 그렇다고….."

외국인이랑 대화하는 걸 두려워하던 동생이 비행기 안에서 외국인과 클럽 정보를 주고받았다니. 아무래도 믿을 수가 없어 인터넷으로 검색해 보았다. '코코봉고 가는 법' '코코봉고 입장권' '코코봉고 저렴하게 가는 법' 갖가지 정보들이 쏟아져 나온다. 정말 핫한 곳이 맞았다. 동생과 같이 블로그 삼매경에 빠져 있을 무렵, 버스는 아데오 버스터미널에 도착하였다. 우리는 버스 아래 짐칸에 넣어두었던 배낭을 찾아 터미널 밖으로 걸어나갔다. 이곳에서 어떤 버스를 타야 하는지 알아보지 못한 탓에 현지인들에게 물어봐야 하는 상황이다. 먼저, 동생과 나는 유심을 사기로 했다. 길 건너에 바로 유심을 파는 곳이 보였다. 멕시코에 10일 정도 머물 예정이지만, 와이파이 사용이 가능한 저렴한 호텔과 아파트를 예약해둔 터라 데이터가 큰 유심이 군이 필요하지 않을 것 같았다. 그래서 2G짜리 유심을 하나씩 구매하면서 가게 주인에게 구글 지도에 표시된 숙소 위치를 보여주었다.

"이곳을 어떻게 찾아가나요?"

가게 주인은 손으로 왼쪽을 가리키며 가게를 나가 왼쪽으로 돌아가면 육교가 있고, 그 육교를 지나 조금만 걸으면 버스 정류장이 있다고 했다. 거기서 R1버스를 타면 호텔 존(호텔과 숙소가 모여 있는 지역)으로 갈 수 있다고도 알려주었다. 가게 주인에게 고맙다는 인사를 건네고 왼쪽으로 꺾어 조금만 걸으니 바로 버스 정류장이 보였다. 혹여나 버스 번호가 보이지 않아 버스를 놓칠까 봐 유심히 살펴보았다. 5분 정도 지났을까, 내 걱정과는 달리 R1이라고 크게 쓰여 있는 버스가 다가왔다. 요금은 인당 12페소(한화로 약 700원), 아직 환전을 못해서 가지고 있던 1달러를 냈다. 버스 안은 이미 사람들로 가득했다. 큰 배낭이 사람들에게 민폐를 끼치진 않을까 조심스러워 눈치를 보고 있는데 나랑 눈이 마주친 현지인이 괜찮다는 듯 싱긋 웃어 보였다. 그런데 이곳 사람들은, 버스가 멈추지도 않았는데 내릴 준비를 하고 있었다. 뒷문도 열려 있고, 아직 버스가 쌩쌩 달리고 있는데 말이다. 동생과 나는 이해할 수 없다는 눈으로 그 광경을 바라보았다. 버스를 탄 지 10분쯤 지나, 구글 지도로 정류장을 확인하고 나서 우리가 예약한 호텔과 가장 가까운 곳에서 내렸다. 내리자마자 구름 한 점 없는 땡볕이 내리쬐는 날씨에 살이 타들어가는 것 같았고, 이마에서 땀이 줄줄 흘렀다. 앞뒤로 메고 있는 가방이 우리를 더 덥게 만들었다. 다행히도 정류장과 멀지 않은 곳에 호텔이 있었다. 우리가 예약한 호텔은 '호텔 소타벤투 칸쿤(Hotel Sotavento Cancun)'. 이곳을 예약한 이유는 가격이 나쁘지 않은 데다 수영장까지 갖추고 있었기 때문이다. 칸쿤은 신혼여행으로 오는 사람들이 많아, 비싸고 좋은 호텔들이 대부분이다. 하지만 배낭여행자인 우리는 이 정도의 호텔도 아주 만족스러웠다. 호텔에 도착하니 체크인 시간이 딱 맞아떨어졌다. 호텔 직원이 친절하게 체크인을 도와주고 방으로 안내해주었다. 객실 안은 사진과 조금 달랐지만, 제법 넓은 트

윈베드를 보며 위안을 삼기로 했다. 우리는 짐을 내려놓고 수영장으로 나
갔다. 이미 더위를 피해 수영을 하는 사람들이 보였다.

"언니, 칸쿤 어떤 것 같아?"

"어디를 봐도 커플이야. 신혼여행지를 또 너와… 우울하다, 우울해!"

"우울하면 코코봉고?"

"시끄러워, 그놈의 코코봉고인지, 코코봉인지!"

칸쿤 · 월드컵의 인연

한국 시각으로 밤11시, 멕시코 현지 시각으로 아침 9시에 대한민국 대
독일 월드컵 경기가 있었다. 대한민국이 스웨덴과 멕시코에게 2패하면
서, 이 경기마저 지면 16강 진출이 어렵기 때문에 무척 중요한 경기였다.
그런데 같은 시각, 같은 조의 멕시코 대 스웨덴 경기가 열리고 있었다. 덕
분에 멕시코 TV로는 한국 경기를 볼 수 없었고, 한국에 있는 남자친구가
카톡으로 경기 상황을 생중계해주었다. 갑자기 호텔 여기저기서 아쉬움
의 탄성이 들렸다. 스웨덴이 골을 넣은 모양이다. 경기의 주도권을 스웨
덴이 가져가는 듯했다. 그 뒤로도 두 골을 더 허용한 멕시코는 스웨덴에
0대 3으로 지고 말았다. 이제 멕시코가 16강에 올라가려면 한국이 비기
거나 이겨야만 하는 상황. 멕시코 대 스웨덴 경기는 끝났지만, 대한민국
대 독일 경기는 아직 진행 중이었다. 후반 90분, 경기 종료 10분을 앞두고

우리나라의 김영권, 손흥민 선수가 각각 한 골씩, 무려 두 골을 넣었다!
그렇게 대한민국 대 독일 경기는 2대 0으로 한국의 승리로 끝이 났다. 한
국이 승리한 덕택에(?) 멕시코는 스웨덴에 지고도 16강에 진출하게 되었
다. 뭔가 묘한 기분이 들었다.

　오늘 칸쿤 해변으로 가기로 한 날이라 경기가 끝나자마자 서둘러 호텔
을 나왔다. 버스 정류장에서 해변으로 가는 버스를 기다리는데 습하고 더
운 날씨에 5분 만에 온몸이 땀범벅이 되었다. 차가운 음료가 절실해서 동
생에게 근처 스타벅스에서 커피라도 마시자고 했다. 이윽고 들어간 스타
벅스, 천국이 펼쳐졌다. 시원한 에어컨 바람이 내 몸을 시원하게 안아주
는 것 같았다. 동생과 아이스라테를 한 잔씩 마시며 더위를 달랬다. 구글
지도를 보니 가까이에 바닷가가 있는 것 같아 들러보고 싶었다. 누구에게
묻지? 주위를 두리번거리는데, 오른쪽에 샌드위치를 먹는 여행자가 보였
다. 그에게 다가가 말을 걸려는 찰나, 그가 먼저 우리에게 말했다.

"혹시 한국인이에요?"
"맞아요."
"축하해요!"

뭘 축하한다는 거지?
우리는 영문을 몰라 어리둥절한 눈으로 그를 보았다.

"나, 독일인이에요."

아뿔싸. 방금 경기를 끝낸 두 나라의 국민이 멕시코에 앉아 이야기를 나누게 된 것이다! 심지어 나는 그에게 길을 물어보려던 참이었으니…. 참으로 웃기고 아이러니한 상황이었다. 그렇게 독일에서 온 여행자와 한참 동안 여행에 대해 수다를 떨었다. 그는 칸쿤에 온 지 일주일 정도 됐다고 했다. 또 칸쿤 해변도 좋지만 버스를 타고 멀리 나가야 해서 번거롭다며 이 근처에 있는 바다도 좋으니 오늘은 그곳에 가보라고 친절하게 알려주었다. 오늘의 이 신기한 인연을 사진으로 남기고 싶어 함께 사진을 찍고, 감사 인사를 건넨 뒤에 스타벅스를 나왔다.

독일 여행자가 알려준 대로 10분 정도 걸어가니 에메랄드빛 바다가 눈앞에 펼쳐졌다. 벌써 물놀이를 즐기는 사람들로 가득했다. 칸쿤은 신혼여행으로만 오는 줄 알았는데 생각보다 가족 단위로 놀러온 사람들이 많았다. 이렇게 가까운 곳에서 물놀이할 수 있는 걸 미리 알았다면, 수영복을 챙겨왔을 텐데…. 동생과 나는 아쉬운 대로 발이라도 퐁당퐁당 담그기로 했다. 마음 같아선 동생을 바다에 빠트리고 놀고 싶었지만 참기로 했다. 햇볕이 너무 뜨거운데 파라솔도 없고, 몸을 피할 그늘도 없어 오래 놀 수가 없었기 때문이다. 결국 30분쯤 지나 어쩔 수 없이 숙소로 돌아가기로 했다. 버스가 3~4분 간격으로 자주 다니고 있어 금세 버스에 탔다. 버스 안에는 동생과 나밖에 없다. 기사님이 우리를 보고 어느 호텔에 가느냐고

물었고, 호텔 이름을 말하니 곧 내려야 한다고 했다. 내릴 준비를 하는데 자꾸 손가락을 돌리며 기다리라고 했다. 그래서 '왜 기다리라는 거지?' 고개를 갸우뚱하는 순간, 세상에! 기사님께서 유턴을 하는 게 아닌가? 그러더니 무려 숙소 앞에 우리를 내려주었다. 혹시 지금 우리 로컬버스 렌트한 거냐! 그렇게 우리를 내려주고 버스는 다시 유유히 사라졌다.

"언니, 우리 한국인이라고 고마워서 이렇게 데려다준 게 아닐까?"
"한국인이라고 이렇게까지 대우받으면 우리 여기서 살아야 하는 거 아니냐…"

플라야 델 카르멘 · 사랑해요, 꼬레아!

칸쿤에서 3박 4일 여행을 마치고, 오늘은 플라야 델 카르멘으로 이동
하는 날이다. 100일 가까이 싸던 배낭인데 오늘따라 왜 이렇게 짐 싸기가
귀찮은지! 체크아웃 30분을 남겨두고 배낭을 챙기기 시작했다. 이제는
요령이 생겨 10분이면 짐을 챙길 수 있게 되었다. 배낭을 여러 번 싸다 보
니 물건을 넣는 나만의 기준과 위치가 정해져서 시간을 단축하게 된 것
이다. 동생도 마찬가지였다. 덤덤하게 배낭을 챙기는 동생의 모습을 보고
있으니 '정말 세계여행자 다 됐네' 하는 마음이 들었다. 우리는 그렇게 배
낭을 챙겨 호텔을 나왔다. 플라야 델 카르멘 지역으로 가려면, 칸쿤 아데
오 버스터미널에서 버스를 타고 다시 플라야 델 카르멘 아데오 버스터미
널로 가야 한다. 한 번 온 길을 다시 돌아가는 것이라, 어렵지 않게 칸쿤
아데오 버스터미널에 도착했다. 우리는 터미널 티켓부스에 가서 30분 후

에 출발하는 오후 2시 티켓을 2장 끊고, 남는 시간에 점심으로 샌드위치를 사 먹기로 했다. 구글 지도로 근처에 서브웨이가 있다는 것을 확인하고 갔는데, 영업을 하지 않았다. 그렇다고 근처 식당에 가서 먹기에는 조금 애매한 시간이었다. 어쩔 수 없이 우리는 플라야 델 카르멘 숙소에 도착해서 밥을 먹기로 하고 의자에 앉아서 조금 쉬었다.

'벌써 29번째 도시로 이동이네.'

자기 몸 반만 한 배낭을 메고 의자에 앉아 있는 동생을 보니 안쓰러운 마음이 들었다. 그래도 불평하지 않고 잘 따라줘서 고마웠다. 플라야 델 카르멘 지역으로 가는 버스에 탑승하라는 직원의 외침에 배낭을 다시 메고 버스로 향했다.

"한국인이죠?"
"맞아요."

대답이 끝나기가 무섭게 안내 직원이 동생과 내 가방을 달라고 하더니 아래 짐칸에 넣어주는 게 아닌가. 그러고는 우리에게 다가와 말했다.

"나는 한국을 사랑해."

처음에는 이런 반응들이 마냥 신기했는데, 나도 이제는 이 상황을 즐기고 있었다. 버스에 오르며 운전사에게 티켓을 내밀었다. 그는 공짜로 태워주려 했는데 벌써 티켓을 샀느냐며 아쉬워했다.

"만약 다시 버스를 타게 된다면, 그땐 꼭 무료로 태워줄게요!"

이 사람들은 얼마나 한국을 좋아하는 걸까? 자리에 앉아 가만히 생각해보았다. 예전에 '어서와~ 한국은 처음이지?'라는 TV 프로그램에서 보니 한국에 여행 온 멕시코인들이 제일 먼저 달려간 곳은 축구 경기장이었다. 멕시코 사람들은 축구를 굉장히 사랑하고, 자부심이 강하다는 멕시코 여행자들의 이야기를 들은 기억도 났다. 내가 생각하는 것 이상으로 월드컵 16강 진출이 기뻤던 모양이다. 버스를 타고 오는 내내 우리에게 친절을 베풀어준 사람들이 계속 생각나 괜히 웃음이 나왔다. 40분 정도 고속도로를 달려 플라야 델 카르멘 지역 아데오 버스터미널에 도착했다. 너무 배가 고파서 우리는 택시를 타기로 했다. 다행히도 터미널이 번화가와 연결되어 있어서 택시들이 대기 중이었다. 이 지역의 택시는 미터기로 요금을 측정하는 게 아니라, 택시기사와 금액을 미리 협상해 지불하는 방식이었다. 기사에게 다가가 구글 지도로 숙소 위치를 보여줬더니 100페소(한화로 6,000원)를 불렀다.

"한국인인데요."

"80페소(한화로 4,800원)."

한국인이라는 말에 택시기사는 바로 웃어 보이며 운임을 깎아줬다. 한국인이라고 말하고 흥정하고 있는 나 자신이 웃기면서도 이래도 되나 싶은 생각도 들었다. 택시를 타니 숙소에 5분도 안 되어 도착했다. 플라야 델 카르멘에는 부엌이 딸린 아파트 같은 숙소가 많았다. 우리도 7박 8일 동안 지내면서 직접 밥을 해 먹으려고 아파트형 숙소를 정했다. 숙소에 배낭만 내려놓고 너무 배가 고파 근처 식당으로 밥을 먹으러 나갔다. 두 블럭 정도 지나니 근처에 피자집이 보였다. 오늘은 피자가 먹고 싶다는 동생의 말에 따라 가게로 들어갔다. 파인애플이 가득 올라간 하와이안 피자를 시켰다. 가게 안에 가득한 피자 냄새에 벌써 행복해지는 기분이다. 15분 정도 지나 피자가 나왔고, 얼마나 배가 고팠는지 작지 않은 피자 한 판을 둘이서 모조리 먹어치웠다. 배를 채우고 나니 어느새 하늘이 어둑어둑해졌다. 그대로 숙소로 들어가기 아쉬워 번화가에 나가보기로 했다.

택시를 타고는 5분밖에 걸리지 않았던 길을 걸어가려니 20분이 넘게 걸렸다. 그래도 소화도 시키고 동네도 구경할 겸 걸었다. 거리에는 환하게 간판을 밝힌 가게들이 즐비하고, 길거리 상인들도 심심찮게 보인다. 번화가 중심으로 들어갈수록 화려하고 큰 건물들이 나오더니 큰 쇼핑센터도 보인다. 칸쿤이 '호캉스'를 즐기러 오는 곳이라면, 이곳은 배낭여행자들의 성지인 듯했다. 그리고… 끝인 줄 알았던 월드컵의 인연이 아직 끝나지 않았다. 한참 구경하며 걷다가 눈을 의심하게 하는 팻말을 하나 발견했다.

'IF YOU'RE COREANO FREE DRINKS'

정말 대한민국 국기까지 그려놓은, 한국인을 환영하는 팻말이었다. 신기해서 사진을 찍고 있으니, 펍에 앉아 있던 사람들이 우리가 한국인인 걸 눈치채고 환호성을 지르기 시작했다. 주변에 있는 사람들의 시선도 동생과 나에게 집중되었다. 급기야 거리를 지나가던 사람들마저 발을 멈추고 그 광경을 구경했다. 이 정도면 멕시코 사람들은 정말로 한국인을 사랑하는 게 분명했다. 나도 그 사랑받는 사람 중 하나였다. 마침 이 시기에, 우연히 내가 멕시코를 여행하게 되었고, 이런 일을 겪는 것 자체가 참 신기했다. 정말 평생에 한 번 있을까 말까 한 경험이 아닐까? 땀 흘리며 뛴 대한민국 국가대표 선수들에게 괜히 고마운 날이었다.

"야, 내가 왜 저 가게에 안 들어간 줄 알아?"
"왜?"
"들어가자마자 나를 헹가래할 것 같은 분위기라서…."

멕시코 사람들은 한국인을 사랑한다.
나도 그 사랑받는 사람 중 하나였다.

플라야 델 카르멘 · '클래스가 다른' 워터파크

우리가 칸쿤보다 플라야 델 카르멘에 더 오래 머물기로 한 가장 큰 이유는 '셀하(Xel-Ha)'라는 워터파크 때문이었다. 셀하는 바다의 일부를 막아 만든 자연 워터파크인데, 동생과 내가 멕시코에 오면서 가장 기대했던 곳이기도 하다. 우리는 플라야 델 카르멘의 아데오 버스터미널에서 셀하 입장권을 1인당 90달러에 사두었다. 이 입장권을 사면 왕복 버스비는 물론, 워터파크에 있는 내내 모든 음식과 음료, 술을 무제한으로 이용할 수 있다! 또 스노클링 장비와 구명조끼, 수건까지 무료로 대여해준다. 90달러라는 금액이 멕시코 물가로는 꽤 높은 편이라서 이런 편의가 제공되는 것 같았다. 동생과 나는 기대했던 날인 만큼 아침 일찍 일어나 수영복과 필요한 짐을 꾸려 숙소를 나왔다. 그리고 플라야 델 카르멘 아데오 버스터미널에서 셀하로 가는 8시 30분 셔틀버스에 올라탔다. 이른 시간임에도 셀하를 즐기려는 사람들로 버스는 이미 만석이다. 오랜만에 워터파크에 놀러가 물놀이할 생각을 하니 마음이 두근두근했다. '바다로 만든 워터파크라니!' 상상이 가지 않았다. 버스로 40분을 달려 이윽고 셀하 정문에 도착했다. 매표소로 걸어가 버스터미널에서 산 셀하 입장권을 팔찌 티켓으로 교환하였다. 팔찌를 착용하고 설레는 마음으로 입장하여 수영복을 갈아입었다. 평소에도 액티비티를 즐기는 나이기에 유난히 들뜨는 마음을 진정시킬 수가 없었다.

셀하 워터파크의 규모는 정말이지, 어마어마했다. 바다를 막아 만든 곳이니만큼 에미랄드빛 물은 물론, 나무들도 그대로고, 물고기들도 보였다. 뭔가 또 다른 세계에 와 있는 느낌이다. 어떻게 이런 곳을 만들 생각을 했을까! 신선한 충격이었다. 역시 세계여행의 묘미는 경험하지 못한 것을 경험했을 때 느끼는 신기함과 희열인 것 같다. 동생과 나는 아침도 먹지 못했기 때문에 먼저 배를 채우고 놀기로 했다. 셀하는 굉장히 넓어서 식당이 여러 군데에 있고, 식당마다 메뉴도 각각 다르다. 동생과 나는 '본전을 뽑자'며 먹고 놀고를 반복하기로 다짐했다. 식당은 원하는 음식을 먹고 싶은 만큼 떠다 먹는 뷔페식이다. 동생과 나는 접시에 음식을 가득 담기 시작했다.

"언니, 이거 먹으면 수영복 입고 배가 엄청 나올 것 같은데?"
"나중에 생각하사. 일단 믹어."

맛있는 음식을 앞에 두자 배가 나오는 건 중요하지 않았다. 좋아하는 스크램블드에그와 파스타, 타코까지 쉬지 않고 배 속에 넣었다. 그렇게 30분쯤 지났을까. 동생과 나는 빵빵해진 배를 부여잡고 식당에서 나왔다.

우리는 가장 먼저 스노클링을 하기로 했다. 장비를 빌리고 구명조끼를 입었다. 오리발까지 빌릴 수 있어서 스노클링을 제대로 즐길 준비가 되었다. 동생과 나는 둘 다 수영에는 자신이 있어서 망설임 없이 바다로 뛰어들었다. 바다에 들어간 한자매는 그야말로 물 만난 물고기 두 마리였다. 스노클링 장비를 장착하고 잠수하니 맑은 물속에서 유영하는 물고기들이 보였다. 심지어 가오리도 있었다! 사실 바다에서는 수심이 점점 깊어지는 탓에 멀리 가는 건 어려웠는데, 셀하는 일정한 깊이만 워터파크로 만들어두었기 때문에 안심하고 놀 수 있었다. 우리는 수영해서 물고기들을 따라가기도 하고, 깊이 잠수도 하면서 갖가지 방법으로 물놀이를 즐겼다. 셀하가 어쩌나 넓은지 수영해서 이 끝에서 저 끝까지 가기가 어려울 정도였다. 다음은 멀리서도 길어 보이는 워터슬라이드를 타러 가기로 했다. 꽈배기처럼 꼬인 슬라이드는 2가지 종류가 있었다. 파란 라인은 경사가 완만했고, 흰 라인은 물살도 세고 빠르게 내려갈 수 있었다. 동생과 나는 약속이라도 한 듯 흰 라인에 줄을 섰다. 출발대에 가까워질수록 계단을 따라 높이 올라가는데, 발아래로 워터파크가 한눈에 보였다. 반대쪽으로 고개를 돌리니 태평양같이 드넓게 펼쳐진 바다가 시선을 사로잡았다. 마치 비행기에서 바다를 내려다보는 느낌과 비슷했다. 시원한 바람과 함께 마음이 뻥 뚫리는 기분이었다. 여행하며 힘들었던 크고 작은 일들이 바람을 타고 날아가는 것 같았다. 동생과 감탄하며 바다를 구경하다 보니, 금세 우리 차례가 돌아왔다. 안전요원이 세상 스윗한 미소를 지어 보이며 우리에게 한국인이냐고 물었다. 맞다고 대답하니 엄지를 척 들어 보였다. 이 정도면 멕시코에서 한국인은 연예인급 인기가 있는 듯싶다. 안전요원에게 주의사항과 타는 방법을 듣고 동생이 먼저 출발대에 앉았다. 그리고 안내 요원의 신호에 따라 출발!

"언니, 나 먼저 간다아아아아아아아악!!!!!!!"

이런 건 별로 무섭지 않다고, 소리 따위 지르지 않을 거라던 동생은 있는 힘껏 소리를 질러댔다. 창피할 만큼 말이다. 다음은 내 차례, 동생이 왜 저렇게 소리를 지르는지 이해가 가지 않았는데 출발하는 순간 알게 되었다. 생각했던 것보다 훨씬 속도가 빨랐기 때문이다. 또 위가 막혀 있어 앞이 보이지 않아 스릴 만점이었다. 이렇게 재미있는 워터슬라이드가 세상에 또 있을까. 먼저 내려간 동생이 아래에서 나를 기다리고 있었다.

"언니, 나 배고파. 뭐 먹으러 가자!"
"그럼. 식당 하나밖에 못 갔으니 또 다른 거 먹어야지."

그렇게 한자매는 다른 식당에 가서 햄버거와 해산물로 30분 동안 배를 채웠다. 행복한 식사를 마치고 이번에는 튜빙을 하러 갔다. 곳곳에 비치되어 있는 1인용 또는 2인용 튜브를 타고 넓은 셀하 안을 떠다닐 수 있다. 동생과 나는 1인용 튜브를 각각 몸에 끼우고 바다로 들어갔다. 제법 빠른 물살에 튜빙도 꽤 스릴 있었다. 흐르는 물에 몸을 맡기고 쉬면서 튜브를 타고 내려오니 여기야말로 지상 낙원이었다. 신나게 놀 때는 몰랐는데, 튜빙을 하며 쉬고 있으니 어깨가 따끔거렸다. 밖으로 나와 어깨를 보니 새카맣게 타 있었다. 어깨뿐 아니라 수영복을 입은 부분을 제외한 온몸이 새까맸다. 선크림을 발라도 물에 들어가자마자 씻겨나간 탓에 햇볕에 그대로 노출되어 더 많이 탄 것이다. 그래도 노는 걸 포기할 수 없었다. 집라인, 다이빙 등 놀이 시설을 후회없도록 알차게 즐겼다. 터미널로 돌아가는 셔틀버스를 5시에 타야 해서 우리는 시간에 맞춰 씻고 옷을 갈아입었다. 생각보다 빠르게 준비한 덕분에 시간이 남아 근처에 있는 해먹에 누웠다. 신선놀음이 따로 없었다. 동생은 해먹에 누워 빵빵해진 배를 두드리며 말했다.

"나 셀하 와서 신나게 놀고 살 빠져 가려고 했는데, 배 봐…."
"당연하지. 우리 다섯 끼 먹었어…."

플라야 델 카르멘 · **한자매 세계여행 D+100**

강한 아침 햇살이 창문을 뚫고 들어와 이른 시각에 잠에서 깼다. 시간을 확인하려고 핸드폰 액정을 보니 시간보다 먼저 'D+100'이 내 눈에 들어왔다. 그렇다, 오늘은 한자매가 한국을 떠나 여행한 지 100일째 되는 날이다. 벌써 16개 나라 29개 도시를 여행했다. D+100일을 어디서 맞게 될까 궁금했는데, 중앙아메리카에서 보내게 될 줄이야! 참 좋다. 조금만 걸어가면 드넓은 바다가 펼쳐져 있고, 값싼 음식을 많이 먹을 수 있는데다 어딜 가나 '사랑해요, 꼬레아!'를 외쳐주는 이 멕시코가 말이다.

어제 셀하에서 물놀이를 하고 와서 잔뜩 쌓여 있던 빨래를 들고 아침 일찍 빨래를 하러 갔다. 숙소에서 가까운 곳에 코인 세탁소가 있었다. 킬로그램당 15페소(한화로 약 900원)를 받고 세탁을 해주는 곳이다. 4킬로그램 정도의 빨래를 가져온 우리는 세탁비로 60페소를 내고 오후 6시에 빨래를 찾으러 오겠다고 했다. 빨래를 맡겨놓고 마트로 장 보러 가는 길. 가까운 거리에 세탁소가 있는 게 뭐라고 행복한 기분이 마구 밀려온다. 숙소 근처의 코인 세탁소를 찾지 못해 손으로 조물조물 빨아 개운치 않은 기분으로 옷을 입던 날들이 생각나서다. 마트에 들러 점심거리도 담았다. 오늘의 메뉴는 오랜만에 만드는 토마토 파스타! 한자매의 여행 100일을 소소하게 축하하기 위해 도너츠도 두 개 골랐다. 5리터들이 물도 한 병 샀다. 작은 병은 금세 동이 나서 매번 사 나르는 게 번거로워 이제 큰 용량으로 사놓고 작은 통에 담아 마신다. 이렇게 커다란 생수병을 살 때면 내가 세계여행자임을 새삼 실감한다. 양손 가득 식료품을 들고 숙소로 돌아와 파스타를 만들었다. 동생이 나보다는 음식을 더 잘 만들기 때문에 식사 준비는 주로 동생이 맡는다. 끓는 물에 면을 넣어 적당하게 삶고, 그릇에 가지런히 옮겨 담아 토마토소스를 가득 부어 잘 비빈다. 아주 간단한 요리이지만 먹을 때마다 맛있다.

동생과 파스타를 먹으며 그간의 여행지와 우리가 어떻게 변했는지에 대해 이야기를 나눴다. 동생은 세계여행을 하면서 자연스럽게 각 나라의 위치와 수도, 화폐, 시차까지 알게 되었다고 말했다. 그 밖에도 언어와 교통, 날씨 등 새롭게 알게 된 것들이 굉장히 많다고 했다. 글로 배우고 억지로 외운 게 아니라 직접 겪으며 알아낸 것이기에 머리에 쏙쏙 들어왔다고. 나도 그랬다. 어디에 어느 나라가 있는지 머릿속에 큰 지도가 금방 그려졌다. 여행 초반에는 숙소를 고르고 알아보는 데도 시간이 상당히 걸렸지만, 여행이 무르익어갈수록 우리만의 방식으로 빠르게 숙소를 찾아냈다. 오래 머물 숙소라면 주방과 세탁기가 딸린 곳을 선택했고, 시내에서 반경 몇 킬로미터에 있는지도 재빨리 확인한다. 이게 바로 여행하며 늘어가는 노하우가 아닐까. 여행하다 보면 나의 내면에 숨겨져 있던 모든 면을 꺼내게 된다. 예상치 못한 여러 상황과 힘든 시간, 즐거운 시간을 모두 겪으면서 말이다. 그렇게 알지 못했던 나를 알게 되면서 컨트롤하고 다스리며 한 단계 성장하는 것 같았다. 앞으로 더 힘든 일도 있고 행복한 일도 많을 테지만, 그래도 여기까지 크게 아프지 않고 100일을 잘 견뎌온 우리가 대견했다. 이야기를 나누며 먹으니 어느새 파스타가 바닥을 드러냈다. 100일을 기념하자며 산 도너츠를 냉장고에서 꺼냈다. 그리고 한 입 크게 베어 물으며 동생이 말했다.

"또 달라진 점이 있어. 나 참을성이 진짜 많이 는 것 같아."

"맞아. 나도 그래! 너 등짝 스매싱하고 싶었던 적이 진짜 많았는데, 다 참았어."

플라야 델 카르멘의 세노테.
물빛이 한없이 푸르다.

D + 105 Playa del Carmen

플라야 델 카르멘 · 어서 와, 이런 기다림은 처음이지?

멕시코를 떠나 남아메리카 페루로 향하는 날. 오늘 밤 10시 35분에 비행기를 타고 멕시코시티를 경유하여 8시간 정도 대기했다가 다음 날 오후 4시에 페루 리마의 호르헤 차베스 국제공항(Jorge Chávez International Airport)에 도착하는 멀고도 험한 여정이 우리를 기다리고 있었다. 숙소 체크아웃인 오후 12시에 맞춰 미리 택시를 예약해뒀다. 그런데 12시가 지나도 택시가 오지 않았다. 택시 회사에 연락하여 택시가 오고 있느냐고 묻자 주소를 다시 물었다. 예약이 제대로 되지 않았다는 걸 알았지만, 그렇다고 무거운 배낭을 메고 버스터미널까지 3~4킬로미터를 걸어갈 수는 없었다. 다시 예약을 했고, 택시 번호를 받았다. 10분, 20분…. 시간은 계속 흐르는데 택시는 오지 않고, 점점 초조한 마음이 들었다. 이동 초반부터 이런 일이 생기다니, 예감이 영 좋지 않았다. 우리 방 체크아웃을 도와

Mexico

췄던 직원이 다른 방을 체크아웃하고 숙소에서 떠나려는 찰나에 문 앞에서 택시를 기다리며 안절부절못하는 나에게 말을 걸어왔다.

"No taxi?"
"Yes."

마침 숙소 앞을 지나가는 빈 택시가 있어 직원이 잡아주었다. 가격을 물어보니 50페소라고 했다. 내가 예약한 택시는 60페소였는데, 더 싸잖아? 그렇게 택시를 타고 플라야 델 카르멘 아데오 버스터미널에 도착해서 칸쿤 공항으로 가는 버스 티켓을 샀다. 버스 시간까지 여유가 있어서 동생과 나는 터미널 근처에서 점심을 먹기로 했다. 짐이 많아 멀리 가기는 부담스러워서 바로 앞에 보이는 맥도날드로 들어갔다. 동생과 나는 앞으로 우리에게 어떤 일이 벌어질지는 상상도 못한 채 오랜만에 먹는 햄버거에 그저 행복했다. 햄버거에 감자튀김, 밀크셰이크로 배를 든든하게 채우고 비행기 티켓 예약 내역을 다시 한 번 확인했다. 칸쿤 국제공항은 4개의 터미널로 나뉘어 있고, 항공사에 따라 터미널이 배정되기 때문에 꼭 확인해야 한다. 멕시코시티는 칸쿤에서 국제선이고, 인터젯(Interjet) 항공사를 이용하는 우리는 '터미널 4'로 배정되어 있었다. 예약 내역을 확인하고 배낭을 챙겨 공항으로 향하는 버스에 올랐다. 1시간 정도를 달리자 공항 터미널들이 보였고, 우리는 터미널 4에 잘 내렸다. 그런데 자꾸 뭔가 좋지 않은 예감이 들어서 재빨리 검색해보았더니 아니나 다를까!

터미널 4는 새로 지은 건물이라 라운지가 없었다. 지금부터 5시간을 공항에서 대기해야 하는데 말이다. 원래 동생과 나는 공항 라운지에서 대기하며 사진도 정리하고, 일기도 쓰고, 저녁까지 해결할 생각이었다. 모든 계획이 날아가버렸다. 둘러보니 마땅한 식당도 보이지 않고, 앉아 있을 만한 곳도 없었다. 그나마 의자가 있는 곳이라고는 스타벅스뿐이다. 어쩔 수 없이 우리는 스타벅스에서 기다리기로 하고 매장 안으로 들어갔다. 나는 자리를 맡고, 동생은 커피를 주문하러 갔다. 그런데 주문하고 오는 동생이 나라 잃은 표정을 지었다.

"왜 그래?"
"여기, 와이파이 안 된대…. 망했어."

그 말을 믿고 싶지 않아서 다른 와이파이를 잡아보려고 안간힘을 썼다. 그러나 스타벅스뿐만 아니라 공항 어디에서도 와이파이는 잡히지 않았다. 가지고 있던 유심 데이터도 이미 다 써버린 뒤라 스마트폰으로 인터넷을 할 수도 없었다. 동생과 나는 허탈한 표정으로 서로를 보았다.

"언니, 나 라운지에서 진짜 많이 먹을 생각이었는데…."
"누구는 아니었겠냐…."

엎친 데 덮친 격으로 비행기가 예정보다 연착되고, 게이트도 중간에 바꿔면서 밤 11시가 다 돼서야 멕시코시티로 향하는 비행기에 탑승했다. 동생과 나는 이미 기다림에 지쳐 있었다. 그런데도 이상하게 잠은 오지 않았다. 뜬 눈으로 2시간 반 정도 지났을까. 창밖으로 멕시코시티의 화려한 야경이 비쳤다. 우리는 새벽 1시 30분을 훌쩍 넘은 시각에 멕시코시티에 있는 베니토 후아레스 국제공항(Benito Juarez International)에 착륙했다. 멕시코의 수도인 만큼 공항의 스케일부터 남다르다. 우리는 국제선으로 들어와서 입국 심사를 받을 필요가 없었다. 다행히 멕시코시티 공항에는 24시간 라운지가 있었다. 동생도 지칠 대로 지쳐서인지 라운지가 있다는 말에도 힘없는 얼굴로 그저 고개를 끄덕여 보일 뿐이었다. 라운지에 들어오니 새벽인데도 사람이 꽤 있었다. 다들 누워서 쉬는 걸 보니 우리처럼 장시간 대기해야 하는 사람들인 것 같았다.

허기진 배를 과일과 요거트로 대충 채우고 소파에 드러누웠다. 이제 여기서 8시간을 보내야 하는데 한기가 들고 소파도 생각만큼 편하지 않았다. 아무래도 잠이 오지 않을 것 같았다. 동생도 나처럼 불편할 것 같아 보았더니, 웬걸, 이미 가방까지 베고 숙면을 취하고 계신다.

'우리, 정말 남미에 도착할 수 있는 걸까….'

Peru

페루

5th Jul ——————————————————————— 2nd Aug

Lima - Cuzco - Machu Picchu

리마 · 춥고 피곤해

새벽 6시. 나는 결국 밤을 꼴딱 샜다. '비행기 환승을 잘할 수 있을까?' 하는 걱정에 잠이 오질 않았다. 같은 인터젯 항공사를 이용하여 리마로 가지만 국제선을 타야 해서 혹시나 하는 마음에 검색을 해보았다. 그러다가 멕시코시티 국제공항은 환승을 하려면 나가서 입국 심사를 받고 다시 출국장으로 들어와야 한다는 글을 보게 되었다. 우리의 비행기 시간은 오전 10시 5분. 국제선 타는 곳이 국내선 입출국장과 떨어져 있거나, 입국 심사가 오래 걸린다면 시간이 여유롭지 않을 것 같아서 오전 6시 30분쯤 라운지를 나왔다. 공항 직원에게 우리의 상황을 이야기하니 다행히도 국내선을 통해 들어왔기 때문에 환승을 하더라도 입국 심사는 따로 할 필요가 없단다. 수화물도 같은 항공사를 이용하기 때문에 바로 옮겨준다고 했다. 그제야 마음이 놓였다. 이제 국제선 출국장으로만 향하면 된다. 국제선 쪽에도 라운지가 있어 동생과 나는 그곳에서 남은 시간을 기다리기로 했다. 이제 고생은 끝났다고, 라운지에서 기다리다 비행기만 타면 된다고 생각했지만 그것은 나의 오산이었다. 비행기 탑승 시각이 다가와 짐을 챙기고 라운지에서 나가려는 찰나, 비행 편이 지연됐다는 메일이 왔다. 그것도 30분이나. 심지어 지연되는 탓에 게이트 번호도 확정되지 않았다고 했다. 결국 게이트도 출발 30분을 남겨놓고 배정되어 부랴부랴 찾아가야 할 판국이다. 어디에 하소연할 수도 없고, 알아주는 사람도 없었다. 동생과 나 둘이서만 알고 의지해야 했지만, 체력적으로나 정신적으로나 지쳐 있어 서로를 다독이는 일이 생각만큼 쉽지 않았다. 그래도 힘든 내색 하지 않고 눈이 마주치면 "블로그를 찾아보니까 원래 남아메리카 가는 길은 기다림의 끝판왕이래" 하며 웃어 보이는 동생에게 고마운 마음이 들었다. 또 이런 힘든 상황을 나 혼자가 아닌 둘이서 견딜 수 있어 다행이다 싶었다. 탑승은 예정보다 1시간이 지연된 오전 11시가 되어서야 시작되었다.

짧지 않은 5시간 30분의 비행 끝에 우리는 페루 리마 땅을 밟았다. '드디어 남아메리카구나!' 리마 국제공항은 생각보다 크고 북적거렸다. 너무 멀리 위치한 곳이고, 오기도 힘들어서 여행객도 적을 거라고 생각했는데 의외였다. 저 멀리 내 이름이 적힌 종이를 들고 서 있는 남자분이 눈에 들어왔다. 리마 공항 근처에 숙소를 예약하면서 택시 예약도 같이 부탁했기 때문에 기사님이 우리를 마중나온 것이다. 덕분에 숙소까지 편하게 이

동할 수 있었다. 숙소에 도착하니 시계가 오후 5시를 가리켰다. 멕시코의
플라야 델 카르멘 숙소를 떠난 지 무려 29시간이나 지나 있었다.

쿠스코 · 한 달 살기의 시작

알람 소리에 깬 리마에서의 첫 아침. 이틀 동안 힘들었던 여정 탓에 잠을 자도 계속 졸렸다. 그리고 너무 추웠다. 숙소에 외풍이 드는지, 옷을 세 겹이나 껴입었는데도 추웠다. 어제 리마에 도착하여 오후 8시도 안 된 시간에 잠이 들어서 오늘 오전 8시까지, 거의 12시간을 잤는데도 피곤이 풀리지 않았다. 그래도 오늘은 너무 이르지 않은, 현지 시각으로 오후 2시 35분에 쿠스코로 향하는 비행기를 예약해둬서 늦잠을 잘 수 있었다. 오전 10시, 침대에서 나와 씻고 배낭을 챙긴 다음, 11시에 체크아웃을 했다. 숙소 직원이 택시를 예약해주는데, 어제 공항으로 마중나온 기사님이 오늘도 와 있었다. 기사님은 배낭을 트렁크에 싣고 우리가 뒷자리에 앉은 걸 확인한 뒤, 리마 공항으로 출발하였다. 공항에 도착해서 기사님의 친절에 고맙다고 인사하고 티켓을 발권하러 갔다. 우리가 이용할 비바 항공사(Viva Air)는 예약 내역을 종이로 출력해오지 않으면 추가 요금이 발생한다는 정보를 인터넷에서 봤다. 그래서 멕시코시티 공항 라운지에서 대기하는 동안 미리 예약 내역을 출력해뒀다. 그런데 항공사 카운터에서 예약 내역을 내밀었더니 이 종이가 아니라고 했다. 다시 출력물을 들여다보니, 탑승 확인 QR코드가 빠진 임시 예약 확인을 출력한 게 아닌가! 결국 종이 한 장을 받으려고 한화로 36,300원이라는 거금을 지출했다. 모르고 당한 것도 아니고 알고 준비했는데 이런 일이 생기니 허탈했다. 짐을 부치고 보안 검색대를 통과했다. 리마 공항에도 라운지가 있는 것을 확인하고 그곳으로 향했다. 그런데 어쩐 일인지 아무리 찾아도 라운지는 보이지 않았다. 분명 지도상으로도 이 위치이고, 있다고 했는데 말이다. 근처 매장 직원에게 물어보니 공사 중이라고 했다. 여기서 점심을 먹으려고 밖에서 만난 맛있는 음식들을 뒤로하고 왔는데 이게 웬 말인가! 게이트 근처에는 마땅한 식당도 없었다. 그야말로 산중이다. 어쩔 수 없이 매점에서 파는 빵과 커피로 점심을 때웠다. 오랫동안 제대로 된 식사를 하지 못한 동생과 나는 배가 등에 붙는 것 같았다. 텅 빈 배를 부여잡고 간신히 비행기에 올랐다. 다행인 건 비행기가 지연되지 않고 예정보다 조금 이른 오후 2시 30분에 이륙해주었다는 거였다.

1시간 30분의 비행을 마치고 오후 4시에 쿠스코 공항에 도착했다. 한국을 떠난 지 106일 만에 시차가 14시간이나 나는 페루 쿠스코에 와 있다는 게 믿기지 않았다. 공항을 나오니 찬 공기가 코끝을 자극했다. 쌀쌀

한 날씨지만 햇살만은 뜨겁게 느껴졌다. 이곳이 고산지대임을 실감하는 순간이었다. 장기여행자가 많은 쿠스코에서는 주로 에어비앤비를 통해 숙소를 구한다고 한다. 나 역시 에어비앤비로 숙소를 예약했고, 더불어 공항 마중 서비스도 부탁했다. 숙소에서 나온 차를 타고 이동하는 동안 쿠스코의 거친 모습들이 눈에 들어오기 시작했다. 검게 그은 것 같은 건물들, 청소하지 않은 계단, 쓰레기가 버려진 거리. 보고 있으니 설레면서도 조금은 착찹한 마음이 들었다.

'이곳이 내가 한 달 동안 머물 동네로구나. 잘 지낼 수 있겠지?'

남아메리카의 여러 나라를 여행하려면 많은 시간과 경비가 든다. 남아메리카 다음으로 예정되어 있는 스페인의 바르셀로나로 이동하기까지 남은 시간은 한 달. 고민이 되었다. 나는 겉핥기식으로 이곳저곳 여행하는 것보다 한 곳을 오래 보면 어떨까 싶었고, 동생에게 페루 쿠스코에 머물며 이 지역을 집중적으로 여행하자고 제안했다. 동생도 언제 또 남아메리카에서 한 달을 살아보겠냐며 흔쾌히 찬성했다.

드디어 한 달을 함께할 우리 숙소 코지 하우스(Cozy House)에 도착했다. 호스트인 엘리스만이 우리를 반갑게 맞아주었다.

"우리 집에 온 걸 환영해."

이곳 남아메리카 사람들은 스페인어를 쓴다. 그래서 의사소통이 걱정
이었는데, 엘리스만은 영어를 아주 잘했다. 그것만으로도 한시름 놓을
수 있게 되었다. 숙소도 깔끔했다. 잘 정돈된 주방과 널찍한 거실, 안락
해 보이는 소파까지 느낌이 좋았다. 호스트가 안내해준 우리 방도 햇살
잘 드는 노란 톤의, 아늑한 침대 두 개가 가지런히 놓인 방이었다. 매일
방도 청소해주고, 수건도 제공한다고 했다. 친절한 호스트를 만난 것 같
아 기분이 좋았다. 일단은 배낭을 내려놓고 밥부터 먹기로 했다. 며칠째
제대로 된 식사를 못한 우리는 굶주린 하이에나나 다름없었다. 예민 그
자체….

"언니, 쿠스코에 맛있는 한식당이 있대. 우리 박살 내러 가자."
"돈 두둑하게 챙겼어. 앞장서!"

한식당의 이름은 '사랑채'. 이름도 너무 마음에 든다. 제육볶음과 된장
찌개를 먹으니 며칠간의 고생이 싹 날아가는 것 같았다. 이래서 한국인은
한식을 먹어야 하나 보다. 아니, 그래야 한다. 지구 반대편에 있는 고산지
대에서 한 달 동안 어떤 일이 벌어질지, 그 일들은 나를 어떻게 바꾸어놓
을지…. 설렘 반 걱정 반이다.

'우리 잘 지낼 수 있겠지?'

○ Tip

고산지대인 쿠스코에서는 구토나 두통, 메스꺼움 등의 고산병 증세가 나타날 수 있다. 이를 대비하여 약국에서 휴대용 산소캔이나 현지의 고산병 약인 '소로치필'을 사서 지니고 다니는 것이 좋다. 또 고산병에 좋아 현지인들이 자주 먹는다는 코카잎이나 코카 티백을 따뜻한 물에 타서 자주 마셔주는 것도 효과적이다. 고산병 증세가 나타날 때 따뜻한 물로 샤워하는 것은 좋지 않으며, 무리한 일정은 삼가고 휴식을 충분히 취하는 것이 좋다.

쿠스코 · 순수한 마을

쿠스코에서 맞는 나흘째. 하지만 우리는 벌써 이곳 사람이 된 듯하다. 여행을 할수록 새로운 나라에 적응하는 속도도 빨라지는 것 같다. 아침 일찍 일어나 숙소에서 마련해준 아침식사를 먹으며 엘리스만과 자연스럽게 대화를 나눈다. 동생은 가만히 있다가도 갑자기 숨이 차고 머리가 지끈거린다며, 고산병 증세가 있는 것 같다고 했다. 동생에게 약을 먹여야 할 것 같아서 찾아보니, 쿠스코에서는 고산병 증세가 흔하여 약국에서 쉽게 약을 구할 수 있다고 했다. 오늘은 큰 일정이 없어 약국도 들르고, 쿠스코 시내와 아르마스 광장(Plaza De Armas)을 돌아다니기로 했다. 오전 11시쯤 편한 옷차림으로 숙소를 나섰다. 길가 곳곳에는 과일이나 음식, 갖가지 물건들을 가지고 나와 판매하는 사람들이 보였다. 엄마와 같이 과일을 파는 아이들도 보였다. 이곳 쿠스코 사람들은 대부분 피부가 까맣고

볼은 빨갛게 텄다. 내 눈에는 쿠스코의 사람들이 멕시코 사람보다 더 까맣게 보였다. 아마도 고산지대인 탓에 강한 직사광선이 피부에 직접적으로 닿아 타고 건조해진 것 같았다. 실제로 볕이 내리쬐는 곳에 서 있으면 피부가 뜨거워지는 정도가 아니라 따가웠다.

아침을 일찍 먹어서인지 금세 허기가 져서 우리는 이른 점심을 먹기로 했다. 주변을 둘러보니 꽤 큰 마켓이 보였다. 알고 보니 엘리스만이 알려준 산페드로(San pedro) 시장이 바로 이곳이었다. 우리나라의 재래시장인 셈이다. 왠지 먹을거리도 팔 것 같아서 들어가보았다. 역시! 한켠에서 푸드코트처럼 다양한 먹을거리를 팔고 있었다. 무얼 먹을까 하고 둘러보니 많은 사람들이 커다란 구운 생선이 얹어진 파스타를 먹고 있었다. 이 지역에서 인기 있는 요리가 아닐까 싶어 우리도 먹어보기로 했다. 가게에 자리를 잡고 앉으니 머리를 길게 땋은 아주머니께서 주문을 받으러 오셨다. 길에서도 긴 머리를 가지런하게 땋은 여자들을 종종 보았는데, 참 예뻐 보였다. 스페인어로 적힌 메뉴판을 다 읽을 수 없어 손가락으로 그림을 가리켜 생선 파스타와 소고기 볶음밥을 주문했다. 음식이 나오기를 기다리는 동안 천천히 주위를 둘러보았다.

'내가 남아메리카 사람들과 마주 앉아 밥을 먹게 되다니…'

쿠스코 사람들도 우리가 신기한지 힐끔힐끔 이쪽을 보는 시선이 느껴졌다. 눈이 마주쳐서 내가 먼저 웃으면 같이 웃어주기도 했다. 더없이 선한 눈을 가지고 있는 쿠스코 사람들이다. 15분쯤 지나자 주문한 음식이 나왔다. 약간 거친 식감의 파스타였지만 생선과 같이 먹으니 색다른 맛이다. 소고기 볶음밥은 짭조름한 것이 우리가 먹던 볶음밥과 비슷했다. 여행을 시작하고부터 든든히 먹을 수 있을 때, 가리지 않고 맛있게 더 많이 먹게 되었다. 맛있게 먹는 우리의 모습을 식당 아주머니가 흐뭇하게 바라본다. 식사를 마치고, 음식값으로 40솔(한화로 약 16,000원)을 냈다. 페루의 물가로 따지면 비싼 가격이지만 먹어보고 싶던 음식이어서 만족했다. 산페드로 시장에서 10분 정도 걸으면 아르마스 광장이 나온다. 이곳에는 카페, 식당, 기념품 가게, 여행사, 호텔, 환전소 등 여행자들을 위한 시설들이 있다. 쿠스코에도 한국인들이 꽤 많이 왔던 모양이다. 여행사 직원들이 한국말로 호객을 한다.

"마추픽추, 싸게 가요."

저런 말을 도대체 누가 알려준 걸까. 아르마스 광장은 사람들로 북적였다. 현지 사람들보다 세계 각국에서 온 여행자가 더 많아 보였다. 낮이 되자 따뜻해진 날씨에 다들 밖으로 나온 듯했다. 삼삼오오 벤치에 앉아 담소를 나누거나 사진을 찍는 사람들이 보였다. 광장 중앙에 서서 주위를 둘러보면 점점 높아지는 비탈에 집들이 있고, 산꼭대기까지 한눈에 보인다. 가장 낮은 위치에 광장이 있고 그 주위를 산과 마을이 둘러싸고 있다고 생각하면 쉽다. 무엇보다도 신기한 건 하늘과 구름이다. 고산지대라서 그런지 손만 뻗으면 닿을 듯 구름이 가까웠다. 새파란 하늘에 하얗게 뭉게뭉게 피어 있는 큰 구름이 쿠스코를 더욱 아름답게 만들어주었다. 동생과 나도 그 광경을 카메라에 담기 바빴다. 찍고 또 찍어도 예쁘다.

　　우리는 오랜만에 커피를 마시러 가기로 했다. 쿠스코로 넘어오면서 찾아놓은 카페가 있었다. 아르마스 광장과는 조금 거리가 있지만, 골목 구경도 하고 싶어서 구글 지도를 따라 걸어갔다. 광장에만 많은 줄 알았던 식당이며 기념품 가게들이 골목에도 많았다. 심지어 사람들이 꽉 차 있는 식당도 꽤 있었다. 역시 여행의 재미는 골목 탐방이다. 골목을 따라 좁고 높은 계단을 오르고 올라 드디어 카페에 도착했다. '이런 높은 곳에 이런 카페가 있다니!' 깜짝 놀랐다. 1층은 멋스럽게 꾸며놓은 편집숍이고, 2층은 소품 가게와 카페였다. 사장님의 감각이 돋보인다. 카페를 좋아하는 나는 너무 행복했다. 동생도 의외의 발견이라며 좋아했다. 2층 창가 자리에 앉자 쿠스코 골목이 한눈에 내려다 보인다. 라테 한 잔에 8솔(한화로 약 3,200원), 양도 많았다! 따뜻한 라테를 홀짝홀짝 마시는 동생의 얼굴에서 오랜만에 편안함이 엿보였다. 이동해야 하는 부담감을 당분간은 내려놓아서일까.

　　"언니, 이렇게 작은 마을에서 살면 지루하지 않을까?"
　　"근데 사람들 얼굴을 봐. 지루해 보이지 않아. 다들 행복해 보여."

Info
L'Atelier Cafe-Concept
@lateliercafeconcept

더없이 선한 눈을 지닌
쿠스코 사람들.

마추픽추로 가는 길 · 2박 3일 고생길의 서막

동생과 내가 페루에서 한 달을 살기로 한 것은 평소 남아메리카에 살
아보고 싶었던 마음도 있었지만, 마추픽추를 보기 위해서기도 했다. 남아
메리카의 꽃이라는 마추픽추! 우리는 마추픽추에 가는 여러 방법을 찾아
보았다. 그중 기차를 타고 가는 방법이 가장 쉽고 대중적이라는데, 우리
가 여행하는 7월은 성수기라 기차표도 굉장히 비싸고 좌석도 많지 않았
다. 이리저리 생각해보아도 뚜렷한 답이 떠오르지 않았다. 그러던 도중에
남아메리카를 여행하는 한국 여행자들끼리 의견을 나누는 단톡방이 있
다는 것을 알게 되었다. '남미 전체방'도 있고 나라별로 나뉜 방도 있었
다. 나는 '남미 전체방'과 '페루방'에 들어가 한국 여행자들이 많이 이용
하는 여행사가 있다는 정보를 얻었다. 여행사 사무실이 쿠스코 아르마스
광장 근처에 있다는 정보를 얻고 직접 찾아가 예약했다. 2박 3일과 3박 4

일 일정이 있었는데, 동생이 미약하지만 꾸준히 고산병 증세를 보이고 있어 짧은 2박 3일 코스를 골랐다. 그리고 오늘이 바로 그 마추픽추로 가는 일정의 첫날이다.

　오전 7시 30분까지 아르마스 광장에 있는 여행사 앞으로 모여야 해서 우리는 6시에 일어나 2박 3일 동안 필요한 짐을 챙겼다. 숙소에서 아침밥까지 알차게 먹고, 7시에 길을 나섰다. 아직 해가 뜨지 않아 제법 쌀쌀했다. 20분쯤 걸어 여행사 앞에 도착하니 함께 갈 여행자들이 벌써 모여 있었다. 한국인으로 보이는 남자 두 명과 여자 한 명, 그리고 독일과 아일랜드에서 온 사람도 있었다. 가이드가 곧 출발할 예정이라며 우리를 한 곳으로 불러모았다. 첫날 일정은 55킬로미터 자전거 트래킹이다. 먼저 큰 봉고차 같은 콜렉티보를 타고 3시간쯤 이동했다. 차 위에는 인원수만큼 자전거가 가득 실렸다. 우리가 탄 콜렉티보는 끊임없이 언덕으로 향했고, 굽이굽이 길을 오르는 콜렉티보 안에는 왠지 모를 적막이 흘렀다. 다행히도 날이 맑아 마음이 조금은 놓인다. 드디어 자전거 트래킹 시작 지점에 도착! 콜렉티보에서 내려 주위를 둘러보니 구름이 우리와 같은 눈높이에 있었다. 아니, 더 아래에 있는 것 같았다. 우리가 얼마나 높이 있는지 새삼 느낄 수 있었다. 자전거를 탈 때 필요한 보호장비와 헬멧까지 착용하고 자전거를 하나씩 골라 잡았다. 55킬로미터의 트래킹 코스는 전부 내리막길이지만 자전거 전용도로가 아니기 때문에 오가는 자동차를 조심해야 한다고 가이드가 말했다.

"Amigos! no hospital! be careful!!!(친구들, 병원은 안 돼! 조심해!)"

가이드는 병원이 아닌 도착지점에서 꼭 만나자고 했다. 그 말이 왜 그
리 무섭게 느껴지던지. 긴장되는 마음을 안고 출발! 나와 동생은 앞에서

4번째와 5번째의 선두 그룹으로 출발하였다. 자전거끼리 충돌을 피하기 위해 일정한 간격을 유지하며 달렸다. 자전거가 속도를 낼수록 구름에 다 가가는 것 같은 느낌이다. 내리막길이 끝도 없이 펼쳐졌다. 울창한 산도 눈에 들어온다. 처음에는 긴장하여 조심스레 나아갔던 자전거 트래킹이 점점 희열감으로 바뀌어갔다. 시원한 바람, 멋진 경치… 모든 게 완벽했 다. 2박 3일 여정으로 오길 잘했다는 생각이 들었다. 내 뒤에 따라오던 동 생이 속도를 올려 나를 따라잡더니 어느새 추월했다. 힘들어하진 않을까 걱정했는데, 동생도 즐기고 있는 모양이었다. 내리막길임에도 역바람이 부는 구간에서는 페달을 밟아 속도를 유지했다. 자전거를 잘 타는 동생과 나는 어렵지 않게 매 구간을 통과해나갔다. 가이드의 말대로 내 옆으로 자동차도 쌩쌩 지나간다. 자동차 운전자들은 미리 지나간다는 신호를 주 어 우리가 안전하게 지나갈 수 있도록 배려해주었다. 그렇게 달리고 달려 2시간 반 만에 완주했다. 세계여행 넉 달 차, 이 정도 체력은 이제 거뜬하 다. 바람 때문에 추울 것 같았는데 자전거를 타면서 땀을 많이 흘렸다. 보 호장비를 벗으니 옷이 흠뻑 젖어 있었다.

오후 3시, 드디어 점심을 먹는다. 자전거를 탈 때는 몰랐는데 완주하고 나니 배고픔이 몰려왔다. 반찬도 없고, 그냥 밥에 카레를 뿌려줬을 뿐인 데 배가 너무 고파서였는지 그릇을 싹싹 비웠다. 뭘 먹어도 꿀맛이었다. 우리와 같이 패키지를 신청해서 사흘을 함께할 여행자들과 소통할 시간 이 없었는데, 밥을 먹으며 이야기를 나눴다. 한국에서 온 성옥 님은 남아메리카를 여행하고 있고, 창빈 님은 우리와 같은 세계여행자였다. 창빈 님은 벌써 여행한 지 1년이 다 돼서 다음 달이면 한국으로 돌아간다고 했다. 어쩐지 처음 봤을 때부터 여행 고수의 포스가 풍겼다. (오전에 여행사 화장실에서 슬리퍼 신고 양치하시던 모습도 생각났다.) 이야기를 나누는 사이, 가이드가 우리를 데리러 왔다. 오늘의 일정은 자전거 트래킹뿐이어서 이제 숙소로 이동할 거라고 했다. 숙소로 가는 동안은 차 안에서 좀 쉬어야지 했는데 웬걸, 돌밭인 비포장도로를 내내 달리는 게 아닌가! 나는 가는 내내 덜컹거림을 견뎌야 했다. 심지어 왼쪽은 낭떠러지다. 앞 유리는 모래바람이 불어와 앞이 보이지도 않고, 모래 먼지가 차 안으로 들어와 다 같이 콜록거렸다. 나는 동생이 괜찮은지 걱정이 되었다.

"동생아, 괜찮아?"
"언니, 모래가 후식인가 봐!"

이런 상황에서도 천진난만하게 농담하는 동생의 머릿속이 궁금하다. 30분쯤 달렸을까? 차들이 길게 줄지어 서 있었다. 내려서 확인해보니 산사태가 일어나 포크레인이 와서 수습 중이라고 한다. 별일이 다 있구나 싶었다. 다시 15분쯤 지나 상황이 정리되어 다시 출발할 수 있었다. 그렇게 20분을 더 달려 우여곡절 끝에 숙소에 도착하고나서야 마음이 놓였다.

'내일은 또 어떤 고생길이 나를 기다릴까?'

마추픽추로 가는 길 · 기찻길을 걸어서 간다고?

오전 7시 30분. 숙소 근처 식당에서 다 같이 모여 간단하게 아침을 먹는다. 정말 간단하다. 안에 아무것도 들어 있지 않은 빵과 팬케이크 반 조각, 스크램블드에그 조금. 이게 전부다. 둘째 날 일정은 오전에 집라인, 점심 먹고는 10킬로미터를 걷는 트래킹이다. 콜렉티보를 타고 15분 정도 이동하니 집라인 타는 장소가 나왔다. 다른 여행사를 통해 온 여행자까지 20명쯤 되어 보이는, 꽤 많은 인원이 한 자리에 모였다. 보호장비를 착용하고, 안전 수칙을 듣고 나서 집라인을 타러 갔다. 길이가 꽤 길어 보이는데 총 4번을 탄다고 했다. 설명을 듣는 내내 얼른 타보고 싶은 생각뿐이었다. 예상대로 집라인은 즐거웠다. 소리도 맘껏 질러보고 스트레스도 날려 보냈다. 그런데 집라인에서 끝나는 게 아니었다. 처음 장소로 돌아가려면 흔들다리를 건너야 한다. 흔들다리 아래로는 강이 흐르고, 큰 바위들도 많이 보인다. 물론 안전장비를 착용했지만, 조금 걱정이 됐다. 그러나 매도 먼저 맞는 게 낫다는 생각에 용기를 내어 선두로 출발했다. 처음에는 수월하게 시작했는데 가면 갈수록 나무 발판의 폭이 넓어졌다. 이건 뭐, 거의 다리 찢기를 해야 건널 수 있는 상황이었다. 앞에 사람들이 천천히 건너는 바람에 다리 위는 포화상태가 되어버렸다. 내 앞에 있는 여행자는 무서운지 자꾸 신을 찾는다.

"Oh! God….."

어찌나 웃기던지, 다리가 흔들릴 때마다 다리 위의 사람들은 다 같이 한마음으로 함성을 질렀다. 그래도 그렇지, 다리 하나 건너는 데 15분이나 걸릴 줄이야. 무섭기는 했지만 건너고 나니 마음이 후련하다. 다행히 동생도 겁이 없는 편이라 곧잘 건너왔다. 오전의 집라인 일정을 마치고 점심을 먹으러 갔다. 여행사에서 정해준 식당에서 정해진 메뉴로 배를 채우고, 이제 10킬로미터의 트래킹을 할 차례. 그런데 가이드가 평지이긴 한데, 기찻길을 걸어야 한다고 했다. 다시 말해 기차가 내려오는 길을 따라 우리는 걸어 올라가는 코스인 것이다. 마추픽추를 보러 가는 여행자들에게는 이미 익숙한 코스인 듯했다. 가이드가 출발하고 우리도 곧 뒤따랐다. 각오했던 트래킹이라 숨을 크게 들이마시고 출발했다. '후, 해보자!' 그리고 한 발 내디디자마자 나는 알게 되었다. 평지는 평지이나 길이 돌길이라 발이 굉장히 아프다는 것을…. 큰 돌도 꽤 많이 보였다. 자칫 잘못하면 돌에 걸려 넘어질 수도 있는 상황이다. 그래서 땅을 보지 않고 걷는 건 불가능했다. 처음에는 동생과 이야기도 하면서 걸었지만, 시간이 지날수록 서로의 거리가 멀어져도 말없이 걷기만 했다. 별로 무겁지 않았던 가방도 점점 무겁게 느껴졌다. 예쁜 경치도 구경하며 걸으면 금방 도착하지 않을까 하는 마음으로 길을 나섰는데, 예쁜 경치는 고사하고 그저 무성한 숲뿐이다. 1시간 정도 걸었을 때, 동생도 발이 많이 아프다고 했다. 문제는 우리가 얼마나 왔고 얼마나 더 가야 하는지를 모른다는 사실이다. 앞서간 가이드는 이제 보이지 않는다. 우리와 비슷한 속도로 걷고 있던 창빈 님과 성옥 님도 걸음이 뒤처진 우리와 점점 멀어졌다. 정말 이렇게 힘들게 가야만 마추픽추를 볼 수 있는 것일까? 그래도 포기할 순 없었다. 동생과 나는 조금만 더 힘을 내보자며 서로 다독였다. 1시간쯤 서로 의지하며 걷다 보니 매점 같은 곳들이 보였다. 그리고 저 멀리, 우리를 기다리는 가이드가 보인다. 어찌나 반갑던지. 2시간이 넘는 시간을 걷고야 트래킹 코스 막바지에 무사히 다다를 수 있었다. 그런데 우리보다 먼저 간 성옥 님의 표정이 심상치 않다. 이야기를 들으니 가이드보다 앞서 걸어간 창빈 님이 지금 우리가 있는 지점이 끝인지 모르고 계속 간 것 같다고 했다. 심지어 성옥 님과 창빈 님은 유심칩을 가지고 있지 않아 서로 연락이 안 된다고 했다. 이 상황을 알고 있는 가이드는 우리 셋에게 길이 엇갈리면 안 된다며 먼저 숙소에 가서 기다리라고 했다. 숙소로 걸어가는 길. 곧 해도 지고 어두워질 텐데 혹시 막다른 길로 창빈 님이 계속 걸어가진 않았는지 걱정이 됐다. 그때 동생이 말했다.

"어제 창빈 님이랑 SNS 계정 교환했는데, 거기에라도 연락 남겨놓을까? 혹시 볼 수도 있잖아."

유심이 있어 핸드폰을 사용할 수 있던 동생이 SNS로 창빈 님에게 메세지를 보냈다.

"어? 바로 읽었는데? 창빈 님 지금 숙소래!"

창빈 님은 다행히 길을 잃지 않고 무사히 숙소에 도착해 우리를 기다리고 있었다. 숙소를 어떻게 알고 간 것일까? 한시름 놓고 숙소로 터덜터덜 걸어갔다. 숙소에 도착하니 정말 창빈 님이 로비에서 우리를 기다리고 있었다. 너무 궁금해서 어떻게 된 거냐고 제일 먼저 물었다. 일행을 잃어버린 것 같아 근처 호텔로 가서 자초지종을 말하고, 호텔 와이파이를 빌려 여행사에 연락해 오늘 우리가 묵어야 하는 숙소를 알아봤다고 했다. 동생과 나는 위기를 극복해낸 창빈 님이 놀랍고 대단했다.

"와, 세계여행 1년 차는 저런 거구나."
"언니, 내가 저 상황이었으면 어디서 코나 찔찔 흘리며 울고 있었겠지?"
"안 봐도 비디오다!"

　이렇게 걷고 고생했는데도 내일 일정이 남아 있다는 게 믿기지 않았
다. 우리는 내일 새벽 4시에 출발해야 해서 따뜻한 물로 샤워하고 일찍
잠자리에 들기로 했다. 그리고 오후 9시, 한자매는 눕자마자 곤히 잠이
들었다.

마추픽추로 가는 길 · **꿈에 그리던 그곳**

새벽 3시 30분. 아무 소리도 들리지 않는 고요한 방에 알람이 울려댄다. 대충 세수와 양치만 하고 짐을 챙긴 우리는 새벽 4시에 창빈 님, 성옥 님 과 함께 숙소를 나섰다. 아직 이른 시간인데도 숙소에서 아침으로 먹으라 며 간식을 챙겨주셨다. 우리에게는 소중한 식량이기에 너무나 고마웠다. 작지만 결코 작지 않은 정성이, 페루 사람들의 따뜻한 마음이 느껴졌다. 아주 깜깜한 새벽 시간, 많은 사람들이 마추픽추를 보려고 우리와 같은 길을 걷고 있었다.

'마추픽추가 대체 뭐라고, 다들 이렇게까지 하는 걸까?'

마추픽추로 가려면 다리를 건너야 하는데, 5시에나 열린다고 했다. 그 래서 많은 여행자들이 다리 앞에서 기다리고 있었다. 내 앞으로도 100명은 족히 서 있는 것 같았다. 마추픽추로 올라가는 마지막 관문은 산행이라는 가이드의 말이 생각나서 숙소에서 챙겨준 간식을 부랴부랴 꺼내 먹었다. 이윽고 오전 5시, 다리가 열리고 산행이 시작되었다.

'이게 뭐야, 다 계단이잖아….'
마추픽추까지는 약 3킬로미터의 계단을 올라야 했다. 바로 앞 계단도 잘 보이지 않는 어둠 속에서 모두 일심동체가 되어 핸드폰 플래시를 비춰가며 오르기 시작했다. 어두운 산이 마추픽추로 향하는 여행자들의 거친 숨소리로 가득 찼다. 처음에는 다들 쉬지 않고 올랐지만 얼마 지나지 않아 쉬는 사람들이 늘어났다. 나도 다리가 점점 무거워지고 허벅지는 터질 것 같았다. 어느새 동이 터서 날이 밝아오는데 아무리 오르고 올라도 정상은 보이지 않는다. 추운 새벽이지만 힘든 산행으로 온몸이 땀범벅이다. 사실 우리는 마추픽추까지 한 번에 올라가는 버스를 타면 1인당 12달러를 내야 한다는 여행사의 말에 24달러를 아껴보겠다며 걸어가기를 택했다. 우리와 같은 여행사를 통해서 온, 몸집이 큰 독일인 여행자는 우리보다 더 거친 숨소리를 내며 시원하게 욕도 내질렀다. '마추픽추 한번 보기 힘들다'는 생각이 계단을 오르는 내내 머릿속을 꽉 채웠다. 그런데 신기하게도 '가기 싫다, 포기하고 싶다'는 생각은 조금도 들지 않았다. 다리가 아프고 숨이 찬 건 사실이지만, 동생도 나도 포기하고 싶은 생각은 눈곱만큼도 없었다. 힘들어도 우리가 이루고 싶던 목표였기 때문에 불평 한마디 하지 않았다. 내 의지가 아닌 누군가의 명령에 의해 억지로 올라야 했다면 이렇게 할 수 있었을까? 숨이 너무 가빠 잠시 쉬고 있던 우리를 다른 여행자들이 지나가며 격려해준다.

"Cheer up!"

여행자들의 격려는, 체력을 아끼려고 동생과 한 마디도 하지 않고 걷기만 했던 나 자신을 반성하게 만들었다. 1시간의 산행 끝에 드디어 마추픽추 입구에 다다랐다. 먼저 올라간 성옥 님과 창빈 님이 우리를 기다리고 있었다. 아직 마추픽추에 입장하지 않았는데도 엄청난 성취감이 밀려왔다. 그리고 가이드의 안내를 따라 마추픽추로 입장하는 순간이다. 내 눈으로, 사라진 도시라는 마추픽추를 마주하는 것이다.

"우아우어와!!!!!!!!!!!!!!!!!!!!!!!!!!!!!!"

그 웅장함은 말로 표현되지 않았다. 정말로 라마가 살고 있고, 고대 잉카문명이 그대로 남아 있었다. 힘들었던 2박 3일간의 여정이 싹 날아갔다.

'내가 살면서 마추픽추를 실제로 보다니!'

힘들게 온 만큼 뿌듯함도 희열도 두 배였다. 무엇과도 바꿀 수 없는 값진 경험임에 틀림없었다. 어떻게 해발 2,430미터의 이 높고 가파른 산마루에 어마어마하게 무거운 돌을 쌓아 도시를 만들었을까? 가만히 들여다보면 그 모양새도 정말 정교하다. 가이드는 돌을 쌓아놓은 곳을 보면 조그만 틈새가 있는데, 지진이나 벽이 흔들릴 경우에 대비하여 만들어둔 것이라고 했다. 가이드의 설명을 들으며 마추픽추를 살펴보니 더욱더 놀라웠다. 내가 마추픽추 감상에 빠져 있는 사이, 동생은 라마와 같이 사진 찍느라 바쁘다. 올라오고 나니 한국인 여행자들도 꽤 많이 보인다. 타국에서 만나서인지 더 반갑고 유대감이 생겼다. 다 같이 모여 앉아 남아메리카 여행에 대해 담소를 나누기 시작했다. 남아메리카는 나라에서 나라로 이동하는 데 시간이 오래 걸려서 힘들지만, 그중에서 마추픽추를 보러 오는 일정이 가장 힘들었다며 모두들 입을 모았다. 각자 다르게 살아왔지만, 여행이라는 주제 앞에서는 한마음이었다. 다른 여행자들의 흥미로운 여행 이야기를 들으며 시간 가는 줄 모르고 추억을 쌓았다. 그러다가 창빈 님이 궁금한 게 있다며 나에게 물었다.

"동생이랑 같이 세계여행하면 좋죠? 어때요?"
"우리 동생은… 아주 짐이에요. 걸어다는 짐."
"ㅋㅋㅋㅋㅋㅋㅋ 그 짐이 걸어라도 다녀서 다행이네요."

걸어다니는 짐과 함께
마추픽추.

쿠스코 · 정리의 시간

  찬 기운에 꼼지락거리다가 눈을 뜬 아침, 오전 7시다. 겉옷만 챙겨입고 터벅터벅 숙소 거실로 내려가 자리에 앉았다. 아침으로 빵과 스크램블드 에그, 오렌지 주스가 차려져 있었다. 배가 고파서 빵에 버터를 슥슥 발라 단숨에 먹어버렸다. 오늘 우리가 할 일은 안 쓰는 짐 버리기와 빨래하기. 며칠을 게으르게 지냈더니 빨래가 수북하게 쌓였다. 아침식사를 마치자 마자 빨래를 한가득 세탁기에 돌려 옥상에 널어놓았다. 아직 오전 8시밖에 안 된 시각이라 랩톱으로 영화 한 편을 보며 커피와 함께 오전의 여유를 즐긴다. 그런데 2시간쯤 지났을까? 갑자기 비가 쏟아지기 시작했다. 옥상에 널어놓은 빨래가 생각났다. 빨래의 양이 꽤 됐는데 다시 빨고 널 생각을 하니 머리가 지끈거렸다. 우리 엄마의 마음이 이랬을까….

여행을 하면서 우리는 숙소에 딸린 세탁기로 빨래를 하거나, 코인 세탁소에 빨래를 맡겨 그때그때 처리했다. 그래서 빨래가 쌓였는데 못하면 괜히 불안하고 하고 싶고… 빨래에 굉장히 집착하게 되었다. 한국에 있을 땐 거들떠보지도 않았으면서 말이다.

'엄마가 알면 철들었다고 좋아하실 텐데.'

'빨래 집착'은 세계여행을 하며 달라진 점 중에 하나라면 하나일 것이다. 배낭여행을 하려면 짐을 최소화해야 하기에 옷이 많지 않아 자주 빨아 입어야 하기 때문이다. 어쩔 수 없이 비에 젖은 빨래를 걷어 다시 세탁기에 돌려놓고 방으로 내려왔다. 비가 그치기를 기다리는 동안 안 쓰는 짐 정리를 하기로 한다. 배낭 안쪽 깊숙하게 숨겨져 있어 있는지도 몰랐던 미니 고데기, 꾸깃꾸깃 넣어놨던 영수증들, 겨울옷들과 침낭(쿠스코가 마지막 추운 여행지였다), 뜯어지기 직전의 슬리퍼. 이렇게나 버릴 것들이 가득한데 이걸 모두 들고 다녔다니… 무거운 게 당연했다. 동생의 배낭에서도 버릴 짐이 한가득 나왔다. '혹시 필요할지도 몰라' 하는 물건들을 과감히 버리자고 동생과 이야기했다. 여행을 다녀보니 어느 나라든 사람이 사는 곳이라 필요한 물건들을 어렵지 않게 구할 수 있었다. 버릴 짐을 정리해 쓰레기 봉지에 넣고 나니 속이 다 시원했다. 마지막으로 우리와 같이 고생하며 더러워진 배낭을 구석구석 닦아주었다. 깨끗해진 배낭을 보니 나도 모르게 피식 웃음이 나왔다. 다음 나라로 이동할 때 조금은 가벼워진 배낭을 메고 갈 수 있을 것 같아 마음도 한결 가벼워졌다. 오전에 보다 만 영화를 마저 보려고 침대로 향하는 나에게 동생이 말했다.

"빨래 남았거든?"
"아… 그놈의 망할 빨래!"

쿠스코 · 날 좋은 날, 크리스토 블랑코

쿠스코에서 지낸 지도 3주가 다 되어간다. 우리는 이제 지도가 없이도 시장 구석구석을 찾아가고 아르마스 광장에 갈 정도로 이곳에 적응했다. 쿠스코는 작은 도시라 그사이 웬만한 곳은 다 가보았다. 그런데 가고 싶었지만 날씨가 맑지 않아 못 가고 기다린 곳이 있었다. 바로 '크리스토 블랑코', 한국 여행자들 사이에서는 '예수상'이라 불리는 장소이다. 거대한 예수상이 서 있는 장소여서 붙은 이름이다. 숙소의 호스트 엘리스만이 이곳에 올라가면 쿠스코 시내를 한눈에 볼 수 있다고 알려주었다. 미루고 미루며 날씨가 제일 좋은 날 가자고 동생과 약속했는데 드디어 오늘, 맑은 하늘이 우릴 반겼다. 덕분에 날씨도 많이 풀려서 크리스토 블랑코에 가기에 안성맞춤이다. 이곳에 가려면 택시를 타거나 걸어가야 한다. 배낭여행자에게 택시는 사치, 우리는 걸어가기로 했다. 마추픽추도 정복한 한자매에게 걷는 건 이제 일도 아니다.

크리스토 블랑코로 향하는 길, 출출해지는 배를 채우려고 시장 안 단골 추로(churro) 가게에 들렀다. 쿠스코에서 지내는 동안 추로를 다섯 번도 넘게 먹었다. 도넛을 만들듯 기름에 튀겨 설탕이 가득 담긴 쟁반에 살살 굴려 비닐봉지에 담아주는 이 큼지막한 꽈배기 추로를 1솔(한화로 약 400원)에 맛볼 수 있다. 맛은 달콤하니 역시 최고다! 동생과 나는 꽈배기 추로 하나씩을 들고 길을 재촉했다. 아르마스 광장을 가로질러 오르막을 오르기 시작한다. 예상은 했지만 역시 고산지대라 한 걸음 한 걸음이 무겁고 숨도 매우 가빠진다. 양쪽 발목에 큰 돌을 하나씩 묶어놓고 계단을 오르는 느낌이랄까? 이런 고통을 견디며 족히 200개가 넘어 보이는 계단을 올랐다. 계단을 다 오르니 가까이에 예수상이 보이기 시작한다. 예수상이 보이는 길을 따라 5분 정도 걸어 도착한 크리스토 블랑코. 이미 많은 사람들이 올라와 사진을 찍고 있다. 쿠스코에 있는 동안 굉장히 오고 싶었는데, 기대한 만큼 너무 좋다. 어쩜 이렇게 시내가 한눈에 다 보이는지. 집들이 옹기종기 모인 마을이 보이고, 우리가 지나온 아르마스 광장도 보인다. 구름도 누가 그려놓은 듯 뭉게뭉게 예쁘게 떠 있고, 차갑지 않은 바람이 시원하게 코끝을 지나간다. 세계여행을 하며 나는 높은 곳에서 마을이나 도시를 내려다보는 것을 좋아하게 되었다. 걸어다니며 같은 눈높이에서만 만나던 마을과 도시의 보이지 않던 부분을 발견하고, 다른 시각으로 보이는 느낌이 들어서다. 오늘도 쿠스코의 집들이 대부분 주황색 지붕

을 가졌다는 사실을 새로 발견했다. '또 내가 몰랐던 게 있을까?' 하며 더 자세히, 보고 또 본다. 너무 덥지도 춥지도 않은 선선한 날씨에 유난히 기분이 좋아졌다. 그래, 나는 내가 하고 싶던 일을 할 때 더욱 행복감을 느끼는 게 분명했다.

"올라오길 잘했지?"
"응! 저녁 뭐 먹을래? 한식? 뽀글이?"

동생과 나는 정말 같은 걸 보고 생각하는 게 맞을까?
신기한 아이이다.

쿠스코 · **한 달 살기의 끝자락**

    내일이면 이 오래 지낸 숙소에서도 체크아웃해야 한다. 배낭에 있는 짐을 몽땅 꺼내어 늘어놓고 편하게 지내던 쿠스코. 아침을 26번이나 먹었다고 생각하니 시간이 빠른 것 같기도 하고, 오래 머물렀구나 싶기도 하다. 숙소에 따뜻한 물이 안 나와서 전전긍긍하던 때도 있었고, 시내에 나가 매연을 한가득 마신 날도 있었다. 나에겐 이 모든 것이 특별하고 새로운 경험이었다.

    세계여행을 떠나기 전, 나는 여기저기 많이 돌아다녀야 알찬 여행이라고 생각했다. 그런데 이제는 종종거리며 돌아다니지 않고 하루를 몽땅 쉬는 데 쓰거나 특별한 일정 없이 시장 안을 어슬렁거리며 하루를 보내기도 한다. 나도 모르는 새 그 나라에 스며들듯 느리게 여행하는 법을 알아가고 있었다. 바쁘게만 살아온 나에게는 큰 변화이지만, 난 이 변화가 아주 마음에 든다. 느긋하게 시장을 걷다 보면 사람들의 표정과 시선, 차림새까지 모든 것이 눈에 들어오고, 여행의 또 다른 묘미를 느낄 수 있다. 현지인들과 이야기하며 자연스럽게 익히게 된 스페인어로 숫자와 인사말 정도는 할 수 있게 되었다. 우리가 한국 사람임을 알고 다가와 "BTS 좋아요!" 하던 아이들도 눈에 선하다. 내가 신기한지 한참을 쳐다보다가 손가락을 한번 만지고 도망간 귀여운 아이도 있었다. 정말 순수한 아이들이 가득한 쿠스코. 1솔에 바나나를 5개나 살 수 있는 인심 좋은 동네. 쿠스코라는 도시는 오래도록 내 마음속에 남을 것 같다.

Spain

스페인

3rd Aug ──────────────────────────── 12th Aug

Barcelona

바르셀로나 · 감격의 상봉

쿠스코를 떠나 마드리드를 경유하여 장장 30시간의 비행 끝에 바르셀로나에 온 지 이틀째. 오늘은 나의 남자친구가 바르셀로나로 여행을 오는 날이다. 매일 영상통화와 문자로만 소식을 전하며 지내왔는데, 드디어 얼굴을 보게 되다니! 오전 5시 30분, 한국 시각으로는 오후 12시 30분에 대한항공 비행기를 타고 출발한다는 소식에 마음이 두근거렸다.

'이따 만나요.'

곧 비행기가 이륙한다는 문자를 받고 설레는 마음으로 조금 더 눈을 붙였다. 오전 8시쯤 다시 일어나 숙소를 옮기려고 배낭을 챙겼다. 평소 남자친구와 친하게 지내온 동생도 너무 반가울 것 같다고 했다.

오후 12시, 호스텔을 체크아웃한 우리는 다음 숙소인 NH 포타 바르셀로나 호텔(NH Porta Barcelona Hotel)로 출발했다. 낡은 버스만 가득하던 쿠스코에서 한 달을 지내다가 트램과 신식 버스들이 다니는 바르셀로나에 오니 모든 것이 괜히 신기했다. 타임머신을 타고 미래로 온 느낌이랄까. 동생이 우리가 있는 곳에서 호텔까지 버스로 한 번에 가는 방법을 찾아둔 덕분에 정류장에서 5분 정도 기다려 버스를 탔다. 40분 정도 깨끗하고 넓은 도로를 달려 호텔 근처에 내렸다. 근처에 있는 상점들을 파악하며 호텔로 걸어갔다. 도착한 호텔 로비는 넓고 깨끗하고 쾌적했다. 한국에서 휴가를 내고 나를 보기 위해 12시간을 날아 바르셀로나로 와주는 남자친구를 위해 같이 있는 동안은 나름 좋은 호텔에서 지내기로 했다. '이게 얼마만의 호텔이지?' 좋은 숙소에 온 것만으로도 기분이 좋아졌다. 호텔 직원의 도움으로 방을 확인하고 올라갔다. 넓고 욕조가 있는 화장실에 옷장, 화장대까지… 깨끗하고 편하게 지낼 수 있을 것 같았다. 짐을 내려놓고 나는 화장품을 꺼내 화장을 했다. 오랜만에 만나는 남자친구에게 예쁘게 보이고 싶었다. 처음 데이트하던 그날 아침처럼 들뜬 마음을 주체할 수가 없었다.

'지금 비행기를 타고 오는 남자친구도 같은 마음일까?'

시계를 보니 시곗바늘이 벌써 오후 5시를 가리키고 있었다.

호텔 앞 정류장에서 버스를 타고 40분을 달려 바르셀로나 엘프라트 국제공항(Barcelona-El Prat Airport)에 도착했다. 도착하자마자 출도착 상황판을 확인하니 인천에서 지연 출발하여 바르셀로나에도 30분 연착된다고 표시되었다. 동생과 상황판 앞 의자에 앉아 기다리는 시간이 어찌나 느리게 가던지. 1시간같이 느껴지던 30분이 지나고, 대한항공 비행기가 착륙했다는 표시가 떴다. 나는 입국장 앞에서 기린처럼 목을 쑥 빼고 문을 뚫어져라 봤다. 하지만 30분이 지났는데도 영 나올 기미가 보이지 않는다. '입국 심사가 오래 걸리는 걸까?' '짐이 안 나왔나?' 여러 생각이 스칠 때쯤, 메시지가 왔다. '수화물이 늦게 나와서 조금 더 걸릴 것 같아요.' 그 뒤로도 20분이나 더 지나고 나서야 환하게 웃는 그의 모습이 보였다. 나는 있는 힘껏 뛰어가 내 남자친구를 안아주었다. 참아왔던 눈물도 왈칵 쏟아졌다. 너무 반갑고, 와준 게 고맙고, 좋고, 모든 행복한 감정이 교차했다. 그렇게 나는 여행을 떠나 온 지 135일 만에 남자친구를 만났다. 그리고 손을 꼭 잡아준 남자친구에게 말했다.

"떨어져 있던 시간만큼 꼭 붙어서 좋은 시간 보내자."

손을 잡고 걸어가는 나와 남자친구 뒤에서 입이 쑥 나온 동생이 졸졸 따라오며 말했다.

"저기요, 저 여기 있거든요? 같이 좀 가실래요?"

"새미나야, 일주일 동안 맛있는 거 많이 사줄게!"
"네, 오빠!!!!!!!!!!!!!!!!!! 아이쿠, 그 짐 저 주세요!"

동생의 삐친 연기가 바로 통한 모양이다.

바르셀로나 · 함께하는 유럽 여행

남자친구와 나는 떨어져 있는 동안 매일 연락하며 바르셀로나의 일정을 대충 짜두었다. 무엇을 할지 정하는 시간을 최소화하고, 더 알찬 시간을 보내기 위해서였다. 바르셀로나의 상점들은 일요일에 거의 열지 않는다고 했다. 마침 오늘이 일요일이어서 우리 세 사람은 바르셀로나 근교인 '시체스(Sitges)'에 가보기로 했다.

바르셀로나 상츠(Barcelona Sants Stn) 역에서 기차를 타고 시체스로 향했다. 8월 휴가철이라 그런 걸까. 기차의 모든 자리는 짐을 한가득 챙겨 휴가를 떠나는 여행객들로 꽉 차 있었다. '이렇게 다정하게 손을 꽉 잡고 남자친구와 바르셀로나를 여행하다니.' 꿈을 꾸는 것 같았다. 깨고 싶지 않은 꿈. 매일 예쁜 풍경들을 혼자 보며 그리워했는데 이렇게 같이, 같은 순간을 보고, 얼굴 보며 이야기를 나누는 것 자체가 나에게는 무엇과도 바꿀 수 없는 크나큰 행복이었다. 40분 정도 달려 드디어 시체스 역에 도착했다. 거리마다 북적거리는 바르셀로나와는 달리 시체스의 거리는 생각보다 한산했다. 근교라서 그런 걸까? 때마침 점심시간이라 뭘 먹을까 했는데 남자친구가 같이 가보고 싶은 음식점이 있다면서 우리를 안내했다. 그리하여 도착한 '라 파라데타(La paradeta)'는 먹고 싶은 해산물을 고르면 그에 맞게 즉석에서 요리해주는 레스토랑이었다. 시간도 딱 맞게, 우리가 레스토랑에 닿자마자 영업을 시작했다. 덕분에 기다리지 않고 바로 자리에 앉은 우리는 새우와 가리비, 오징어, 문어 다리 등 먹고 싶은 해물을 양껏 골라 담았다. 이렇게나 싱싱한 해산물을 즉석에서 요리해 먹을 수 있다니! 오징어는 튀김으로, 새우는 구워달라고 주문했다. 또 빠질 수 없는 레몬 맥주까지 주문했다. 전에 스페인은 레몬 맥주가 맛있다는 소문을 들은 터라 한번 먹어보기로 했다. 곧 레몬 맥주가 나오고, 시원하게 한 모금 들이켰다. 갈증 났던 목을 타고 넘어가는 레몬의 상큼한 맛과 맥주의 톡 쏘는 맛이 어우러졌다. 맥주를 음미하는 동안 음식이 준비되고, 먹음직스럽게 조리된 해산물이 테이블에 놓였다. 남자친구가 잘 익은 새우를 까서 내 접시 위에 가지런히 올려주다가 동생의 눈치를 보고는 또 하나를 까서 동생 접시에 올려준다. 항상 각자 알아서 먹고 각자 챙기기 바빴던 동생과 나인데, 누군가 이렇게 챙겨주니 세상 행복했다. 달콤하게 조리된 가리비와 레몬 맥주의 궁합도 환상적이다. 정말 어느 것 하나 빼놓지 않고 맛있는 해산물로 양껏 배를 채우고 나서 우리는 시체스 해변으로 향했다.

예쁜 건물이 즐비한 골목골목을 지나 해변에 도착했을 때, 우리 셋은 놀라 입을 다물지 못했다. 시체스 해변은 누드비치였던 것이다! 모든 사람이 알몸으로 있었던 것은 아니지만, 누드로 거니는 사람들이 심심치 않게 보였다. 행동 빠른 동생은 벌써 저만큼 앞에 걸어가고 있었다. 항상 어느 여행지를 가도 사진을 많이 찍는 동생이지만, 이 신성한(?) 곳에서는 조용히 눈으로만 풍경을 담는 눈치였다. 곧 동생이 나에게 달려와 말했다.

"오늘 선글라스 챙겨온 나를 정말 칭찬한다."
"너 근데 하도 두리번거려서 선글라스 끼고 있어도 다 티나."

누드비치 덕분에(?) 기분이 좋아 보이는 동생에게 바다를 배경으로 커플 사진을 찍어달라고 부탁하자 흔쾌히 들어준다. 이 각도 저 각도에서 열심히 찍어주던 동생은 우리에게 말했다.

"뽀뽀 컷도 하나 가실게요."

동생은 능청맞게 우리에게 뽀뽀를 시키며 예쁜 사진을 남겨주었다. 남자친구는 혹시나 동생이 외로워할까 봐 항상 동생에게 맞춰 걸어주었다. 작은 배려이지만, 나에게는 정말 고맙게 다가왔다. 우리 셋은 그렇게 속도를 맞추어 걸으며 해변과 시체스의 골목골목을 여행했다. 동생과 둘이서도 행복했지만, 셋이라서 마음이 꽉 차고 행복도 배가 되었다.

바르셀로나 · 먹방투어

이른 아침, 먹고 싶은 음식이 있어 일찍 일어났다. 바로 우리 엄마의 반찬들이다. 남자친구가 한국에서 받아 캐리어에 넣어 바르셀로나까지 데려온 소중한 아이들. 오징어채, 콩자반, 아몬드 멸치볶음까지…. 보기만 해도 엄마의 정성 가득한 손길이 느껴졌다. 엄마는 밥 잘 챙겨먹으라며 남자친구 편에 햇반까지 바리바리 싸서 보내셨다. 따끈한 흰밥에 양념 가득한 오징어채를 올려 김에 싸 먹으니, 정말 이보다 더 맛있을 수는 없었다! 여행하는 순간이 즐겁다가도 가끔 집밥이 그리워 괜스레 우울해지는 순간들이 있었는데, 이렇게 먹을 수 있어 너무 좋았다. 아침을 배 터지게 먹고, 오늘 우리 셋은 '먹방투어'를 떠나보기로 했다. 내가 좋아하는 카페도 가고, 남자친구가 가고 싶어했던 베이커리도 가고, 동생이 먹고 싶어했던 추로도 먹기로 했다.

숙소에서 나와 람블라스 거리로 가는 버스를 탔다. 이 거리에는 우리가 가고 싶던 가게들이 모여 있다. 버스를 타고 15분 정도 달려 도착한 람블라스 거리에는 사람들로 가득했다. 강아지를 산책시키는 사람, 거리 예술가들, 각국에서 온 여행자들까지. 제일 먼저, 내가 가보고 싶던 카페로 향했다. 잘 보이는 거리에 있지는 않지만, 커피를 좋아하는 사람들에게는 유명한 '사탄 커피(Satan's Coffee Corner)'다. 내가 좋아하는 블루 톤에 화이트와 핑크를 조합한 카페는 굉장히 심플하고 색다른 공간을 자랑했다. 설레는 맘으로 평소 즐겨 마시던 플랫화이트와 아이스라테, 베이컨 에그타르트를 주문했다. 원두와 우유의 맛이 잘 어우러진 고소한 플랫화이트는 딱 내가 좋아하는 그 맛이었다. 다행히 두 사람도 여기 커피가 맛있다며 만족스러워했다. 다음은 동생의 버킷리스트인 '바르셀로나 추로'를 맛볼 차례. 우리가 찾아간 곳은 이미 바르셀로나에서 유명한, 줄을 서서 먹는 가게 '추레리아'다. 다행히 우리가 찾아간 시간에는 대기가 없어 바로 주문할 수 있었다. 슈크림이 든 추로 하나와 초콜릿에 찍어 먹는 기본 추로를 주문했다. 추로를 받아 들자마자 이곳에 들르는 사람들 모두가 그러듯, 길거리에 서서 맛을 보았다. 추로는 따뜻하고 식감이 좋았지만 찍어 먹는 초콜릿이 코코아처럼 묽어서 조금 아쉬웠고, 슈크림 추로는 굉장히 맛있게 먹었다. 두 번째 먹방투어까지 클리어한 우리는 기세를 몰아 마지막 베이커리로 향했다.

'호프만 파티세리아(Hofman Pastisseria)'는 크루아상으로 유명한 가게다.

위낙에 인기가 많아 크루아상이 일찌감치 팔린다는 소문을 들은 적이 있어 조금은 불안한 마음을 안고 가게 앞에 도착했다. 럭키! 아직 크루아상이 종류별로 남아 있어 마스카포네, 시나몬, 베이직 크루아상을 하나씩 시켰다. 그리고 여기에서 우리는 인생 크루아상을 만났다. 바로 '마스카포네 크루아상'! 크루아상과 잘 어울리면서도 너무 달지 않고 맛있는 크림이 가득했다. 남자친구와 이 크루아상이 생각나서 바르셀로나에 다시 오고 싶을 것 같다고 이야기할 정도였다.

마지막 투어까지 끝내고 나니 시간은 오후 7시를 향하고 있다. 오늘이 바르셀로나에서 보내는 마지막 밤이라서 우리는 일몰과 야경으로 유명한 '벙커(Bunker)' 전망대에 올랐다. 벙커 전망대 입구까지는 버스를 타고 가서 계단을 따라 올라가면 된다. 일몰을 더 제대로 즐기기 위해 전망대 입구에서 레몬 맥주를 1병씩 샀다. 벙커 입구부터 전망대에 사람들이 삼삼오오 모여 앉은 광경이 보인다. 꽤 많은 계단을 올라야 했지만 천천히 오르니 그다지 힘들지 않았다. 드디어 벙커 전망대에 오른 순간, 바르셀로나 시내가 한눈에 들어왔다. 벌써 맥주며 맛있는 안주와 함께 시간을 보내는 사람들도 많이 보였다. 블록을 쌓아놓은 것처럼 잘 정돈된 바르셀로나는 바닷가까지 일자로 뚫린 길이 인상적이었다. 깔끔하고 세련된 도시다. 우리 세 사람도 자리를 잡고 앉았다. 사랑하는 사람들과 시내가 훤히 내려다보이는 높은 곳에서 맥주를 마시며 일몰을 바라보는 벙커는 사랑이 샘솟는 장소였다. 내일이면 남자친구를 다시 한국으로 보내고 한자매의 여행으로 돌아가겠지만, 아쉬움보다 이 행복한 추억을 안고 더 힘내서 여행을 이어나가야겠다고 생각했다. 좋아하는 사람과 함께하는 여행은, 시간을 더 풍성하게 만들어 주는 것 같다. 작은 것에도 여러 가지 의미가 부여되고 많은 감정이 깃들었다. 어떤 것을 하느냐가 중요한 게 아니라 함께하는 것이 중요했다. 동생도 내일 남자친구와 헤어질 생각에 많이 아쉬운 모양이다. 하긴 맛있는 것 많이 사주고 언니보다 잘 챙겨주는 오빠였을 테니까. 나는 동생에게 물었다.

"셋이 여행하니까 그래도 좋았지?"
"응. 오빠 대신 언니를 한국으로 보내버리고 싶을 만큼."

나도 그렇단다 동생아. 너를 한국으로 보내고 둘이서 커플 여행을 즐기고 싶다.

Info
Hofman Pastisseria
@hofmannbcn

Info
Nomad Coffee
@nomadcoffee

Info
Satan's Coffee Corner
@satanscoffeeco

어떤 것을 하느냐가 중요한 게 아니야.
함께한다는 게 중요해.

Thailand

태국

13th Aug ———————————————————————————— 21st Aug

Bangkok - Chiang Mai

방콕 · 4년 만에 다시 온 방콕

드디어 아시아! 이제부터 한자매는 2달간 동남아시아를 여행한다. 노르웨지안 항공(Norwegian) 편으로 15시간의 대장정을 마치고 오전 7시 스완나품 국제공항(Suvarnabhumi Airport)에 도착했다. 우리는 일단 허기진 배부터 채우기로 하고 10분 정도 공항 내의 음식점들을 탐색한 끝에 불고기 덮밥과 따끈한 우동을 골랐다. 갓 지은 밥에 반찬을 먹을 수 있다는 생각에 허기졌던 배가 밥을 달라고 더 보채는 것 같다. 음식을 기다리며 4년 전 방콕 여행이 생각났다. 친구와 둘이서 왔던 3박 5일간의 여행, 싸고 맛있는 길거리 음식을 양껏 먹고 행복했던 기억이 지나간다. 방콕에 처음 와본 동생은 팟타이를 꼭 먹고 갈 거라고 했고, 내가 예전에 먹었던 팟타이가 얼마나 맛있었는지 자랑을 늘어놓는 사이에 기다리던 음식이 나왔다. 김이 모락모락 나는 하얀 밥에 잘 익은 불고기가 얹어진 비주얼,

그리고 탱탱한 우동 면발까지! 우리는 감탄사를 연발하며 며칠 굶은 아이들처럼 순식간에 먹어치웠다. 방콕으로 오는 동안 편하게 잠을 청하지 못해 피로가 쌓여 있던 동생과 나는 오늘 하루는 좀 쉬기로 했다. 배낭여행자에게는 사치라고 생각해서 한 번도 받지 못했던 마사지도 받고, 그렇게 먹고 싶던 망고 주스도 먹기로 했다. 또 차량 공유 서비스 어플인 그랩(Grab)을 이용하여 공항에서 숙소로 가는 택시를 예약해놓고 공항을 나서는데, 택시가 이미 우리를 기다리고 있다는 연락이 왔다. 택시를 타고 15분 정도 걸려 숙소 근처에서 내렸다. 우리가 예약한 숙소는 방콕에서도 맛있는 길거리 음식과 쇼핑으로 유명한 카오산 로드(Khaosan Road)에 있었다. 숙소로 걸어가는데 눈앞에 망고 주스가 보였다. 목이 마르기도 하고, 너무 먹고 싶은 마음에 배낭도 내려놓지 않고 망고 주스를 한 잔 사서 한 모금 쭉 시원하게 들이켰다. 살얼음이 살살 씹히고 망고가 달콤해 그렇게 꿀맛일 수가 없었다.

오후 1시, 아직 체크인이 되지 않는 시간이라 우리는 짐만 맡겨 놓고 마사지를 받으러 갔다. 마사지숍으로 향하는 동생의 발걸음이 날개를 단 것처럼 가벼워 보인다. 저렇게도 신이 날까. 많은 마사지 가게가 보였지만 가격은 이미 책정되어 있는 듯 서로 비슷비슷했다. 우리는 숙소에서 제일 가까운 곳으로 가서 발 마사지 1시간을 선택하고 의자에 편안한 자세로 앉았다. 내 앞에는 이 마사지 가게의 사장님 같은 분위기의 남자분이, 동생 앞에는 여자 직원이 앉았다. 엄청난 팔 근육을 가진 마사지사는 싱긋 미소를 보이며 내 발바닥 곳곳을 정성스레 눌러주셨다. 억 소리가 나게 통증이 느껴질 때는 고생한 내 발에 괜히 미안한 마음이 들었다. 마사지를 받으며 앉아 있으니 그간의 피로가 한 방에 날아가는 것 같다. 동생의 얼굴에도 오랜만에 평온함이 엿보였다. 그렇게 1시간의 꿀 같은 휴식이 끝났다. 시간이 어찌나 빨리 가던지 1시간이 5분처럼 느껴졌다. 역시 방콕에 오면 다들 1일 1마사지를 추천하는 이유가 있었다.

"언니한테 마사지 해주신 분, 꼭 마사지 장인 같던데… 시원했어?"
"장인 정도가 아니야. 발바닥이 뚫리는 줄 알았어, 진짜."

O Tip

동남아시아에서는 차량 공유 서비스 어플인 그랩(Grab)을 이용해 택시를 부를 수 있다. 특히 목적지까지 가격을 미리 책정해주기 때문에 기사와 직접 흥정하거나 팁을 줄 필요가 없어 편리하다.

방콕 · 다솜투어

　방콕에는 맛집도 많지만, 카페도 많다. 우리나라 감성과는 다른 카페들이 곳곳에 있다. 또 4년 전에 방콕을 여행하며 좋았던 것을 동생하고 공유하고 싶었다. 그래서 오늘은 내가 코스를 짠 '다솜투어'의 날! 동생이 먹고 싶어했던 팟타이도 먹고, 예쁜 카페도 가볼 생각이다. 팟타이는 유명한 가게보다 시장에서 파는 게 맛있었던 기억이 나서 이번에도 실패 없는 시장 팟타이를 찾아가기로 했다. 오전 11시, 아직 점심시간 전인데도 카오산 로드 시장은 이미 사람들로 북적이고 여기저기 음식 냄새로 가득했다. 다양한 음식들을 구경하며 시장 구석구석을 걷다가 '여기다!' 싶은 가게가 보였다. 얼굴 가득 인자한 미소를 머금은 할머니께서 팟타이를 현란하게 볶고 계신다. 간판도 없고 내부도 허름했지만 고민할 여지도 없이 가게 안으로 들어가 팟타이 두 개를 주문했다. 5분도 안 돼서 음식이 나왔다. 땅콩 가루가 솔솔 뿌려진 팟타이는 냄새만으로도 이미 우리의 선택이 성공임을 알려주었다. 포크에 면을 돌돌말아 한 입 가득 넣은 동생은 엄지를 척 들어 보였다. "언니, 팟타이가 이런 맛이었어? 태국에서는 무조건 1일 1팟타이다!" 이렇게 맛있고 양도 많은 팟타이가 한 접시에 40바트(한화로 1,500원)라니. 팟타이 한 접시에 동생과 세상을 다 가진 듯 웃으며 행복해할 수 있는 이 순간이 너무 좋다. 마음을 꽉 채우는 이 소박한 행복감이 그 무엇보다 가치 있게 느껴졌다. 기분 좋게 80바트를 지불하고 가게를 나와 이번엔 카페로 향했다.

시장에서 20분 정도를 걸어 도착한 카페는 '이든스(Eden's)'라는, 올드타운에 위치한 방콕의 작은 유럽이라 불리는 카페다. 외관부터 빈티지한 그곳을 보고 동생은 영국 느낌이 물씬 난다며 웃어 보였다. 좋아해주는 동생의 모습을 보니 마음이 놓인다. 카페 내부에도 섬세한 감성이 드러나는 소품들이 가득하다. 이곳 사장님이 인테리어에 신경을 많이 쓴 티가 여실히 났다. 동생과 커피를 마시며 이런저런 이야기를 나누다 보니, 어느새 일몰이 가까워졌다.

다솜투어의 마지막은 루프톱 칵테일바인 '이글네스트 바(Eagle Next Bar)'에서 보는 선셋이다. 저녁이면 예쁘게 금빛으로 물드는 왓 아룬사원의 아름다운 모습도 볼 수 있어 굉장히 인기 있는 장소이다. 부지런히 골목골목을 걷고 걸어 40분 만에 바에 도착했다. 인기 있는 곳이라 그런지 가게 안은 벌써 사람들로 가득하다. 다행히 안락해 보이는 소파가 비어 있어 자리를 잡고, 메뉴판을 집었다. '어떤 메뉴를 먹어야 맛있고 예쁠까?' 고민하다 내가 좋아하는 체리가 들어간 칵테일을 시켰다. 얼마 후, 보기만 해도 상큼한 새빨간 칵테일이 내 앞에 놓였다. 이 루프톱 앞에는 짜오프라야 강이 흐르고 그 뒤로 금빛으로 물든 왓 아룬사원이 보인다. 칵테일 한 잔과 함께 바람 솔솔 불어오는 루프탑에 앉아 있으니 애정이 샘솟는 느낌이다. 아! 물론 동생이 아니라, 여행에게.

"야, 너 지금 여기 남자친구 생기면 같이 와야겠다고 생각했지."
"와씨, 소름 돋는다…. 언니 뭐야? 뭐 하는 사람이야?"

앞에 있는 커플을 그렇게 부러운 눈빛으로 보고 있는데, 모르는 게 바보 아니냐.

금빛으로 물드는 왓 아룬.

Info
Eden's
@eden_niram

방콕 · 슬리핑 기차 타고 치앙마이로!

　짧은 2박 3일의 방콕 여행이 끝나고, 짐을 챙겨 오후 6시 방콕 후아람퐁 (Hua Lamphong) 기차역으로 향했다. 지하철역으로 들어서자마자 비가 오기 시작한다. 지하철로 10분 정도 달려 후아람퐁 역에 도착했다. 다행히도 기차역이 지하철역과 이어져 있어 비를 맞지 않아도 됐다. 우리는 8월 15일 오후 7시 35분에 방콕을 출발하여 8월 16일 오전 8시 40분에 치앙마이에 도착하는 슬리핑 기차를 예매했다. 후아람퐁 역에는 배낭여행자들이 편한 차림으로 슬리핑 기차를 타려고 기다리고 있었다. 우리 배낭의 두 배는 되어 보이는 배낭을 메고 들어오는 여행자도 보였다. 그야말로 배낭여행자들의 집합지 같았다. 이 안에 동생과 내가 있다는 것이 신기했다. 비가 오는 탓에 출발이 지연되는 기차들이 잇따라 나왔다. 혹여나 우리가 탈 기차도 지연되는 것은 아닐지 안내판을 보며 초조해하고 있는 찰나, 우리의 기차에 탑승 표시가 떴다. 우리는 배낭을 챙겨 13번 기차를 타러 갔다. 12시간만 타는 일정이었지만, 시베리아 횡단열차가 생각나서 괜히 긴장되었다. 어쩌면 기억 때문이 아니라 앞으로 우리에게 일어날 일에 대한 예감으로 긴장이 되었는지도 모른다. 13번 기차의 8번 칸에 우리가 예약한 3, 4번 자리를 찾아갔다. 세면대와 화장실이 가장 가까운, 문 앞 자리다. 짐이나 배낭을 따로 보관할 수 있고, 이불과 커버 베개까지 한쪽에 세팅되어 있었다. 자면서 갈 수 있는 시설이 완벽하게 구비되어 있다. 1층은 소파처럼 생긴 의자 두 개를 합쳐서 침대를 만드는 방식이었고, 2층은 그대로 침대였다. 동생은 2층에 올라가는 게 귀찮았는지, 자연스럽게 1층을 차지했다. 망할 녀석. 언니의 너그러운 마음으로 양보하기로 했다.

서서히 기차가 움직이기 시작했다. 기차는 다양한 국적의 사람들로 만석이었다. 이렇게 인기가 높은 기차였다니…. 기차가 출발하고 1시간쯤 지나자, 직원이 자리마다 찾아와 잘 수 있도록 이불 커버를 씌우고 이불을 펴주었다. 딱히 오늘은 특별한 일이 없었는데도 오래 기다리고 배낭을 메고 걸어다녀서인지 피곤하여 일찍 잠자리에 들고 싶었다. 세수와 양치를 한 뒤, 커튼을 치고 침대에 누웠다. 편하지는 않았지만 잠은 잘 수 있을 것 같았다. 동생에게 먼저 잔다고 이야기하고 잠자리에 들었는데 내내 선잠만 잤다. 몇 시간이 지나도 기차 조명이 꺼지지 않고, 에어컨 바람도 너무 센 탓이다. 시계를 보니 오전 1시. 아직도 7시간은 더 가야 하는데 큰일이다. 답답한 마음에 노래라도 들으려고 핸드폰을 꺼냈는데, 마침 동생에게 문자가 왔다.

"언니… 자? 1층 벌레 천국. 바퀴벌레도 있어. 얘네가 내 옆으로 막 줄지어 기어다녀."
"2층은 냉동창고. 난 얼어 죽기 일보 직전이야."

그렇게 동생과 나는 뜬눈으로 밤을 꼴딱 새웠다.

⊙ Tip

태국 철도청 홈페이지(https://www.thairailwayticket.com)에서 방콕에서 치앙마이로 가는 기차를 예약할 수 있다. 시간대는 다양하게 선택할 수 있고, 자면서 가는 슬리핑 기차를 원한다면 저녁에 출발하는 기차를 선택한다. 1층 자리가 2층보다 비싸고, 메일로 온 예약 내역을 인쇄하여 가져가야 탑승이 가능하다.

치앙마이 · 카페 천국

　요즘 치앙마이로 한 달 살이를 오는 한국 여행자들이 많다는 이야기를 들었다. 방콕보다 물가가 저렴할 뿐만 아니라 조용해서 여유를 즐기기 좋고, 분위기 좋은 카페가 많아서는 아닐까. 동생과 나도 치앙마이에서는 매일 카페투어를 해보기로 했다. 세계여행을 하면서 내 취미인 카페투어는 꼭 해보고 싶었다. 이전에 간 다른 나라에서도 카페는 빼놓지 않고 가보았지만, 이렇게 지내는 내내 카페를 다녀보자고 계획하진 못했다. 생각보다 유럽에는 카페가 많지 않았다. 펍과 카페를 같이 운영하며 술을 마실 수 있는 곳이 많아서 카페 공간과 커피만을 온전히 즐기기 힘들었다. 그런데 카페 천국 치앙마이에서는 매일같이 카페투어를 할 수 있겠다 싶었다. 찾아볼수록 예쁜 카페들이 계속 나왔다. 나에게 여행은 꼭 유명한 관광지를 가거나 그 나라의 음식만을 맛보는 것이 아니다. 카페를 찾아가는 것도 나에겐 여행의 중요한 요소였다. 그래서 각 나라마다 카페를 가본 것은 내게 굉장히 의미 있는 일이었고, 여행을 더 풍성하게 만들어주었다.

오늘은 동생과 말차와 티로 유명한 카페를 가보기로 했다. 나이트바자쪽에 위치한, 일본을 모티프로 만든 티하우스로, 여러 가지 일본식 티와 말차를 맛볼 수 있는 공간이라고 했다. 숙소를 출발해 15분 정도 걸어가니 카페가 나왔다. 일본의 집을 그대로 옮겨놓은 것 같은 외관이 내 눈길을 사로잡았다. 문을 열고 들어가자 이번에는 녹색 세상이 펼쳐졌다. 푸릇한 나무와 풀을 정원에 그대로 두고, 그 풍경을 내다보며 커피와 음료를 마실 수 있도록 마련해둔 좌식 자리가 인상적이다. 동생과 자리를 잡고 메뉴를 보러 카운터로 갔다. 점원이 우릴 보며 싱긋 웃어 보이더니 메뉴판을 내밀며 친절하게 설명해준다. 이곳에서 제일 인기 있는 아이스 말차 라테는 말차의 농도를 선택할 수 있다고 했다. 우리는 말차의 농도를 보통으로 고르고, 곁들어 먹을 말차 롤케익도 하나 시켰다. 주문한 가격은 238바트(한화로 8,500원), 이곳 물가에 비해 싼 편은 아니었지만 자리에 앉아 정원을 바라보고 있으니 머리가 맑아지는 것 같았다. 마음을 편안하게 해주는 이 카페 공간이 참 단아하다. 곧이어 나온 아이스 말차 라테와 말차 롤케익. 예쁘게 인증사진도 하나 남겨주고 포크로 롤케익을 푹 떠서 먹어보았다. 달콤한 크림과 함께 말차 맛 빵이 입안에서 사르르 녹았다. 동생도 만족한 표정으로 고개를 끄덕이고 나서 말했다.

"카페가 이렇게 분위기 있는 줄 알았으면, 사진 찍게 화장하고 올걸…."

"과연 그렇다고 사진이 예쁘게 나왔을까?"

말이 끝나기가 무섭게 나는 동생에게 등짝 스매싱을 맞았다.

Info
Magokoro Teahouse
& Matcha Cafe Chiang Mai
@magokoro.tea

Info
Nuan Cafe & Bistro
@nuan_cafe

Info
A day in chiang mai coffee brew
@adayinchiangmaicoffeebrew

Thailand

Info
Now Here Roast & brew
@nowherecoffeebrewers

Republic of the
Union of
Myanmar

미얀마

21st Aug ———————————————————————— 27th Aug

Yangon - Bagan - Mandalay

양곤 · 첫 폭우

치앙마이 국제공항(Chiang Mai International Airport)에서 오후 1시 15분
에어아시아(AirAsia)를 타고 이륙한 지 30분 만인 오후 1시 45분, 미얀마
양곤 국제공항(Yangon International Airport)에 내렸다. 미얀마는 입국 비자
가 필요해서 동생과 나는 방콕에 있는 동안 미리 인터넷으로 비자를 신
청해뒀다. 인당 10만 원이라는 거금이 들었다. 비자 발급을 검사하는 입
국 심사를 통과하고, 배낭을 찾아 공항 밖으로 나왔다. 공항 바로 앞에는
시내로 가는 버스를 탈 수 있는데, 1인당 500짯(한화로 500원 정도)으로 아
주 저렴했다. 숙소 바로 앞까지는 아니지만, 근처에 내려주는 버스였다.
버스에 탄 지 10분쯤 지났을까. 똑똑, 버스 창문에 빗방울이 떨어지기 시
작한다. 굵은 빗방울은 아니지만 왠지 느낌이 좋지 않다. 핸드폰을 꺼내
구글 지도를 확인하면서 숙소에 가까워지기를 기다리는데, 버스가 반대

방향으로 가는 게 아닌가! 알고 보니 전 정거장에서 내려야 했던 것이다. 하는 수 없이 다음 정거장에서 내려 구글 지도를 다시 확인했다. 우리가 서 있는 곳에서 숙소까지는 꽤 많이 걸어야 했다. 그래도 걷는 게 익숙한 우리는 걸어가기로 했다. 그나마 보슬비가 내려 다행이다 싶었는데, 빗방울이 점점 굵어지더니 더는 맞고 걸을 수 없을 정도로 쏟아졌다. 우리는 아주 큰 나무 아래에서 비를 피했다. 생각해보면 지금까지 여행하면서 이렇게 비가 많이 온 적이 없었다. 그래서 우리가 '날씨 요정'임이 틀림없다며 자랑하곤 했는데 처음으로 폭우를 만난 것이다. 내 속이 타들어가는 것도 모르고 비는 시원하게 쏟아진다. 동생은 혹시 소나기일지 모른다며 5분만 기다려보자고 했다. 웬걸, 10분이 지나도 빗줄기는 약해질 기미가 보이지 않았다. 더 나무 아래에서 기다릴 수 없어, 우리는 택시를 타기로 했다. 타자마자 내려야 하는 짧은 거리지만, 배낭을 다 젖게 놔둘 수는 없었다. 동생과 나는 택시를 잡으려고 두리번거렸다. 그때 한 택시기사가 해맑은 표정으로 우리에게 먼저 다가왔다. 운임을 흥정하려는 것 같았다.

"2500짯!"
"노노, 1000짯!"

나는 버스 비용과 같은 금액으로 택시를 타고 싶었다. 숙소까지 정말 코앞이니까 터무니없는 금액은 아니라고 생각했다.

"1500짯! 플리즈!"

　그래, 그래도 숙소 앞까지 갈 수 있으니까. 배낭을 맨 채로 몸을 구겨넣 듯 택시에 타고 출발했다. 달린 지 3분 만에 숙소 근처에 도착했다. 문제 는 택시기사가 우리가 내려야 할 골목을 살짝 지나쳐버린 것이다. 후진을 할 수도 없는 상황. 다시 숙소 근처로 가려면 빙 돌아야 하고, 돌아온다면 택시기사는 우리에게 더 많은 돈을 요구할 게 뻔하다. 결국 우리는 내려 서 걸어가기로 했다. 그렇게 1500짯을 지불하고 택시에서 내려 바로 앞 버스정류장으로 몸을 피했다. 우리에게는 우산이 하나밖에 없었다. 그 작 은 우산으로 배낭까지 보호할 수 없었다. 하지만 비가 그치기를 기다릴 수도 없기에 우리는 배낭을 포기하고, 감기에 걸리지 않기만을 기도하며 작은 우산 안에 딱 붙어 들어갔다. '우비라도 가지고 다닐걸.' 후회가 밀 려왔다.

　우여곡절 끝에 숙소에 도착해서 체크인했다. 다행히 배낭은 방수가 되 는 재질이라 많이 젖지 않았다. 이 상황에서 내 배는 눈치도 없이 밥을 달 라며 보챈다. 동생도 배가 슬슬 고파오는 표정이다. 우리는 이른 저녁이 나 먹자며 밖으로 나갔는데 주변을 둘러봐도 낡은 건물에 상점들뿐, 마땅 한 식당이나 슈퍼가 보이지 않는다. 저 멀리 과일을 파는 상인이 보인다. 그거라도 사야겠다 싶어 가보았지만 과일 상태가 안 좋았다. 바로 옆, 옥 수수와 고구마를 파는 상인이 보인다. 동생과 나는 이게 최선이란 걸 직감하고는 옥수수 하나와 고구마 두 개를 골라 700짯을 냈다. 반으로 자른 옥수수와 껍질을 잘 벗겨 비닐에 담은 고구마를 받았다. 포장 비닐을 든 동생이 입을 삐쭉거렸다.

"밥으로 고구마랑 옥수수라니…. 거지가 따로 없구먼."
"우리 몰골은 이미 거지야."

D + 152 Yangon

양곤 · 베일에 싸인 미얀마

양곤이라는 이 도시는 어떤 도시일까? 영 감이 오지 않는다. 사실 미얀
마에 대한 정보는 다른 여행지에 비해 턱없이 부족했고, 직접 부딪히며
여행하는 방법밖에 없었다. 어제는 그렇게 폭우가 쏟아지더니, 오늘은 언
제 그랬냐는 듯 해가 얼굴을 내밀었다. 동생과 나는 양곤의 백화점과 사
원에 가보기로 했다. 백화점으로 가는 길. 시장이 보이고, 영화관도 보인
다. 영화관에서는 우리나라에서 만든 〈신과 함께 2〉가 상영 중이다. 왠지
반가운 마음에 발걸음을 멈추고 포스터를 한참 바라봤다. 낡은 다세대주
택들도 보인다. 집집마다 베란다에 빨래가 한가득 널려 있다. 옛 홍콩 영
화에서 보던 분위기와 비슷하다. 15분쯤 걸어서, 정션시티(Juntion City) 백
화점에 도착했다. 백화점에 들어서자 1층에 명품 숍들이 자리해 있었다.
미얀마는 빈부격차가 꽤 크구나 싶었다. 시장은 우리나라의 1980년대 모

습을 띠고 있는데, 백화점은 지금 서울 한복판과 비슷하고 심지어 물가도 비슷했다. 아이러니했다. 동생과 나는 1시간 정도 백화점을 구경하고 점심으로 KFC 햄버거를 먹었다. 인스턴트 음식을 별로 좋아하지 않는 나인데, 오랜만에 먹는 햄버거는 꿀맛이다. 다음 목적지인 쉐다곤 파고다(미얀마에서는 사원을 '파고다'라고 부른다)는 백화점에서 4킬로미터 정도 떨어져 있다. 동생과 나는 남는 게 시간이라며 점심도 든든하게 먹었겠다, 걸어서 가보기로 했다. 쉐다곤 파고다는 양곤에서도 크고 유명한 파고다로, 많은 배낭여행자들이 찾는 곳이라고 한다. 쉐다곤 파고다를 향해 10분쯤 걸었을 때, 저 멀리 금빛 쉐다곤 파고다가 모습을 드러내기 시작한다. '얼마나 크면 여기에서도 보이는 걸까.' 멀리서도 엄청난 포스를 풍기는 듯했다. 우리 말고도 같은 방향으로 걸어가는 사람들이 꽤 있었다. 다들 쉐다곤 파고다로 가는 모양이다. 우리는 들뜬 마음을 감출 수 없었다. 여태껏 사원에는 한 번도 가 본 적이 없어서 어떨지 무척 궁금했기 때문이다.

쉐다곤 파고다에 도착하자 표지판이 보인다.

'이곳부터 신발을 벗고 들어가시오.'

그랬다. 미얀마의 모든 사원은 맨발로만 출입이 허용된다. 우리는 신발을 벗어 손에 들고 매표소까지 걸어갔다. 쉐다곤 파고다의 입장료는 1인당 10,000짯. 입장료를 지불하면 옷에 입장 허용 스티커를 붙여준다. 쉐다곤 파고다는 미얀마에서 가장 크고 화려한 불교 유적지인데, 그 명성에 걸맞게 엄청한 크기를 자랑했다. 쉐다곤 파고다의 '쉐'가 금을 뜻한다고 했다. 또 쉐다곤 파고다에는 일주일을 8개의 요일로 나눈 탑이 있는데 자신이 태어난 날(생일)의 탑에 가서 불상에 물을 끼얹으며 소원을 비는 문화가 있다. 나는 수요일 탑을 찾아가 코끼리 불상에 물을 끼얹으며 소원을 빌었다. 물론 소원의 내용은 비밀이다.

처음으로 가까이에서 느끼는 사원 문화에 마냥 신기했다. 맨발로 걷는 것이 어색하고 아프기도 했지만, 왠지 신성해지는 느낌이 들었다. 세계 각지에서 온 사람들이 이곳을 찾는다. 불경을 읊는 신자들은 말할 것도 없고. 해가 뉘엿뉘엿 넘어가자 사람들이 삼삼오오 모여 초에 불을 붙이기 시작한다. 우리도 불을 붙여본다.

쉐다곤 파고다를 구석구석 둘러보고 더 어두워지기 전에 그곳을 나왔다. 그런데 숙소로 걸어가는 길에 해가 완전히 져서 택시를 타야 할 것 같아 동생을 불렀다.

"걸어가면 위험할 것 같은데, 우리 택시 탈…."
"헤이! 택시! 스톱!"

애당초 걸어갈 마음이 요만큼도 없었던 동생이다.

바간 · **사진 속 그곳**

여행을 떠나오기 전, 인터넷에서 사진 한 장을 보았다. 파고다 위에 앉아 경이로운 일몰을 바라보는 사진이다. 그 사진 속 장소가 바로 이곳, 바간이다. 그 한 장의 사진을 보고 세계여행 루트에 미얀마를 꼭 넣어야겠다고 생각했다. 그리고 오늘, 나는 바간에 왔다.

숙소에 짐을 풀어놓고, 밀린 빨래부터 챙겼다. 더 이상 입을 옷이 없었기 때문이다. 빨래를 잔뜩 들고 숙소 카운터에 가서 세탁을 요청했다. 지금 맡기면 저녁 6시에 찾을 수 있다고 했다. 가격은 9,400짯. 근처에 세탁소가 없어서인지 생각보다 비싼 금액에 놀랐지만 건조까지 해준다고 했으니 맡겨보기로 했다. 세탁비를 내고 숙소를 나온 동생과 나는 바간 거리를 돌아다녔다. 약간 습한 날씨 탓에 태국보다 더 덥게 느껴진다. 금방이라도 땀이 줄줄 흐를 것 같아 숙소에서 가지고 나온 찬물을 벌컥벌컥 마셨다. 바간은 남녀노소 불문하고 대부분의 사람들이 오토바이를 타고 다닌다. 가끔 보이는 관광버스를 제외하면 자동차는 거의 찾아볼 수가 없었다. 오토바이를 타고 가며 우리가 신기한지 고개까지 돌려가며 한참을 보는 아이들. 눈이 마주쳐서 손을 흔들어주면 수줍다는 듯 입술을 깨물었다. 바간에서 높은 건물은 찾아볼 수 없었다. 건물 대부분이 높아야 3층 정도다. 길을 걷는 내내 파고다가 자주 보였다. 어디선가 이런 글을 읽은 적이 있다.

'바간의 사람들은 열심히 일하고 돈을 모아 자신의 이름으로 파고다를 세우는 게 꿈이다.'

그만큼 미얀마 사람들에게 파고다는 절대적인 의미를 지니고 있다. 그나저나 미지의 도시였던 바간을 이렇게 걷고 있다니! 바간은 양곤과 분위기가 사뭇 다르다. 양곤이 낡은 도시 같은 느낌이었다면, 바간은 자연 그대로 때 묻지 않은 느낌이었다. 이곳저곳 걷다보니 배가 고파서 근처에 보이는 식당에 들어갔다. 이곳은 식당도 많지 않아, 보이는 데 들어가는 게 최선이었다. 다행히도 메뉴판을 보니 파스타며 볶음밥, 피자 등 여러 음식을 팔고 있었다. 동생은 피자를, 나는 볶음밥을 시켰다. 음식을 기다리며 바간에 대해 느낀 점을 동생에게 말했다. 동생은 새로운 문화를 경험해서 좋지만 도시가 조금 그립다고 했다. 그러고는 오토바이를 타고 가는 사람들을 한참 쳐다보던 동생이 말했다.

"언니, 우리 내일 오토바이 타고 일몰 보러갈래?"
"너 오토바이 탈 줄 알아?"
"내가 또 왕년에 탔던 경험이 있지."

도대체 무슨 경험을 한 건지 의심스럽지만, 우리는 일몰을 보러 가기로
약속했다.

Republic of the Union of Myanmar

바간 · 일몰의 도시

사실 우리는 미얀마 바간에 일몰을 보러 왔다고 해도 과언이 아니다. 그런데 바간은 이동수단이 한정적이다. 그래서 오토바이를 빌리거나, 오토바이를 개조해 만든 툭툭을 타는 방법뿐이었다. 어제 동생이 제안한 대로 오늘은 오토바이를 빌려 움직이기로 했다. 오전 내내 숙소에서 쉬다가 오후 4시가 다 되어 어슬렁어슬렁 숙소를 나와 어제 미리 알아둔 오토바이 렌탈숍으로 향했다. 가게 주인은 4000짯을 내면 3시간 렌트가 가능하다고 했다. 시간 내에 자유롭게 가보고 싶은 곳을 갈 수 있기에 비싼 금액은 아니라고 생각했다. 주인은 오토바이 상태를 이리저리 확인하고 나서 열쇠를 주었다. 오랜만에 해보는 오토바이 운전에 동생도 살짝 긴장한 모양이다. 먼저 감을 한번 잡아보겠다는 동생. 엑셀을 살짝 당기니 오토바이가 천천히 움직인다. 조금 더 당겨보겠다며 동생은 속도를 올리기 시작하더니 오토바이를 타고 저 멀리 멀어져간다. 감 잡으러 다른 동네까지 갈 기세다.

"어? 야… 야! 어디 가!!!!"

분명 들었으면서 못 들은 척 멀어지는 동생. 그 뒷모습은 영락없는 바간 사람이다.

바간은 아스팔트 도로 하나만 존재할 뿐, 가는 길 오는 길이 나뉘어 있지 않아서 서로 알아서 조심히 피해 가야 한다. 저 멀리 이쪽으로 오는 방향으로 진입을 시도하지만 자꾸 몰려오는 오토바이들에 어쩌지 못하던 동생이 내가 있는 곳으로 돌아와서는 능청스럽게 완벽히 감을 잡았다는 우쭐한 표정을 짓는다. 엄지를 들어 뒤에 타라는 신호를 보내는 동생.

"차 뽑았다. 타!"
"차가 별로인 것 같은데요. 바퀴도 두 개밖에 없고. 여튼 출발!"

동생이 모는 오토바이를 타고 일몰을 볼 수 있다는 '바간 난민 타워 (Bagan nan myint tower)'로 향했다. 우리가 머무는 숙소와 꽤 떨어져 있어서 오토바이를 타고도 20분을 가야 한다. 동생은 오토바이 운전을 하고, 나는 뒤에서 구글 지도로 내비게이션 역할을 해주었다. 동생과 같이 오토바이를 타고 시원한 바람을 맞으며 달리니 기분이 묘했다. 동생은 능숙하게 오토바이를 몰았다. 그렇게 20분을 달려 도착한 난민 타워. 바간에서 가장 높다는 이 건물은 우리의 예상보다 훨씬 크고 높았다. 난민 타워에 들어가려면 입장료를 내야 한다. 달러와 짯을 선택하여 지불할 수 있는데, 달러로 지불하면 5달러라고 했다. 우리는 미얀마 현지 화폐인 짯만 가지고 있어서 두 사람 몫으로 15,300짯을 지불했다. 달러 환율에 따라 입장료가 좌우되는 모양이다. 입장권을 받아 들고 우리는 난민 타워 전망대로 올라갔다. 그리고 난간에 선 순간, 바간의 풍경이 한눈에 들어오면서 온몸에 소름이 끼쳤다. 지금까지 보아온 풍경과는 사뭇 달랐다. 항상 많은 건물이며 반짝이는 불빛을 보아왔다면 이곳 바간에서 보이는 것들은 파고다와 나무, 산이 전부였다. 자연만으로 이렇게나 아름다운 장관을 만들어낸 것이다.

'자연이 주는 아름다움이라는 게 이런 거구나!'

드디어 해가 지기 시작한다. 나무들 사이로 빛이 통과하여 장관을 만들어낸다. 구름 사이로 작은 무지개도 보인다. 이래서 바간을 일몰의 도시라고 부르는구나 싶었다. 더 오래 이 황홀함을 느끼고 싶은데… 빠르게 지는 해가 야속했다. 나는 사진을 찍는 것도 잊고 저무는 바간을 눈에 가득 담았다.

저무는 바간.

Republic of the Union of Myanmar

만달레이 · **3만원으로 즐기는 투어**

　우리가 미얀마에서 여행한 세 번째 도시는 자동차와 오토바이의 경적 소리가 여기저기 시끄럽게 울리지만, 곳곳에서 크고 예쁜 파고다들을 만 날 수 있는 만달레이였다. 만달레이는 차가 너무 많고 바간처럼 오토바이 를 이용하여 여행하기에 위험해 보였다. 그래서 우리는 택시투어를 해보 기로 했다. 블로그를 찾아보던 중에, 만달레이 택시기사님의 SNS 아이디 를 알게 되었다. SNS를 통해 연락해 이야기를 나누니 우리가 가고 싶은 여행지인 만달레이 힐(Mandalay Hill)과 쿠도도 파고다(Kuthodaw Pagoda), 우베인 브릿지(U bein Bridge)를 한화로 3만원에 돌아볼 수 있다고 했다. 두 사람이 6시간 동안 택시로 일몰 포인트까지 편하게 다녀올 수 있는 가 격으로는 합리적이다.

투어를 예약한 오후 12시 30분쯤, 준비를 마치고 숙소 로비로 내려갔다. 택시투어 기사님이 칼같이 시간을 지켜 숙소 앞에서 우리를 기다리고 있었다. 친절한 미소로 인사를 건네는 기사님의 이름은 '산코(San Ko)'라고 했다. 첫 번째로 향한 여행지는 만달레이 힐. 이곳은 높은 곳에서 내려다보는 풍경을 좋아하는 나를 위해 선택한 여행지다. 만달레이 힐에 올라가면 만달레이 시내 풍경을 한눈에 볼 수 있는데 택시를 타고 가지 않으면 입구부터 만달레이 힐 정상까지 1000개가 넘는 계단을 올라야 한다. 숙소에서 20분 정도 달려 도착한 만달레이 힐. 산코는 우리에게 "이 앞에서 기다리고 있을게요. 편하게 보고 와요"라고 말하며 매표소 위치까지 친절하게 알려주었다. 입장료로 1인당 1,000짯을 지불하고 오늘도 어김없이 맨발로 입장하여 에스컬레이터를 타고 만달레이 힐 전망대로 올라가는데 어쩐지 기분이 묘했다. '맨발로 에스컬레이터를 타다니….' 동생도 기분이 이상한지 자꾸 맨발을 내려다보며 발가락을 꼼지락거린다. 이윽고 도착한 만달레이 힐 전망대는 하늘 위에 지어진 사원 같았다. 눈높이에 구름이 떠다니고, 시내는 까마득한 아래에 있다. 남산의 서울타워에서 시내를 내려다보는 느낌과 비슷했다. 맨발로 총총거리며 한참을 만달레이 힐에서 시간을 보내고 우리는 택시로 돌아갔다. 우리가 저 멀리 걸어오는 걸 보고는 택시에 시동을 걸고 에어컨을 빵빵하게 틀어주는 산코. 배려심이 깊은 기사님이다.

두 번째로 향한 곳은 쿠도도 파고다. 하얀 탑이 끝없이 펼쳐진 사진에

반해서 가고 싶던 곳이다. 쿠도도 파고다로 이동하는 사이 졸고 있던 나에게 산코가 도착했다는 신호를 주었다. 이번에도 신발을 벗고 입장한다. 반짝거리는 쿠도도 파고다의 예쁜 입구에 들어서면 양쪽으로 수많은 순백의 탑이 보인다. 이곳에 있는 729개의 파고다 안에는 각각 불경을 적은 석장경을 넣어 보관해두었다고 한다. 그래서 사원 전체가 경전이며, 세계

에서 가장 큰 책이라고도 불린다.

새파란 하늘에 누가 그린 듯한 흰 구름 아래에 서 있는 새하얀 탑들을 찍은 사진은 하나같이 예술 작품 같다. 물론 눈으로 직접 보는 탑은 더욱 아름다웠지만. 동생은 신이 난 강아지처럼 여기저기 뛰어다닌다. 불교 신자는 아니지만, 이곳의 문화에 스며들어 경험하는 불교 문화는 또 다른 새로움으로 다가왔다. 뿐만 아니라 도시나 잘 발달된 여행지가 아닌, 이 렇게 숨겨진 여행지에 직접 와서 알게 되는 묘미란 이룰 말할 수 없는 감동을 준다. 쿠도도 파고다를 구석구석 구경하고, 그늘 아래 의자에 앉아 더위를 식힌다. 물을 한 모금 마시고 나서 넋을 놓고 있는데 우리를 기다리고 있을 산코가 생각난다. 나는 얼른 자리에서 일어나 다음 여행지로 향했다.

마지막 여행지 우베인 브릿지는 일몰 명소로 유명한 곳이다. 쿠도도 파고다에서 30분을 넘게 달려서야 도착했다. 산코는 일몰을 많이 보고 천천히 오라며 우리를 배려해주었다.

우베인 브릿지는 만달레이 남부 아마라푸라 지역에 있는, 세계에서 가장 긴 목조다리이다. 끝까지 건너면 반대편 지역으로 갈 수 있을 만큼 긴 다리인데, 우리가 여행한 시기는 우기라 다리가 물에 많이 잠겨 있었다. 물 위로 지나다니는 작고 귀여운 나룻배들도 많이 보인다. 동생과 나는 우베인 브릿지를 건너보기로 했다. 일몰 명소라 그런지 여행자들이 많이 보였다. 걸을 때마다 나무가 살짝씩 흔들리는 것 같은 기분도 든다. 다리 위에서 물로 다이빙해 더위를 쫓는 아이들은 무섭지도 않은지 뒤돌기, 점프 등 갖가지 기술로 현란하게 뛰어든다. 아이들을 지나쳐 조금 더 걸어가니 우베인 브릿지를 예쁘게 그림으로 담는 거리 예술가들이 나와 있

다. 걸어도 끝이 보이지 않고, 수많은 사람들이 스쳐 지나가는 다리 위에서 문득 이런 생각이 들었다.

'우리에게는 그저 유명한 명소이지만, 만달레이 사람들에게는 이곳이 얼마나 중요한 이동수단일까.'

이런저런 생각을 하는 사이, 해가 저물어간다. 노오란 일몰이 우베인 브릿지를 감싼 강에 반사되어 반짝거린다. 그 별빛 같은 빛 위로 나룻배들이 그림처럼 지나간다. 아름다운 풍경에 취해 동생과 나는 넋을 놓고 있다가 부랴부랴 카메라 셔터를 눌렀다. 정말 일몰의 나라 미얀마다. 세계여행을 하면서 나는 일몰의 매력에 빠졌고, 이제는 그 시간을 기다리게 되었다. 다리에서 한참 일몰을 구경하고 났더니 허기가 몰려왔다. 마침 우베인 브릿지 근처에 조그만 시장이 있었다. 걸음걸음마다 맛있는 냄새가 코끝을 자극한다. 우리는 우베인 브릿지가 가장 잘 보이는 가게에 들어가 옥수수 감자튀김과 미얀마에서만 먹을 수 있는 미얀마 맥주를 한 캔씩 시켰다. 개미도 많이 보였지만, 나름 분위기가 좋았다. 동생은 더운지 손으로 연신 부채질을 해댔다. 그걸 보고 있던 식당 직원이 동생에게 다가와 부채를 건넸다. 동생은 세상 친절한 미소로 직원에게 웃어 보였다.

"내가 예뻐서 부채를 챙겨주나 봐."
"뭔 소리야. 네 뒤랑 옆에 손님들도 다 부채 가지고 있는데."

내 동생은 더위를 먹은 게 분명하다.

Laos

라오스

30th Aug ———————————————————————— 13th Sep

Town of Luang Prabang - Vang Vieng

루앙프라방 · 동생이 노래 부르던 곳

만달레이에서 태국의 돈므앙 국제공항(Don Mueang International Airport)
을 경유하여 루앙프라방 국제공항(Luang Prabang International Airport)에 오
후 4시에 도착하였다. 동생이 그렇게 노래를 부르던 라오스였다. TV 프
로그램 '꽃보다 청춘'에 나와서 유명해진 여행지다. 동생도 그 프로그램
을 보고 라오스에 오고 싶어했다. 우리를 맞이하는 라오스의 날씨가 어쩨
우중충하다. 공항 앞에서 택시기사에게 숙소 앞까지 가는 운임을 흥정했
다. 가난한 배낭여행자라 돈이 별로 없다며 이제 능청맞게 흥정도 잘한
다. 숙소로 가는 길. 생각보다 깔끔한 거리와 정원까지 갖춘 작고 예쁜 집
들이 보인다. 공항과 그리 멀지 않은 곳에 위치한 숙소에는 택시를 타고
15분 만에 도착했다.

우리는 배낭만 내려놓고 루앙프라방의 유명한 야시장으로 저녁을 먹으러 갔다. 숙소 가까이에 먹을거리가 다양한 야시장이 매일 열리다니. 루앙프라방에 지내는 내내 이곳에 오리라 마음을 먹는다. 야시장에는 '만 낍 뷔페'가 있다. 1만 낍(한화로 약 1,500원)만 내면 모든 음식을 한 그릇에 가득 담아 이용할 수 있는 뷔페다. (지금은 물가가 올라 1만 5천 낍을 내고 이용할 수 있다고 한다.) 우리는 다양한 음식을 꾹꾹 눌러 한가득 담아 자리를 잡았다. 면 요리를 젓가락에 돌돌 말아 맛본 동생은 연신 고개를 끄덕거렸다. 다른 음식들도 짭짤하긴 하지만 대체로 입맛에 맞았다. 먹을거리가 많지 않던 미얀마에서 매일 볶음밥만 먹으며 지낸 우리는 제대로 된 한 끼 식사가 늘 그리웠다. 그런 우리에게 만 낍 부페는 천국의 맛처럼 느껴졌다. 가득 담았던 음식을 배 속으로 밀어넣고 나니 어느새 그릇이 바닥을 드러냈다. 깨끗이 비워진 그릇을 반납하며 동생과 나는 너무나 당연하다는 듯 디저트를 찾았다.

우리의 마음을 홀린 것은 '코코넛빵'. 달콤한 코코넛 냄새에 그냥 지나칠 수 없어 5,000낍을 내고 코코넛빵 다섯 개를 샀다. 아주머니가 인심 좋게 덤으로 하나를 더 넣어주셨다. 우리는 저녁을 먹지 않은 아이들처럼 코코넛빵 여섯 개도 순식간에 배 속으로 집어 넣었다. 한국에서는 동생과 나 둘 다 입이 짧아 밥 한 공기도 다 못 먹었는데, 여행하면서는 늘어난 체력 덕분에 밥 한 공기는 기본으로 싹싹 비우게 됐다. 아니, 없어서 못 먹을 정도다. 엄마가 보면 기겁하실 모습이다. 이제 소화도 시킬 겸 본격적으로 야시장 구경을 해본다. 직접 만든 가방이며 옷, 팔찌, 악세사리까지, 사고 싶은 물건들이 한가득이다. 사람 많은 곳을 좋아하지 않는 나인데, 야시장의 북적거림은 왠지 싫지 않았다. 넓게 펼쳐진 야시장을 한 바퀴 구경하고 나서 동생이 다가와 묻는다.

"언니, 과일 주스 콜?"
"야, 적당히 해. 배가 놀라겠어."
"완전 큰데, 한 잔에 만 낍이래…."
"그럼 난 망고 주스."

한자매는 그렇게 야식과 내일 아침까지 사 들고 숙소로 갔다고 한다.

루앙프라방 · 내 세탁물이 8킬로그램이라고?

이른 아침, 귓가에서 자꾸 무언가 부스럭거리는 소리가 들려 잠에서 깼다. 영문을 알 수 없어 가만히 숨을 죽이고 기다려본다. 다시 들리는 부스럭 소리. 뭔가 있음을 직감하고 숙소 조명을 켰다. 그러자 침대 앞에 놓아둔 비닐봉지에서 후다닥 나오는 도마뱀! 비닐봉지 속에는 어제 사온 망고가 들어 있다.

'쳇, 내 아침이었는데….'

도마뱀에게 아침밥을 빼앗겨 씩씩거리는 소리에 잠에서 깬 동생이 무슨 일이냐고 묻는다.

"도마뱀이 내 망고 먹었어….”

"크크큭. 완전 웃겨!”

"네 파인애플도 먹은 것 같은데.”

"아! 망할놈.”

그렇다. 망고 옆에는 동생의 아침인 파인애플도 있었다. 쿨하게 아침을 포기하고, 어제 숙소 카운터에 부탁한 빨래를 찾으러 갔다. 세탁이 다 된 옷이 가득 든 가방을 나에게 돌려주며 직원은 말했다.

"빨래 무게가 8킬로그램이네요. 6만 4천 낍입니다.”

(빨래는 1킬로그램에 8,000낍, 한화로 1,100원 정도다.)

빨래가 꽤 많았지만 8킬로그램까지 나갈 정도는 아니었다. 사실 우리가 가지고 있는 옷을 다 합쳐도 8킬로그램이 되지 않는데, 의아했다.

"그럴 리 없어요.”

그러자 직원은 어쩌겠냐는 표정으로 어깨를 들썩여 보인다. 순간 가방 깊숙이 넣어둔 미니 저울이 생각났다. 배낭이 너무 무거워질 경우 위탁 수화물 제한을 넘지 않으려고 준비해온 저울이었다. 나는 옷이 든 가방을 받아 무게를 재보았다. '4.22kg'. 역시 8킬로그램이나 나갈 리가 없었다.

숙소 직원이 나에게 대놓고 사기를 치는 것 같아 기분이 나빴다. 나는 저울을 로비로 들고 가 직원에게 직접 가방의 무게를 보여주었다. 직원은 놀란 토끼 눈이 되어 자신의 저울과 내 저울을 번갈아 보며 이상하다는 듯 고개를 절레절레 저었다. 그러고는 내 가방을 카운터에 있는 저울에 달고는 8킬로그램을 가리키는 저울을 보여준다. 그런데 직원이 들고 있는 저울, 무게 단위가 좀 이상하다.

"이 저울, 킬로그램으로 재고 있는 거 맞아요?"

내 말에 직원이 저울을 들여다보며 버튼을 누르자 그제야 저울의 단위가 킬로그램으로 바뀐다. 그러고 나서 다시 가방의 무게를 달아보니 저울이 4킬로그램을 가리킨다.

"미안해요, 정말 몰랐어요."

빨래가 뭐라고, 아침부터 숙소 직원과 사투를 벌이고 나니 진이 다 빠졌다. 망고도 못 먹고 서러워진 나는 맛있는 게 먹고 싶어져서 동생에게 시장에 가자고 했다. 루앙프라방 시장의 아침은 전날 밤과 달리 조용하다. 아직 이른 시간이라 문을 열지 않은 가게들도 많다. 정처 없이 발길 가는 대로 길을 걷다 보니 작은 포장마차가 보인다. 김이 모락모락 나는 걸 보니 국수를 파는 모양이다. 동생과 나는 따끈한 국물로 속을 달래고

싫어 포장마차에 나란히 앉아 손가락 두 개를 펴 보이며 국수 두 그릇을 주문했다. 냉장고에 보관된 채소도 아니고 가판에 내놓고 바로 잘라서 쓰는 채소인데 이곳에서는 비위생적으로 보이지 않는다. 미리 삶아진 국수면을 뜨거운 물에 슬슬 풀어 채소가 담긴 그릇에 담고 그 위에 진하게 우린 국물을 붓는다. 그리고 고명으로 어묵처럼 보이는 것을 얇게 잘라 얹어줬는데 보기만 해도 군침이 돈다. 주문한 지 5분도 안 돼서 나온 국수를 국물부터 한술 맛보았다. 우리가 한국에서 자주 먹던 쌀국수가 아닌, 처음 먹어보는 맛이었는데 무척 맛있었다. 어제 술이라도 마신 사람처럼 해장하듯 시원하게 국수와 국물을 들이켠다. 나도 모르는 새에 빨래와 도마뱀 사건은 사라지고 맛있는 국수만 남았다. 참 좋다. 가볍지만 결코 가볍지 않은 이 소중한 일상이.

"언니, 후식은 뭐 먹지?"

내 동생도 참 좋다. 한결같이 후식을 찾는 저 모습이.

방비엥 · 고마운 인연

오늘은 세계여행을 오기 전, 마지막으로 일한 회사의 동료였던 혜진이를 만나는 날이다. 우리는 퇴사한 후에도 친구처럼 자주 연락하고 만나며 돈독하게 지냈다. 내 동생과도 가끔 만나 같이 밥을 먹곤 했다. 그런 혜진이가 우리를 만나러 라오스에 와주기로 한 것이다. 무려 10일이나. 혜진이는 우리 한자매와 함께 방비엥과 비엔티안, 이렇게 두 도시를 여행하기로 했다.

오전 8시, 동생과 나는 루앙프라방 숙소에서 짐을 챙겨 방비엥으로 향하는 10인승 밴에 몸을 실었다. 혜진이도 밴을 타고 비엔티안 국제공항(Vientiane International Airport)에서 방비엥으로 오고 있다고 했다. 방비엥에서 비엔티안까지는 밴을 타고 4시간 걸린다고 기사가 말했다.

혜진이를 만나러 가는 길은 아주 험난했다. 비엔티안으로 가려면 산길을 지나야 하는데, 우기에 접어든 탓에 비가 많이 내려 산이 여기저기 무너져 있었다. 좌우로 심하게 흔들리는 밴을 타고 있으려니 마치 롤러코스터를 탄 것 같았다. 길 전체가 부서진 돌로 가득했고, 그 와중에 안개까지 자욱하게 끼어 정말 위험천만한 상황이었다. 거칠게 널린 돌 때문에 타이어가 찢어지는 건 아닌지 걱정될 정도였다. 잠을 잘 수도 없었다. 엎친 데덮친 격으로 동생은 멀미도 하는 듯했다. 출발한 지 3시간이 지나고, 혜진이에게 방비엥에 도착했다는 연락이 왔다. 나는 미안한 마음이 들어 무어라 대답해야 할지를 몰랐다. 나를 보러 여기까지 와줬는데 또 기다리게하다니…. 오전 8시에 출발한 밴은 5시간을 넘게 달려 오후 2시가 다 되어서야 방비엥 시내에 도착했다. 밴에서 내려 툭툭을 탈까 싶어 숙소의 위치를 구글 지도에 찍어보니 200미터밖에 되지 않았다.

"언니, 혜진이 언니한테 도착했다고 연락하지 말고 가서 놀래키자."
"콜! 가자."

우리를 목 빠지게 기다리고 있을 혜진이를 위해 몰래 찾아가 놀래키기로 했다. 그 짧은 거리를 걸어가는데도 어찌나 더운지 내리쬐는 햇볕에살이 타들어가는 것 같았다. 그래도 혜진이와 한자매의 만남을 반기듯 맑은 하늘에 해가 쨍한 걸 보니 기분이 좋다. 걸어서 금세 도착한 숙소. 직원에게 예약자 이름을 말하고 방 번호를 안내받았다.

'이제 혜진이를 만날 수 있다!'

바로셀로나에서 남자친구를 만날 때와는 또 다른 설렘이다. 우리의 방 앞에 드디어 도착, 문에 귀를 대보아도 아무 소리도 들리지 않는다. 동생이 노크를 하고 남자 목소리를 내며 연기를 시작했다.

"(똑똑) 익스큐즈미! 오픈 더 도어~."
"음… 왓?"

문 너머로 어찌할지 몰라 망설이는 혜진이의 익숙한 목소리가 들렸다.

"박혜진 씨, 안에 계십니까?"

혜진이는 그제야 문을 활짝 열어주었다. 나는 배낭을 내려놓지도 않고 혜진이와 반가움의 포옹을 나눴다. 오랜만에 본 혜진이는 예쁜 미소로 나를 맞아주었다. 만나자마자 폭풍 수다를 쏟아내는 우리 방에는 웃음이 끊이질 않았다. 우리보다 먼저 도착한 혜진이는 이미 방에 짐 정리까지 마쳐두었다. 점심도 제대로 먹지 못해 배가 고픈 동생과 나는 배낭 정리는 뒷전으로 하고 혜진이에게 밥부터 먹으러 가자고 했다.

방비엥에 오면 꼭 먹어야 하는 요물이 있으니, 바로 '바게트 샌드위치'

다. 우리 셋이 제일 먹어보고 싶던 그 요물을 드디어 먹어볼 시간이다. 숙
소를 나와 시내 쪽으로 걸어가자 바게트 샌드위치를 파는 가게들이 즐비
했다. 심지어 메뉴판은 모두 한국어로 쓰여 있고, 가게 이름은 죄다 'xx
이모네'였다. 우리는 맛도 맛이지만 이야기를 나누며 먹고 싶은 마음에
안에서 먹을 수 있는 자리가 마련된 가게로 들어갔다. 비프 치킨 베이컨
햄에그 치즈 샌드위치 2개와 바나나 누텔라 피넛 밀크 팬케이크, 라오스

의 맥주 비어라오 한 캔을 시켰다. 샌드위치는 그 긴 이름만 봐도 맛있을 수밖에 없는 조합이다. 샌드위치를 기다리며 우리는 서로의 안부를 물었다. 물론 자주 연락을 주고받기는 했지만, 이렇게 마주 앉아 표정을 보고 목소리를 들으며 이야기할 수 있는 지금이 너무 좋았다. 나를 만나러 라오스에 올 생각에 설레어서 며칠 전부터 짐을 싸놨다는 혜진이. 이렇게 나를 보러 먼 곳까지 와준 혜진이는 정말 고마운 인연이다. 또 혜진이가 말하길, 지금 한국은 라오스가 시원하게 느껴질 정도로 역대 최고 더위라서 다들 고생하고 있다고, 라오스로 피서를 온 것 같다고 했다. 세상에, 얼마나 더우면 동남아시아로 피서를 왔다고 하는 거지? 우리가 수다 꽃을 한창 피우는 동안 주문한 음식이 모두 나왔다. 내 손바닥보다 큰 샌드위치와 달콤한 향이 폴폴 올라오는 팬케이크는 보는 것만으로도 입맛을 다시게 했다. 크게 베어 오물오물 씹자 바게트와 그 안에 들어 있는 맛있는 재료들이 입속에서 춤추는 듯했다. 그러다가 살짝 느끼해질 때쯤 맥주 한 모금 마셔주면 완벽! 오랜만에 만난 나를 한참 바라보던 혜진이가 말했다.

"언니, 여행하면서 조금 타긴 한 것 같아요."
"조금이라니…. 내 발을 봐."

선명하게 나 있는 샌들 자국에 소스라치게 놀란 혜진이. 어느 정도였는지 설명해보자면, 엄지발가락에서 출발한 선이 양쪽으로 갈라져서 사람 인(人)을 크게 그리고 있을 정도라고나 할까.

방비엥 · 액티비티 데이

똑똑, 아침 일찍 누군가 우리 숙소의 문을 두드린다. 우리를 데리러 온 가이드다. 방비엥에서 제일 해보고 싶었던 카약킹과 시크릿라군투어를 어제 예약했다. 물놀이를 위해 래시가드를 입고, 방수 가방에 필요한 짐을 잔뜩 챙겨 액티비티 천국으로 데려다줄 가이드 트럭에 올랐다. 혜진이는 방비엥에서 액티비티하는 오늘을 손꼽아왔기에 유난히 들뜬 얼굴이었다. 트럭에는 미국 캘리포니아에서 왔다는 커플과 독일에서 왔다는 여자 여행자 두 명이 타고 있었다. 우리를 반갑게 맞아주는 그들에게 우리도 인사를 건넨다. 트럭이 우리를 태우고 카약킹 장소로 출발한다. 캘리포니아에서 온 커플은 한자매처럼 6개월째 세계여행을 하고 있다고 했다. 커플 세계여행이라니, 정말 멋지다. 우리의 즐거움도 잠시, 카약킹 장소로 가는 길은 험난했다. 커다란 돌이 굴러다니는 길을 사정없이 달리는 트럭이 엄청난 흔들림을 선사했다. 정말이지, 엉덩이가 박살 나는 줄 알았다. 그렇게 1시간을 넘게 달려 간신히 카약킹 출발지에 도착했다. 우리는 오두막 쉼터에 옹기종기 모여앉아 여행사에서 주는 간단한 도시락을 먹었다. 그곳에서 혜진이는 서투른 영어로 다른 여행자들과 스스럼없이 대화를 이어가는 한자매의 모습에 조금 놀란 듯했다. 사실 우리가 영어를 잘해서 대화가 통하는 건 아니었다. 그저 경험에서 익숙해진 것이다. 한국에서 영어는 큰 숙제일 뿐이었지만, 여행을 떠나온 뒤로는 내가 필요한 것을 얻고 생활을 이어가기 위해 영어를 써야만 했다. 그렇게 영어로 대화를 자주 나누다 보니, 잘하고 못하는 건 중요한 것이 아니었다. 어떤 말이든 하려는 시도가 중요했다. 동생과 나는 영어 문법은 차치하고 어떻게든 말하려고 노력했다. 그 결과, 지금은 두려움 없이 누구와도 대화할 수 있게 되었다. 나는 이러한 비하인드 스토리를 혜진이에게 전하며 점심식사를 마쳤다.

카약킹에 앞서 두 명씩 짝을 지어 카누에 몸을 실었다. 동생은 카약킹 가이드와 짝이 되었고, 나는 혜진이와 짝이 되었다. 혜진이와 내가 탄 카누는 3인용이라 우리 뒤에도 가이드 한 명이 같이 탔다. 드디어 카약킹에 필요한 노를 받아 들고 물살을 타며 출발. 방비엥의 날씨는 우리가 카약킹을 하러 올 줄 알았다는 듯 맑은 하늘을 보여주었다. 카누가 내려가는 속도는 생각보다 훨씬 빨랐다. 우기로 인해 불어난 물 탓에 더 빠르게 내려가는 것 같았다. 카약킹을 하는 동안 눈에 보이는 강가 풍경은 더없이 아름다웠다. 웅장한 산과 하늘에 떠 있는 동그란 구름들, 그리고 구름 아래 푸릇하게 모여 있는 그림 같은 나무까지. 마치 카누를 타고 산으로 들어가는 느낌이었다. 카약킹을 하는 내내 급물살에 빨려들 듯 속도를 내기도 하고 위아래로 출렁거리기도 하며 다이나믹함을 느꼈다. 30분쯤 지나 우리는 종료 지점에 도착했다. 먼저 도착한 동생의 얼굴에도 화색이 돌았다. 얼마나 재미있었는지를 보여주는 얼굴이었다.

우리가 다음으로 향한 장소는 '시크릿라군'이다. 방비엥의 꽃이라 불리는 이곳은 에메랄드빛 물에서 튜빙, 집라인, 다이빙 등 여러 액티비티와 물놀이를 즐길 수 있는 곳이다. 시크릿라군으로 향하는 길 역시 울퉁불퉁 험난했지만 혜진이와 함께 물놀이를 즐길 생각에 마냥 신이 났다. 흙먼지 날리는 비포장도로를 신나게 달리는 트럭에 앉아 들썩이는 엉덩이를 부여잡은 지 50분, 시크릿라군에 도착했다. 사실 우리가 놀러 간 시기가 우기여서 흙탕물을 만나지는 않을까 걱정했는데, 내 걱정과는 달리 푸른 에메랄드 빛이 선명한 시크릿라군이 모습을 드러냈다. 놀 준비를 단단히 하고 온 혜진이와 한자매는 방수 가방을 던져놓고 물로 직행했다. 우리가 가장 먼저 즐기기로 한 건 바로 다이빙. 나무로 만들어진 다이빙대에서 타잔처럼 줄을 타고 내려오다가 물속으로 다이빙하면 된다. 우리와 같이 온 여행자들도 다이빙을 신나게 즐겼다. 혜진이와 동생도 서로 경쟁하듯 뛰어내린다. 다이빙은 뛰는 사람도 재미있지만 보는 사람도 재미있다. 뛰어내린 동생이 줄을 놓을 타이밍을 잘못 잡아 등으로 물에 떨어지는 걸

보고 있자니 꿀잼이다. 이제 내 차례다. 줄을 잡고 속으로 타잔처럼 '아아
아~'를 외치며 출발! 줄이 팽팽해지고 가장 멀리 갔을 때, 반동을 이용하
여 다이빙했다. 물에 들어가는 순간, 너무 차가워서 머릿속까지 시원해지
는 느낌이었다. '이 맛에 물놀이하는 거지' 싶은 생각과 함께 스트레스가
날아가는 것 같다. 한참 물놀이를 즐기다 보니 출출해진 우리 셋. 매점으
로 가보니 이게 웬일인가? 메뉴에 'Korean noodle(뚝배기 라면)'이 있는
게 아닌가! 그것도 김치와 함께. 이거, 실화냐? 우리는 무조건 먹어야 한
다며 라면에 흰밥까지 추가해 주문했다. 10분쯤 지나 우리 앞에 놓인 뚝
배기 라면. 라면을 안 좋아하는 나이지만 물놀이 와서는 역시 라면이다.

젓가락을 들고 신나게 라면을 먹으며 동생에게 말했다.

"엄마가 우리 다이빙하고 수영하며 노는 동영상 보고 뭐라고 하셨는지
알아?"
"뭐라고 하셨는데?"
"우리 딸들한테 돈 들여서 수영 가르친 보람이 있네~."

그러자 혜진이도 한 마디 거든다.
"언니, 근데 여기서 구명조끼 안 입고 노는 사람은 한자매밖에 없어
요."

다른 건 몰라도 수영에는 자신 있는 한자매다.

Malaysia

말레이시아

13th Sep ──────────────────────────────── 23rd Sep

Kuala Lumpur -Kota Kinabalu

쿠알라룸푸르 · **도시, 오랜만이야!**

태국, 미얀마, 라오스까지. 한 달 넘게 도시와는 거리가 먼 곳을 여행하
다가 높은 빌딩이 즐비한 쿠알라룸푸르에 오니 나도 모르게 눈이 휘둥그
레진다. 그래서인지 뉴욕 여행 이후에 '도시를 좋아하는 여자'로 정착한
동생도 유난히 들떠 보인다. 우리가 묵는 숙소 앞에 작은 시장이 있어 오
늘은 그곳에서 간단하게 늦은 점심을 해결하고 여행길에 나서기로 했다.

말레이시아에는 다양한 인종의 사람들이 산다. 그 영향일까? 길거리나
시장에 보이는 음식도 굉장히 다양하다. 파스타를 좋아하는 나는 파스타
트럭에 사로잡혔다. 오일 파스타부터, 크림 파스타, 버섯 파스타까지 꽤
많은 종류의 파스타를 팔고 있었다. 가격도 9.90링깃(한화로 2,700원)으로
아주 저렴하다. 파스타를 먹고 싶다고 하자 동생도 좋다고 했다. 트럭 앞

작은 테이블에 자리를 잡고 나는 오일 파스타를, 동생은 크림 파스타를 시켰다. 지글지글 소리에 고팠던 배가 더 고파지기 시작한다. 여행하는 동안 파스타는 우리가 요리한 것만 먹었는데, 이렇게 누군가 해주는 파스타를 먹을 생각을 하니 기분이 좋다. 드디어 정갈하게 담긴 따끈한 파스타가 나왔다. 김이 모락모락 나는 파스타에서 향긋한 오일 향이 올라온다. 잽싸게 포크와 스푼을 들고 돌돌 말아 맛을 음미했다. '이 가격에 제대로 만든 파스타를 먹을 수 있다니!' 씹으면 씹을수록 고소한 맛이 난다.

동생과 나는 기분 좋게 점심식사를 마치고 쿠알라룸푸르에서 가장 유명하다는 말레이시아 최대 쇼핑몰 '파빌리온(Pavillion)'에 갔다. 동생과 나는 여행할 때마다 그 나라의 쇼핑몰에 가본다. 쇼핑몰이야말로 그곳의 문화를 잘 보여주는 곳 중 하나라고 생각해서다. 이제 쇼핑몰 외관만 봐도 분위기를 대충 짐작할 수 있었다. 게다가 쇼핑몰 안에는 푸드코트가 있어서 맛있는 것도 먹을 수 있지 않은가! 동생과 나는 무료 버스인 GO KL 보라색 노선을 타고 파빌리온 쇼핑몰로 향했다. 파빌리온까지는 버스로 15분. 창밖으로 쿠알라룸푸르 시내를 구경하는 재미가 쏠쏠하다. 버스에서 내리자마자 크고 화려하게 펼쳐진 명품관이 가장 먼저 눈길을 사로잡았다. 파빌리온 쇼핑몰로 들어서자 영등포에 있는 '타임스퀘어'를 연상케 하는 내부가 펼쳐졌다. 화려한 에스컬레이터와 반짝거리는 간판이 빽빽했다. 동생과 나는 아래층부터 천천히 구경했다. 동생은 화장품 매장에 들어가 립스틱도 발라보고, 향수도 뿌려보며 신상이 있는지 체크하느라 바빠 보인다. 아이쇼핑밖에 할 수 없지만, 눈에 담는 것만으로도 충분히 즐겁다. 파빌리온에서 쇼핑을 즐기는 사람들은 관광객이 대부분인 듯했다. 위층으로 올라갈수록 익숙한 브랜드 매장이나 음식점이 보이기 시작한다. 반가운 마음에 내부는 어떤지 들어가 살폈다. 몇 시간 동안 쇼핑몰을 구석구석 구경하고 나오자 벌써 해는 사라지고 동그란 달이 떠 있다.

오늘 일정의 마무리는 쿠알라룸푸르의 랜드마크인 페트로나스 트윈 타워(Petronas Twin Tower)에서 보는 야경이다. 파빌리온에서 1킬로미터 정도 떨어진 곳으로, 걸어갈 수 있는 거리에 있다. 높이 솟은 페트로나스 트윈 타워를 길잡이 삼아 20분 정도 걸어 마침내 타워 앞에 도착했다. 겉으로 보아도 엄청난 위용이 느껴진다. 페트로나스 트윈 타워는 눈이 부실 만큼 환한 빛을 뿜어냈는데, 한참을 쳐다보고 있노라니 미래 도시에 온 것 같았다. 타워 앞은 이 풍경을 사진에 담으려는 사람들로 가득했다. 광각렌즈를 가지고 다니면서 타워 전체가 나오게 사진을 찍어주고 돈을 받는 사람들도 보인다. 나는 사진 찍는 사람들을 구경하다 동생에게 다가가 말했다.

"나도 페트로나스 트윈 타워 끝까지 나오게 찍고 싶어."
"언니 서봐! 내가 찍어줄게. 저 아저씨들, 다 이렇게 누워서 찍어주고 돈 받는데, 나도 돈 줘!"

동생아, 나도 돈 좀 줘라. 걸어다니는 짐 책임지는 수고비.

코타키나발루 · 세계 3대 석양 보러 가자!

쿠알라룸푸르 국제공항(Kuala Lumpur International Airport)에서 오후 1시 50분에 출발하는 에어아시아를 타고 2시간 40분의 비행 끝에 코타키나발루 국제공항(Kota Kinabalu International Airport)에 도착했다. 수화물을 찾아 공항 밖으로 나오자 밴 한 대가 우리를 기다리고 있다. 우리가 도착하는 시간에 맞춰 호텔에서 무료 픽업을 보내준 것이다. 공항에서 호텔까지는 밴을 타고 5분밖에 걸리지 않았다. 호텔에 도착하자마자 리셉션 직원의 신속한 체크인 덕분에 빠르게 방을 배정받았다. 배낭을 내려놓고 짐을 정리하고 시간을 확인했다. 오후 5시 20분. 이날 코타키나발루의 일몰은 오후 6시 10분이니 앞으로 약 50분이 남았다. 동생과 나는 구글 지도를 켜서 우리가 있는 호텔부터 해변까지의 거리를 확인했다. 걸어서 15분이면 갈 수 있는 거리다. 동생과 나는 해변에서 석양을 즐기기로 하고 숙소를 나섰다. 하늘이 조금씩 어두운 빛을 뿜어낸다. 혹시나 일몰 시간보다 늦게 도착할까 불안한 마음에 동생과 나는 조금 더 빠르게 발걸음을 옮겼다. 우리가 코타키나발루에 온 이유는 바로 석양을 보기 위해서다. 물론 내일 볼 수도 있지만, 하루라도 더 빨리 보고 싶은 마음에 오자마자 간 것이다. 점점 해변이 보이기 시작한다. 해변 근처에는 벌써 과일이나 꼬치 등 길거리 음식을 파는 상인들로 가득하다.

이윽고 도착한 곳은 세계 3대 석양으로 유명하다는 '탄중아루(Tanjung Aru) 해변'이다. 빨리 걸어온 덕분에 다행히 일몰 전에 도착했다. 동생과 나는 지는 해를 바라보며 바닷물에 발을 담가본다. 발바닥에 부드러운 모래가 느껴지고, 시원한 바닷물이 발등에 찰랑인다. 모래밭에 자기 이름을 쓰고 사진을 찍는 동생이 보인다. 그 유치한 장난을 이곳에서 하고 있다니. 생각해보면 나도 바다에 가면 항상 했던 것 같다. 드디어 큰 구름 사이로 석양이 비치기 시작한다. 태양이 수평선과 가까워질수록 '신이 하늘에서 내려온다면 이런 풍경에서 오지 않을까' 하는 생각이 들 만큼 아름다운 광경이 펼쳐졌다. 예쁜 사진을 찍고 싶어서 하늘거리는 꽃 원피스를 입고 나온 나는 동생에게 사진을 부탁했다. 인물 사진을 잘 찍는 동생이 이번에도 인생샷을 찍어주었다. 동생은 어디서 따왔는지 모를 노란 꽃을 귀에 꽂고 석양을 배경 삼아 포토존에 선다.

"사진 속에 왠 광녀… 아, 아니야~ 예쁘다!"

나도 동생에게 인생 샷을 남겨주려고 이 각도 저 각도, 그리고 연사로도 한 50장쯤 찍어주었다. 둘 다 만족스러운 사진을 찍고 석양을 감상했다. 하늘은 마치 누군가 마술을 부린 것처럼 붉은빛으로 온통 물들어 있다. 파랗게만 보였던 바다는 석양에 물들어 붉은색을 띠며 반짝반짝 빛나고 있었다. 사람들이 코타키나발루의 석양을 세계 3대 석양이라고 불리는 이유를 알 것 같다. 내가 석양에 빠져 있는 동생을 보며 말했다.

"이렇게 예쁜 석양을 봤으니까 코타키나발루의 여행 목적은 달성했다."
"언니, 아직 남았어. 아까 오는 길에 보니까 한인마트 있던데, 오늘 달릴 준비 됐습니까?"

거의 경보하는 수준으로 빠르게 걸어왔는데, 동생은 대체 언제 한인마트를 본 걸까? 대단한 녀석이다.

Malaysia

파랗게만 보였던 바다는
석양에 붉게 물들어
반짝반짝 빛났다.

Philippines

필리핀

23rd Sep ——————————————————— 4th Oct

Pandan Island - Puerto Princesa

혼다베이 판단 섬 · 숨겨진 천국

열흘간 보낸 말레이시아를 뒤로하고 필리핀에 도착했다. 우리의 필리핀 숙소는 바다 근처에 위치한 '젠 룸 베이워크 팔라완(ZEN Rooms Baywalk Palawan)'이다. 오전 8시, 온몸에 선크림을 잔뜩 바르고 옷 속에 수영복도 입었다. 혼다베이 판단 섬으로 호핑투어를 가기 위해서다. 물놀이에 필요한 물품을 챙겨 숙소를 나서자 우리를 기다리는 밴이 보인다. 우리를 항구로 데려다줄 여행사의 밴이었다. 밴을 타고 가는 동안 가이드가 오늘의 호핑투어에 대해 설명해주었다. 배를 타고 섬으로 가서 스노클링을 즐길 예정이라고 했다. 항구에 도착하자 기다리는 사람들이 보였다. 가이드는 조금만 기다리면 우리의 배가 항구에 도착한다고 알려주었다. 잊은 물건이 없는지 다시 한 번 살피고 있는데 가이드가 배가 도착했다며 우리를 데리러 왔다. 가이드를 따라가자 필리핀 전통 배인 방카

(BANCA)가 우리를 기다리고 있었다. 가이드 말로는 오늘은 동생과 나만 투어를 떠난다고 했다. 어쩐지 특별한 여행이 될 것 같은 느낌이 든다.

커다란 엔진 소리와 함께 우리는 방카를 타고 판단 섬으로 힘차게 출발했다. 끝이 보이지 않는 바다로 쉬지 않고 나아가는 방카 아래로 푸른 파도가 철썩거린다. 지금까지 여행하며 이렇게 배를 타고 멀리 나오는 건 처음이라 동생도 나도 신이 났다. 뱃멀미를 하는 동생도 오늘은 괜찮은 모양이다. 배를 타고 시원하게 40분을 달려서 판단 섬에 도착하자마자 탄성이 절로 나왔다. 세상에 '이런 곳이 존재하다니!' 알려지지 않은 천국이 분명했다. 판단 나무가 많아 판단 섬이라 불린다는 이곳. 잔잔한 바닷

물이 얼마나 깨끗하고 맑은지. 물속에서 헤엄치는 물고기까지 훤히 들여다보이는 에메랄드빛 바다에 고운 모래가 드넓게 펼쳐진 혼다베이 판단섬은 지금까지 가본 여행지 중에서 가장 신비로운 곳이었다. 가이드가 짐을 보관하고 쉴 수 있는 오두막으로 안내해주었다. 우리는 재빨리 짐을 내려놓고는 입고 있던 옷을 벗어던지고 수영복 차림으로 물놀이 준비를 완료했다. 그러고는 망설임 없이 스노클링 장비를 챙겨 에메랄드빛 바다로 직행했다. 투명한 바닷물에 발을 담그자 새카맣게 탄 내 발이 또렷하게 보인다.

"언니, 여기에 니모같이 생긴 물고기들이 엄청 많아!"

벌써 스노클링을 시작한 동생은 물고기 삼매경이다. 나도 장비를 착용하고 얼굴을 물에 담가봤다. 물고기는 많은 정도가 아니었다. 떼를 지어 다니는 물고기들이 내 다리 사이로 마구 지나갔다. 귀엽기도 해라! 동생과 나는 더 많은 물고기들을 보려고 여기저기 수영하며 물고기 떼를 따라다녔다. 수심도 그리 깊지 않아서 걱정 없이 놀 수 있었다. 그렇게 시간 가는 줄 모르고 놀다 보니 스노클링을 즐긴 지 1시간이 지나고, 점심시간이 다가왔다. 우리가 신청한 호핑투어는 점심을 제공하는 코스였다. 모래밭에 벌써 테이블이 놓이고 생선이나 새우 등 해산물로 조리한 음식이 차례로 나왔다. 물놀이를 하느라 체력이 소진된 동생과 나는 테이블 위에 놓인 음식을 허겁지겁 먹어치웠다. 생선도 야무지게 뼈를 발라 밥과 함께 먹으니 꿀맛이다. 후식으로 오렌지 주스까지 먹으니 완벽! 뜨거운 태양 아래서 물놀이를 실컷 하고 밥도 먹었으니 오후에는 오두막에서 좀 쉬어보기로 했다. 바람이 솔솔 불어온다. 지상낙원이 따로 없다. 그렇게 30분이나 쉬었을까. 우리가 타고 온 방카 선장님이 나를 부르더니 재미있는 사진을 찍어주겠다고 한다. 선장님은 조개 껍질을 모래에 고정시키고 나에게 포즈를 취하게 하더니 누워서 사진을 찍어주었다. 꺄르르 웃으며 보여준 사진 속에는 내가 조개껍질을 손으로 밀고 나오는 것처럼 찍혀 있다. 나도 기분이 좋아졌다. 동생도 재밌어 보이는지 사진 놀이에 합류했다. 이번에는 우리를 열매에 매달아주겠다고 했다. 가르쳐준 포즈를 취하고 기다리자 열매에 매달린 한자매 사진이 완성됐다. 참 재미있는 뱃사람들이었다. 내가 화장실을 다녀온 사이에도 동생은 사진 놀이 삼매경에 빠져 있다.

"아직도 찍고 있어?"
"언니, 좀 더 신선한 사진을 찍고 싶은데, 뭐가 없을까?"
"모래 속에 누워 있는 사진 찍으면 신선할 것 같은데…. 파묻어줘?"
"나 여기 묻어두고 가려는 거지…."

눈치는 빠르다. 짐을 덜 수 있었는데, 아쉽다.

코코넛 아래 한자매가 주렁주렁!

푸에르토프린세사 · **역대급 일몰**

필리핀에서 오래 지내온 것처럼 편한 차림의 한자매가 능숙하게 빨래를 챙겨 한가득 안고 코인 세탁실로 향한다. 우리의 얼굴을 알고 계신 세탁소 아주머니가 반갑게 인사를 건네며 빨래를 받아주신다. 지금은 오후 3시. 아주머니는 손가락으로 숫자 6을 그려 보이며 오후 6시에 찾으러 오라고 하신다. 동생과 나는 필리핀의 맥도날드라 불리는 '졸리비(Jollibee)'에서 점심 겸 저녁을 먹기로 했다. 졸리비에는 햄버거도 있지만 동생은 토마토 파스타가 먹어보고 싶다고 했다. 가격도 저렴한데 맛있어 보인다면서. 익숙한 시장 거리를 지나 걸어가는 길. 마주치는 사람들이 알고 지낸 이웃처럼 우리에게 웃어준다. 동남아시아 사람들은 한국인을 정말 좋아한다. 길을 걸어가면 수도 없이 인사를 건넨다. 나는 그들이 수줍게 인사를 건넬 때마다 더 크게 손을 흔들어 인사를 받아주었다. 그렇게 시장을 따라 걷자 졸리비의 상징인 꿀벌이 서 있는 가게가 보인다. 참 신기하게도 이런 패스트푸드 매장 앞에는 총을 찬 경비원들이 지키고 서 있고, 안으로 들어가려고 하면 친절하게 문을 직접 열어준다. 언제나 인기 많은 졸리비는 오늘도 사람들로 가득하다. 동생은 나에게 알아서 시켜올 테니 자리를 잡고 앉아 있으라고 했다. 10분쯤 지나 음식을 들고 걸어오는 동생이 보인다. 분명 2인분을 시켰는데 플라스틱 용기 하나를 테이블 위에 올려놓는 동생.

"이게 뭐야?"
"이거 파스타 4~5인용인데 274페소(한화로 약 6,000원)밖에 안 해. 언니, 우린 충분히 다 먹을 수 있어."

그렇다. 동생은 졸리비에서 파는 1인용 파스타는 성에 안 찰 것 같아서 패밀리용 파스타를 시켜온 것이다. 4~5인분이라고 해서 양이 많을까 봐 걱정했는데 막상 플라스틱 뚜껑을 열자 파스타는 한자매 기준으로 2인분이었다. 세계여행을 시작하고 나서 매일같이 배낭을 이고 지고 걸으면서 활동량이 늘어난 덕분에 동생도 나도 먹는 양이 굉장히 늘었다. 입이 짧아 항상 밥을 남기곤 했는데 지금은 없어서 못 먹을 정도다. 우리의 예상대로 파스타는 얼마 지나지 않아 바닥을 드러냈다. 심지어 파스타만으로 성에 차지 않아 아이스크림도 사 먹었다. '이게 4~5인분 이라면 필리핀 사람들은 얼마나 적게 먹는 걸까?' 조금은 의문이 들었다.

아이스크림을 하나씩 사 들고 우리는 '푸에르토프린세사 시티 베이워크 공원(Puerto Princesa City Baywalk Park)'으로 일몰을 보러 갔다. 이곳은 푸에르토프린세사 현지인들이 사랑하는 공원으로 산책하며 맥주도 한잔하는, 여유를 즐기는 공간이다. 공원에 도착하자마자 자전거를 타고 노는 아이들과 옹기종기 모여 이야기를 나누는 사람들이 보였다. 동생과 나는 바다가 잘 보이는 자리에 앉아 지나온 여행을 되돌아보는 시간을 가졌다. 동남아시아를 여행하면서 이제는 벌레를 봐도 그러려니 하게 되었다는 동생. 그러고 보니 크로아티아 자그레브 숙소에 벌레가 있다면서 거실 소파에서 쪽잠을 자던 아이가 이제는 침대에 개미가 기어다녀도 시크하게 손으로 툭툭 쳐내고 만다. 또 루방프라방에서 도마뱀이 아침을 빼앗아 먹은 광경에 소스라치게 놀라던 우리가 이제는 도마뱀을 귀여워하는 경지에 이르렀다. 한자매가 추억에 젖어 있는 사이, 거짓말처럼 하늘이 핑크빛으로 물들기 시작했다. 누군가 계속 하늘에 핑크색 물감을 풀어 넣는 듯 믿을 수 없는 광경이 펼쳐졌다. 사방을 둘러보아도 핑크빛 세상이다. 정말이지, 살면서 본 것 중 역대급 일몰이었다. 그때까지 코타키나발루에서 본 석양이 최고라고 생각했는데, 이곳은 또 다른 하늘을 보여주었다. 시간이 지나면 지날수록 보랏빛이 더해지고, 파스텔톤의 그라데이션이 펼쳐진 동화 같은 하늘이 나타났다. 벌써 이번 달 말이면 한자매의 세계여행도 끝이 난다. 저문 하늘을 올려다보며 남은 여행을 더 알차게 보내야겠다는 다짐을 해본다.

누가 하늘에 핑크색 물감을 풀어 넣는 듯
믿을 수 없는 광경이 펼쳐졌다.

Taiwan

타이완

5th Oct ———————————————————————————————— 18th Oct

Taipei

타이베이 · 그 나라에 스며든다는 것

한국을 떠난 지도 어느덧 200일이 지났다. 한자매의 50번째 도시는 야시장이 유명하고 먹을거리가 많은 나라 타이완. 필리핀 푸에르토프린세사를 출발해 마닐라를 경유하여 2시간 20분의 비행 끝에 우리는 타이완의 수도 타이베이에 도착했다. 오늘은 특별한 일정 없이 재정비의 시간을 갖는 날이다. 트레이닝팬츠에 슬리퍼를 신고 나온 우리는 편의점에 들어가 물과 약간의 군것질을 들고 계산대로 향한다. 동생은 타이완 달러가 가득 든 지갑에서 능숙하게 동전을 척 꺼내어 계산을 하고, 영수증을 고이 접어 지갑에 같이 넣었다. 타이완의 가게에서는 영수증에 복권을 같이 준다. 그래서 버리지 않고 보관하게 된다. 타이베이에서 지낸 지 며칠 되지 않았는데도 교통이나 문화가 금세 파악되었다. 우리는 점심을 먹으려고 시장으로 들어갔다. 그리고 숙소를 오가며 봐둔 국수 가게에 들어가

새우 완탕면 2그릇을 주문했다. 인기가 많은 가게라 합석을 했지만 동생과 나는 개의치 않는다. 늘 그래왔고 이제는 익숙하기 때문이다. 드디어 탱탱한 새우완자가 듬뿍 든 완탕면이 나왔다. 동생은 국물을 한 모금 마시고 고개를 끄덕이더니 면을 흡입한다. 아니, 일명 '면치기'를 시작했다. 맛있게 먹는 동생을 보니 나도 덩달아 기분이 좋아진다. 가성비 좋은 새우 완탕면을 다 먹은 우리는 당연하다는 듯 시장 안을 계속 걸어나갔다. 그리고 어떤 후식이 좋을지 여기저기 탐색하던 동생이 무언가 생각났다는 듯 나를 불렀다.

"언니! 슈크림 할아버지한테 갈까?"
"완전 좋아. 여섯 개 먹자!"

며칠 전, 시장을 돌아다니다가 달콤한 냄새에 이끌려서 가보니 슈크림이 가득 든 빵을 파는 할아버지가 계셨다. 모양은 델리만쥬와 비슷한데, 슈크림이 더 많이 들었고 크기도 훨씬 더 컸다. 맛있어 보여서 3개를 사고 얼마인지 묻자 10타이완달러(한화로 약 400원)라고 하셨다. "이렇게나 크고 맛있어 보이는 빵을 3개에 400원에 파신다고요?" 그날 이후 동생과 나는 여러 번 가서 슈크림빵을 샀고, 그때부터 빵 가게 할아버지를 '슈크림 할아버지'로 부르게 되었다. 오늘도 같은 자리에서 계신 슈크림 할아버지가 보였다. 오늘은 3개가 아닌 6개를 주문하고, 할아버지 옆에 서서 슈크림빵이 만들어지는 것을 구경했다. 보기만 해도 재밌다. 우리가 너무 재미있게 구경해서일까. 뒤로 4팀이나 줄을 섰다. 흐뭇한 마음에 괜히 미소가 지어졌다. 슈크림을 가득 넣어 정성껏 만들어주시는 할아버지. 슈크림빵은 따뜻할 때 먹어야 제맛이라서 빵을 받자마자 입에 가득 넣고 슈크림을 음미했다. 먹어도 먹어도 또 먹고 싶을 만큼 맛있다. 조금 가격을 올리셨어도 우리는 무조건 사 먹었을 텐데…. 슈크림빵을 먹으며 숙소로 느긋하게 걸어가는 길. 왠지 모르게 타이베이가 편안해지고 정도 드는 느낌이 들었다. 다른 나라를 여행한다는 것은 설레고 새로운 일이라고만 생각했는데, 오래 머물면서 편안함도 즐길 줄 알게 되었다. 언젠가는 떠나야 하는 여행지이지만 편안한 마음으로 그 나라에 스며들어 살아본다. 새롭지만 편안하고, 신기하지만 낯설지 않다. 이렇게 우리는 오늘도 일상의 소중함과 경험의 소중함을 느끼며 보내고 있다.

타이뻬이 · 또 하나의 버킷리스트

　동생과 내가 타이완에서 2주 동안 머물기로 한 것은 카페투어를 위해 서였다. 타이완도 한국만큼이나 카페 문화가 굳게 자리 잡고 있어 예쁜 카페가 많기로 유명하다. 동생도 여행 막바지에 들어선 만큼 빡빡한 일정 보다는 여유 있고 느긋한 여행을 하고 싶다며 나의 카페투어에 동참해주 었다.

　오늘 우리가 가는 곳은 '테임드 폭스(TAMED FOX)'라는 카페다. 비가 추 적추적 내리는 날씨에 우산을 들고 거리로 나섰다. 지하철로 두 정거장이 면 갈 수 있는 거리였지만, 오늘은 걷기로 했다. 비가 와서인지 거리가 한 산하다. 느린 걸음으로 빗소리와 빗길을 달리는 버스 소리, 신호등 소리 를 귀에 담으며 걷는다. 그렇게 걷다 보니 어느새 카페 앞에 다다른 한자매. 카페는 외관부터 마음에 쏙 들었다. 한국에 있는 예쁜 카페와도 비슷하지만 이곳이 가진 특유의 느낌 때문일까? 무언가 묘하게 다르다. 외관을 열심히 사진에 담고, 카페 안으로 들어갔다. 생각보다 넓은 공간에 커피를 만드는 공간과 베이커리 공간이 분리되어 있다. 벽에는 예쁜 컵과 소품, 책들이 진열되어 있었다. 베이커리 코너에는 귀여운 도너츠가 가득하다. 햇빛이 들지는 않지만 따뜻한 색감의 조명이 분위기를 부드럽게 만들어주었다. 동생과 나는 따뜻한 카페라테와 그릭 요거트 파워볼을 하나씩 시켰다. 요거트를 보자마자 뉴욕과 하민이가 생각나서 냉큼 주문했다. 주문을 받은 가게 주인이 우리를 몇 번 보더니 조심스럽게 말을 꺼냈다.

"혹시 한국인이에요?"
"맞아요."
"제가 2주 뒤에 한국으로 카페투어를 가는데, 한국 날씨는 어때요?"
"여기보다 많이 쌀쌀할 거예요."
"아! 고마워요!"

가게 주인은 자신이 한국 카페에 관심이 많아 한국에 자주 간다고 했다. 타이완에서 한국 카페의 인기를 실감한 것 같아 왠지 모를 뿌듯함이 밀려왔다. 곧이어 정성껏 뽑은 커피에 라테아트가 얹어진 카페라테가 우리 앞에 놓였다. 맛을 보지 않았는데도 고소함이 느껴진다. 혹여나 커피가 넘칠까 조심스럽게 컵을 들어 맛보았다. 역시나 내가 좋아하는 고소한 맛이다. 라테를 음미하는 사이, 요거트가 나왔다. 큰 볼에 블루베리와 플레인 요거트가 반반 나뉘어 가득 담겨 있고, 그래놀라와 각종 견과류가 뿌려져 있다. 고명으로 얹은 예쁜 식용 장미가 눈을 즐겁게 한다. 눈으로 먹는 요거트가 아닌가 싶을 정도로 완벽한 비주얼을 자랑했다. 그렇다면 맛은 어떨까? 수저로 조심스럽게 떠서 맛을 보고는 또 한 번 눈이 번쩍 떠졌다. 달지 않은 플레인 요거트와 적당히 단맛을 내는 블루베리 요거트의 조화가 너무 좋았다. 너무 맛있다고, 동생과 연신 감탄하며 순식간에 요거트를 먹어버렸다. 역시 카페투어는 나를 행복하고 힘차게 만들어준다. 나는 카페를 갈 때마다 커피 맛도 음미하지만 카페 내부의 소품과 조명, 분위기까지 전체적인 감각을 찬찬히 살피며 카페 그 자체를 느끼려고 노력한다. 그 시간을 너무 좋아하다 보니 어느새 카페투어가 나의 취미로 자리를 잡았다. '타이베이라는 도시만 해도 이렇게 예쁜 카페가 많은데 타이완 전체를 돌아보면 얼마나 좋을까?'라는 생각도 들었다. 기회가 된다면, 카페투어만을 위해 다시 오고 싶다. 전엔 카페를 가면 커피만 마시고 빨리 일어나자고 재촉하던 동생도 이제 천천히 카페의 이모저모를 느끼는 모습이 보인다. 이래저래 뿌듯하다.

"나랑 같이 카페에 와줘서 고마워."
"왜 이래, 징그럽게. 근데 나도 언니 덕분에 카페를 좋아하게 됐어."

좋아하는 사람과 취미를 같이 한다는 것은 너무나 행복한 일이다.

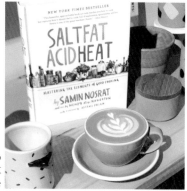

Info
TAMED FOX
@tamedfox.cafe

Info
Powder Workshop
@powderworkshop

Info
Mood Easy
@moodeasyyang

Info
W&M Workshop
@w_m_workshop

Info
Melting Finger
@meltingfinger

Info
MKCR
(Mountain Kids
Coffee Roaster)
@mkcrtw

Info
FOMO Coffee
@fomo.coffee

China

중국

18th Oct ──────────────────────────── 23rd Oct

Hong Kong

홍콩 · **사무치게 그리웠던**

오전 7시, 해가 아직 뜨지 않은 홍콩 침사추이 거리. 어둡고 한산한 길에서 한자매는 배낭을 메고 공항철도 역으로 향하는 무료 셔틀버스를 기다린다. 오늘은 기다리고 기다리던, 부모님을 만나는 날이다. 공항으로 향하는 버스 안에서 아직 부모님을 만나지도 않았는데도 갖가지 감정이 마구 교차했다.

"엄마, 아빠 만나면 소리 내어 울지는 않아도 눈물은 날 것 같아."
"나는 막 엉엉 울 건데???"

뭐 저리 당황스러운 계획을 세웠는지. 부모님과 어디에서 식사하면 좋을지 이야기하는 사이, 공항철도 역에 도착했다. 배낭을 다시 들고 공항철로 환승하여 7시 30분에 공항에 도착했다. 한국에서 출발한 부모님은 오전 8시 10분에 홍콩 국제공항(Hong Kong International Airport)에 도착할 예정이다. 공항 출도착 알림판에서 부모님이 탑승한 비행기 편명을 확인하자 괜히 입술이 바짝 말랐다. 이 시간이면 귀신같이 배가 고픈 한자매인데, 오늘은 부모님 생각에 배고픔도 느껴지지 않았다. 오전 7시 50분, 부모님이 타고 오는 홍콩 익스프레스 비행기가 20분 일찍 착륙했다는 표시가 알림판에 떴다. 공항 입국장은 A와 B로 나누어져 있는데, B로 나온다는 표시를 보고 B입국장으로 향했다. 목을 쭉 빼고, 이리 보고 저리 봐도 부모님의 모습이 보이지 않는다. 승무원들까지 다 나왔는데 30분이 지나도록 왜 우리 부모님은 보이지 않는지…. 걱정이 되었다. 혹시나 A입국장으로 나오셨을 수도 있을 것 같아 우리는 흩어져서 기다리기로 했다. A입국장으로 향하면서 벌써 나와 기다리고 계신 건 아닌지, 걱정이 되어 걸음이 점점 빨라진다. 다행히 아직 나오신 건 아닌 모양이다. A입국장 앞에서 서성이고 있는데 동생에게 문자가 왔다.

"언니, 엄마 아빠 여기로 나오셨어!"

문자를 보자마자 B입국장을 향해 있는 힘껏 달려갔다. 멀리서 동생과 인사를 나누는 부모님이 보인다. 달려오는 나를 발견하고는 엄마도 마주 달려오신다. 나는 두 팔 벌려 엄마를 있는 힘껏 안았다. 엄마를 안자마자 잠았던 울음이 마구 터져나왔다. 아니, 대성통곡을 하고 말았다. 정말이지, 펑펑 눈물을 쏟았다. 보고 싶다 못해 사무치게 그리웠던 부모님을 만나 나오는 행복의 눈물이었다. 나를 안고 내 등을 토닥이던 엄마도 이내 눈시울을 붉히셨다(이때만 생각하면 지금도 코끝이 찡해온다). 나와는 반대로 부모님을 만나면 울 거라던 동생은 눈물 한 방울 흘리지 않고 싱글벙글 웃고 있다. 아빠와도 반갑게 인사를 나누었다. 아빠는 우리 배낭을 보고 이렇게 말씀하신다.

"아이고야, 이렇게 무거운 배낭을 계속 메고 다녔어?"

아빠는 직접 배낭을 메어보시더니 고개를 절레절레 흔드신다. 부모님을 만나 마음이 편해진 것일까. 그제야 배가 고팠다. 부모님도 아침을 못 드셨다고 해서 우리 네 식구는 공항 안에서 밥을 먹기로 했다. 오늘의 메뉴는 '우육면'. 식당에 자리를 잡고 앉아 음식이 나오지도 않았는데 동생과 나는 부모님께 그간의 여행에 대해 쉼 없이 말을 쏟아냈다. 밥을 많이 먹게 되었고, 하루에 만 보 이상은 걸었으며 벌레들과도 친해졌다고. 부모님은 이야기를 듣는 내내 미소를 보이며 긍정적으로 변한 우리가 흐뭇하다고 하셨다. 이걸 원했다고. 남자들 군대 이야기처럼 평생 할 이야깃거리가 생긴 거라고 하셨다. 그리고 엄마는 나를 보며 물었다.

"둘이 많이 안 싸웠어?"
"엄마, 공항에서 나는 다음 여행지로 가고, 동생은 한국행 비행기 태울까 생각한 적도 있었어….”

　말만 그렇게 한 것 같지만, 정말 진지하게 생각한 적이…………
많다.

홍콩 · **바꿀 수 없는 시간**

　엄마 아빠와 한 숙소에서 같이 자고, 같이 일어나 나갈 준비를 하는 오전. 왜 이렇게 마음이 편한지 모르겠다. 오늘은 홍콩 근교에 있는 '스탠리 (Stanley) 해변'에 가기로 했다. 로컬 40번 2층 버스를 타고 가는 우리 가족. 아빠는 홍콩에서 타보는 2층 버스는 더 높고 색다르다며 신이 나셨다. 이내 창밖으로 바다가 보이기 시작했다. 해안도로를 따라 달리는 창밖 풍경은 로컬버스 노선이라고 믿기 힘들 만큼 아름다웠다. 높은 2층 버스에서 내려다보이는 바다는 마치 케이블카를 타고 보는 것 같은 느낌마저 들었다. 동생은 창밖을 구경하는 부모님의 모습을 계속해서 사진으로 담는다.

　30분을 달려 도착한 스탠리 해변. 물놀이하려고 온 건 아니지만, 부모

님께 시원한 바다를 보여드리고 싶었다. 다행히 두 분 다 바다를 보며 좋아하시는 듯하다. 사실 내가 이 근교 여행을 계획한 이유는, 전 세계 여행자들로 붐비는 홍콩 시내는 부모님께 조금 힘겨울 것 같아서였다. 또 조용한 근교로 나오면 조금 더 편안하게 여행을 즐기시지 않을까 싶었다. 부모님이 친구들에게 선물할 기념품을 사고 싶다고 하셔서 근처에 있는

스탠리 마켓에 가보기로 했다. 스탠리 마켓은 바닷가 마을에 위치한 재래시장으로, 전통의상이나 기념품, 그림 등을 파는 곳이다. 동생과 나도 내일이면 한국으로 돌아가기 때문에 친구들에게 줄 조그만 선물을 사기로 했다. 나는 마켓에 들어서자마자 무얼 살지 정했다. 판다 마그넷과 손거울. 너무 귀여워서 마음에 쏙 들었다. 아빠와 엄마는 캐시미어 머플러 구경에 여념이 없다. 머플러가 마음에 든다며 색깔별로 고르셨다. 스탠리 마켓을 두어 시간 구경하고 더운 날씨에 갈증이 난 우리 가족은 맥주를 한 캔씩 사 들고 다시 해변으로 향했다. 벤치에 자리를 잡고 다 같이 바다를 바라보며 시원한 맥주를 들이켠다. 부모님은 동생과 내가 해변이 잘 보이는 자리에 앉아 서로 사진을 찍어주는 모습을 보시더니 사진을 찍어달라고 하신다.

"에헤이. 엄마, 아빠, 좀 더 다정하게 딱, 이렇게 붙어봐요!"

동생이 능청스럽게 포즈를 코치한다. 등을 맞대고 앉아 머리 위로 하트를 그리는 우리 부모님. 너무 보기 좋아 행복한 미소가 절로 지어졌다. 이번에는 가족 사진을 남기려고 누군가에게 부탁하려고 하는데 한산한 거리라 지나가는 사람을 찾아볼 수가 없다. 그때 우리를 지켜보던 어떤 여행자가 먼저 다가와 말을 걸었다.

"제가 찍어드릴까요?"

한국분이셨다. 우리 가족이 하는 대화를 듣고 먼저 다가와주신 것이다. 고마운 여행자 덕분에 우리 가족 모두가 행복하게 웃는 모습을 사진으로 담을 수 있었다. 부모님과 해외에서 만나 맛있는 것도 먹고, 좋은 것도 보고…. 무엇 하나 부족할 것 없는 이 시간이 참 귀하다. 그 무엇과도 바꿀 수 없는 소중한 시간이다.

그 무엇과도 바꿀 수 없는
소중한 시간.

홍콩 · 오지 않을 것 같던 그날

그날이다. 오지 않을 것 같던, 한국으로 돌아가는 날. 한자매는 아침부터 배낭을 비우느라 정신이 없다. 오래 신어 꼬질꼬질해진 슬리퍼, 여행지에서 샀던 여름옷, 구멍 나기 직전의 양말, 쓰다 남은 샤워용품 등 모두 미련 없이 휴지통에 버렸다. 배낭 안 빈 곳에는 세계여행을 하며 좋았던 기억들만 고이고이 꾹꾹 눌러 담았다. 엄마가 차려주시는 소소하지만 결코 소소하지 않은 아침을 든든하게 먹고 체크아웃을 할 준비를 했다. 가족들이 모두 숙소에서 나가고, 나는 마지막으로 놓고 가는 물건이 없는지 한 번 더 확인한다.

딸깍.

그렇게 내 첫 세계여행의 마지막 숙소의 문을 닫았다. 공항으로 향하는 공항철 안, 말로는 표현되지 않는 기분이 밀려온다. 까불까불하고 말 많은 동생도 나와 같은 기분인 걸까. 오늘은 말없이 조용하다. 공항에 도착해서 동생과 나는 세계여행의 마지막 사진을 남기기로 했다. 처음 출발하던 날, 배낭을 메고 찍었던 사진과 똑같은 포즈를 취했다. 체크인을 하려고 이스타항공 카운터에 줄을 섰다. 모니터에 'INCHEON(인천)' 표시가 보인다. '정말 한국으로 가는구나.' 시원섭섭하다는 말이 딱 어울리는 시간이다. 체크인을 마치고 한자매와 부모님은 출국장으로 향했다. 그동안 하지 못했던 면세점 쇼핑도 즐겨봤다. 이윽고 오후 1시, 이스타항공 인천국제공항행 비행기에 올랐다. 자리에 앉아 좌석벨트를 조이고 나서야 슬슬 실감이 나기 시작한다.

"손님 여러분, 우리 비행기는 곧 이륙하겠습니다. 좌석벨트를 매셨는지 다시 한번 확인해주시기 바랍니다."

승무원의 안내가 나오고 비행기는 이내 하늘을 향해 이륙하였다. 비행하는 내내 도통 잠이 오지 않는다. 핸드폰 사진을 뒤적이던 동생이 나를 보며 말했다.

"언니, 그동안 고생했어. 나중에 또 나랑 여행 갈 거지?"
"생각해보고. 네가 언니 하면 갈게."

말은 이렇게 했지만 동생과 함께여서 여행의 기쁨은 두 배가 되었고, 신기하고 좋은 것들을 같이 보고 공감하며 나눌 수 있어서 좋았다. 3시간 40분의 비행 끝에 한국 시각으로 오후 5시 40분, 인천국제공항에 착륙하였다. 그동안 빼서 고이 보관해두었던 유심을 핸드폰에 끼우자 한자매를 환영하는 카톡이 끊임없이 쏟아졌다. 그제야 실감이 났다. 배낭을 찾고 드디어 입국장으로 나간다. 문이 열리자 남자친구가 꽃다발을 들고 서 있다. '정말 한국이다!' 나는 너무 반가운 마음에 달려가 꽃을 받고 남자친구를 꽉 안아주었다. 내가 세계여행하는 7개월 동안 힘들고 외로운 시간이었을 텐데 묵묵히 응원해주고, 다독여주고, 마음으로 함께해준 남자친구가 너무나 고마웠다. 그리고 한자매의 세계여행을 가장 많이 지지해주신 부모님께도 정식으로 감사 인사를 전했다.

"잘 키워주셔서 감사하고, 이렇게 멋진 경험을 하도록 응원해주셔서 감사합니다."

그렇게 24개국 54개 도시, 215일간의 한자매 세계여행은 끝이 났다.

동생과 함께여서
여행의 기쁨도 두 배가 되었다.

생각해본다. 세계여행을 하며 느끼고 경험하고 바뀐 것들이 무엇일까.

먼저, 예기치 못한 돌발 상황들과 계획대로만 되지 않는 여행의 힘든 일정을 견디며 나는 생각보다 멘탈이 강한 사람이란 걸 알게 되었다. 회사에서 일할 때는 '난 이런 상황은 견디지 못할 거야' 하고 나 자신을 낮게 평가했다. 어쩌면 그것은 그 상황을 회피하기에 급급하고 도전하지 않았기 때문일지 모른다. 하지만 세계여행을 통해 진정한 나의 모습을 알고 나서부터는 나 자신에 대한 평가가 높아졌다.

세계여행이 끝나고 현실로 돌아오자 나를 둘러싼 외부적인 요인은 여전했다. 바뀐 건 아무것도 없다. 그것이 현실이다. 하지만 내가 살고 있는 '나의 인생이 얼마나 행복해졌느냐' 하는 내부적인 요인을 생각해본다면 굉장한 변화가 있다. 엄마가 요리해주시는 맛있는 밥을 먹을 수 있음에 감사하고, 따뜻하고 깨끗한 침대에서 편안하게 잠을 잘 수 있음에 감사하다. 사소한 것에서 행복을 느끼는 나 자신으로 변화된 것이다.

매번 변하는 시차와 기온에 빠르게 적응해야 했으며, 바뀌는 잠자리에 선잠을 자는 날도 많았다. 체력이 바닥을 쳐도 무거운 배낭을 메고 이동해야 했다. 그럼에도 여행을 그만둘 마음은 들지 않았다. 그 불편보다 여행이 주는 행복이 더 컸고 나를 활력 있게 만들어주었기 때문이다.

나라마다 시장에 가면 우리에게 먼저 말을 걸어오는 현지인들이 많았다. 그때마다 '내가 조금 더 이 나라의 말을 잘할 수 있었다면, 더 많은 문화를 이해하고 풍부한 대화를 나눴을 텐데' 하는 아쉬움이 들었다. 그래서인지 여행이 무르익어가면 갈수록 각 나라의 언어와 문화에 대한 관심이 높아졌다. 유창하진 않지만 기본적인 그 나라의 언어를 익히고, 현지인들과 대화를 나누는 것도 커다란 즐거움으로 다가왔다.

여행지마다 배낭을 풀었다가 다시 챙기는 일은 상상만 해도 시간이 많이 걸리고 복잡할 것 같았다. 하지만 여행을 다니며, 배낭 안에 짐을 넣는 나만의 위치가 생기게 되었다. 그렇게 수도 없이 정리하다 보니 배낭을 다시 챙기는 일이 화장하는 것보다 더 수월해진 나를 발견하게 되었다.

먹을거리가 마땅하지 않아 컵라면으로 끼니를 때워야 하는 날도 많았다. 215일간 여행하며 먹은 컵라면의 개수는 내가 지금껏 살며 먹은 컵라면 개수와 비슷하다. 그럼에도 이 여행이 너무 행복하고 좋았다.

세계여행에서 돌아오면 가고 싶은 나라가 별로 없을 거라고 생각했다. 하지만 여행이 무르익을수록 한 번 다녀온 나라를 다시 방문해서 더 세세한 도시까지 여행하고 싶어졌다. 여행객이 많은 관광지보다는 그 나라의 향기가 묻어 있는 골목이 좋았고, 잘 알려지지 않은 소도시들이 궁금

해졌다. 알려지지 않은 곳을 알아내는 것 또한 여행의 묘미가 아닐까.

　이 여행이 끝이라고 생각하진 않는다. 넓어진 시야, 풍부해진 경험과 함께 내 인생 2막이 막 시작되었기 때문이다. 내 인생에서 가장 잘한 일은 세계여행을 떠난 일이었으며, 한자매의 인생은 세계여행을 떠나기 전과 후로 나뉜다.

돌아보다

Part3

23rd Oct ——————————————————————————— Now

Q&A - 비용 정리

Q & A

Q 많은 버킷리스트 중에 왜 세계여행을 택하게 되었나요?

A 회사원 시절, 컴퓨터 앞에 앉아 일이 손에 잡히지 않아 인터넷으로 가고 싶은 나라를 찾아보다가 세계여행을 다녀온 어느 여행자의 블로그를 보게 되었습니다. 사진도 전문적으로 찍으시는 분 같았습니다. 화면을 꽉 채우는 고화질 사진을 보느라 모니터 속으로 빨려들어가는 기분이 들었었습니다.

'사진 속 세상은 어떨까?'

가만히 눈을 감고 상상해보아도 사진만 선명할 뿐 다른 면은 상상할 수 없었습니다. 어쩐지 마음이 답답했습니다. 내 시야는 사진 속에 한정되어 있는 것 같아서요. 블로그 속 여행자는 얼마나 많은 걸 보고 느끼고 변했을까 궁금했습니다. 그리고 세계여행을 떠나 그 궁금증을 풀어야겠다고 생각했습니다. 세계의 멋진 곳을 책이나 사진을 통해서가 아닌 내 눈으로 직접 보고 경험하고 싶었습니다. 세상에는 직접 경험하지 않으면 알기 힘든 것도 많다고, 그곳에 직접 가봐야 한다고 생각했습니다. "나도 거기 가보고 싶다…." 우리는 흔히 이런 말을 하지 않던가요. 저 역시 말로만 하던 그 일을 실천으로 옮기기로 한 것입니다. '평소 여행을 좋아했으니 한번 더 넓은 세상으로 나가서 많은 것을 경험하고 느끼고 보고 배우자, 이것만이 나를 더 멋진 사람으로 만들어줄 거야' 하고 생각해서 세계여행을 결심하게 되었습니다.

Q 어떻게 용기를 내게 되었나요?

A 저 역시 '용기'에서 여러 번 좌절했던 것 같습니다. 여행을 본격적으로 준비하기 전에도 몇 번 떠날 마음을 먹어보았는데, 쉽지 않았습니다. 그 이유를 곰곰이 생각해보니 꼭 큰 용기를 얻고 강인한 모습으로 여행을 떠나려고 했던 마음 때문이었습니다. 오히려 그 마음 때문에 아직 준비가 되지 않았다고 생각되어 쉽게 떠나지 못했던 것 같습니다. 그런데 아이러니하게도 긴 여행에서 돌아온 지금이야말로 용기는 물론 자신감까지 충만해져 있음을 느낍니다. 용기는 생각이나 고민으로 얻는 것이 아니라, 직접 부딪혀 겪으며 얻는 것임을 알게 되었습니다. 필요한 것은 준비된 마음과 조금은 철저한 정보 조사입니다.

Q 준비 과정이 어렵진 않았나요?

A 한자매 역시 수없이 많은 난관에 부딪히곤 했습니다. 정보가 부족할 때도 있었고, 조언을 구하는 데에도 한계가 있었으니까요. 그렇지만 준비 과정도 여행의 일부입니다. 떠날 준비를 했다면, 여행은 시작된 것이나 마찬가지입니다. 스스로 알아보고 해결하는 습관을 들여야 여행 중 발생하는 각종 돌발 상황을 해결해나갈 수 있다는 생각이 듭니다. 인터넷이나 책에서 찾기 힘든 정보를 현지에서 물어 간단하게 해결한 경우도 많았습니다. 막막하다 생각하기보다 지금 당장 필요한 물품이나 서류부터 적어보고 하나씩 해결해간다면 맥락을 잡을 수 있을 것입니다.

Q 장기여행 팁이 있다면 알려주세요.

A

① 시차 적응을 하기 전까지는 일정을 느슨하게 짜고, 계획한 일정이 있더라도 컨디션이 안 좋으면 과감하게 포기합니다. 무리하면 계획한 모든 일정이 어그러질 수 있습니다.

② 캐리어보다는 배낭을 추천합니다. 바퀴가 고장 나면 고칠 수 없는 데다 여행지의 길들은 생각보다 계단이 많고 평탄하지 않습니다.

③ 짐은 가벼울수록 좋고 옷은 현지에도 많습니다. 이동 경로는 웬만하면 춥지 않은 나라로 정해서 옷 부피를 최대한 줄입니다.

④ 이동할 나라의 입국 심사 작성지가 있는지 확인하고, 작성 방법을

미리 캡처해둡니다.

　⑤ 구글 지도는 미리미리 다운로드해 인터넷이 안 될 경우를 대비하고, 갈 곳을 정했다면 즐겨찾기로 표시해둡니다.

　⑥ 유심칩을 사지 못했다면, 아직 와이파이가 연결되어 있을 때 구글 지도에 목적지를 설정하고 출발합니다.

　⑦ 버스에서 내릴 정류장을 알지 못한다면 구글 지도 속 내 위치를 확인하고 가장 가까운 지점에서 내립니다.

　⑧ 택시 운임을 미리 파악해두면 비상시 당황하지 않고 탈 수 있고 흥정에도 유리합니다.

　⑨ 현금을 지니고 다니기보다 현지 ATM에서 필요한 만큼 출금합니다.

　⑩ 여행할 나라의 인사말과 숫자, 화폐, 교통수단, 표 사는 법, 공항에서 시내 가는 법은 미리 조사해둡니다.

　⑪ 유창하진 않더라도 의미는 통해야 합니다. 가능하면 서바이벌 영어 회화를 익히고 갑니다.

　⑫ 현지에서 흥정하고 숙소 잡는 것은 생각보다 힘듭니다. 필터로 소트하면 부킹닷컴 같은 숙박 사이트에서도 충분히 싸게 구할 수 있습니다.

　⑬ '이 나라에선 이것만은 꼭 하자!' 한 가지 목표를 세우고 가면 여행이 더 즐거워집니다.

　⑭ 위험하지 않다면 골목골목도 잘 다녀봅니다. 포토존도 많고, 다양하게 구경할 수 있습니다.

　⑮ 소매치기의 위험은 늘 존재합니다. 친구와 다닌다면 가방을 서로 맞

대고 걷고, 여행지에서 말을 걸어오는 모든 사람에게 호의를 보이며 대꾸할 필요는 없습니다.

⑯ 메뉴가 너무 많다면 볶음밥을 선택합시다. 실패할 확률이 낮습니다.

⑰ 식비를 줄이고 싶다면 주방이 있는 아파트형 숙소를 예약합니다.

⑱ 여행지에서는 의외로 스트레스에 취약해집니다. 동행이 있다면 선호하는 여행 스타일이나 좋아하지 않는 음식 등을 사전에 충분히 협의하여 다툼을 피합니다.

⑲ 혼자 하는 여행이 힘들어졌다면 인터넷 카페를 통해 동행을 구할 수 있습니다. 또 카카오톡 단톡방을 이용할 수도 있습니다. 남아메리카의 경우는 단톡방이 활성화되어 있어 정보를 빠르게 얻을 수 있습니다.

⑳ 항상 메모하는 습관을 갖고, 돌발 상황에 대비한 플랜 B도 미리 생각해둡니다. 메모를 통해 필요한 정보를 얻어 경비를 조절하면 다음 여행지의 경비도 조절할 수 있습니다.

Q 국가별 비용과 전체 비용은 얼마나 들었나요?

A 다음 페이지에 표로 정리하였습니다.

국가별 비용

국가명	식비	교통비(항공료 제외)	숙소	기타 비용	
러시아	10,767	31,030	37,878	912	
체코	2,509	1,654	5,076		
헝가리	15,462	12,920	43,140		
터키	333	1,212	382		
오스트리아	29	89	54		
독일	192	110	528	71	
영국	82	89	225		
크로아티아	1,922	240	3,858	417	
스위스	233	1,378	1,175	30	
그리스	82	14	181	7	
이탈리아	36	31	120	5	
스페인	155	80	713	88	
벨기에	103	32	116	47	
네덜란드	53	34	327		
미국	321	88	570	271	
멕시코	3,106	1,069	6,392	1,264	
페루	998	36	2,125	318	
태국	4,661	2,421	4,776	1,676	
미얀마	126,743	81,500	218,470	294,366	
라오스	1,410,660	460,000	2,088,711	88,293	
말레이시아	657	190	1,406	242	
필리핀	8,169	4,412	18,837	2,065	
타이완	5,369	2,030	13,495	150	
중국(홍콩)	750	600	2,800	170	

입장료, 액티비티	화폐단위	총합	원화 환산
	루블	80,587	₩1,376,454
12,300	코로나	21,539	₩1,059,352
9,800	포린트	81,322	₩325,035
87	티라	2,014	₩430,479
	유로	172	₩218,568
280	유로	1,181	₩1,500,427
15	파운드	411	₩567,567
360	쿠나	6,797	₩1,165,587
113	프랑	2,929	₩3,266,260
	유로	284	₩360,756
28	유로	220	₩279,448
336	유로	1,372	₩1,742,737
	유로	298	₩378,525
	유로	414	₩525,815
273	달러	1,523	₩1,708,783
1,883	페소	13,714	₩636,775
1,587	솔	5,064	₩1,704,929
	바트	13,534	₩483,818
82,350	짯	803,429	₩590,569
580,000	낍	4,627,664	₩605,288
	링깃	2,495	₩687,594
4,174	페소	37,657	₩811,033
	타이완달러	21,044	₩766,318
196	홍콩달러	4,516	₩645,865

총 여행 경비 : 21,837,982원 (2인 기준)
총 여행 경비+항공료 : 31,318,225원 (2인 기준)

전체 비용

준비 비용

준비물 구입 목록	금액
유스호스텔 회원증	₩34,000
PP카드 발급	₩50,000
킬리 배낭	₩434,000
발열조끼	₩258,500
개량한복	₩342,000
여행 필수용품	₩371,700
일회용기	₩39,020
챗심	₩56,000
여행자 보험	₩278,700
예방접종	₩247,200
전자수입인지	₩64,920
화장품	₩85,500
미국 ESTA 비자발급	₩30,200
합 계	₩2,291,740

*2인 기준

총 비용

	금액	비고
식비	₩3,793,690	
비행기	₩9,480,243	
교통	₩3,782,611	비행기 제외
숙소	₩10,055,637	
입장료,액티비티	₩2,894,903	
기타경비	₩1,311,141	생활용품, 의류
준비 비용	₩2,291,740	
합 계	₩33,609,965	

*2인 기준

스물다섯, 서른, 세계여행

1판 1쇄 발행 2019년 7월 17일 **1판 4쇄 발행** 2022년 7월 26일
지은이 한다솜
펴낸이 고세규
편집 이승희 **디자인** 정윤수

발행처 김영사
주소 경기도 파주시 문발로 197(문발동) 우편번호10881
등록 1979년 5월 17일(제406-2003-036호)
주문 및 문의 전화 031)955-3200 **팩스** 031)955-3111
편집부 전화 02)3668-3291 **팩스** 02)745-4827 **전자우편** literature@gimmyoung.com
비채 카페 cafe.naver.com/vichebooks **인스타그램** @drviche **카카오톡** @비채책
트위터 @vichebook **페이스북** www.facebook.com/vichebook
ISBN 978-89-349-9683-5 03810 책값은 뒤표지에 있습니다.

비채는 김영사의 문학 브랜드입니다.
이 도서의 국립중앙도서관 출판시도서목록(CIP)은 서지정보유통지원시스템 홈페이지(http://seoji.
nl.go.kr)와 국가자료공동목록시스템(http://www.nl.go.kr/kolisnet)에서 이용하실 수 있습니다.
(CIP제어번호: CIP2019025775)